Dark Fantasy Collection 7

残酷な童話

チャールズ・ボウモント● 仁賀克雄　訳

The Hunger and Other Stories **Charles Beaumont**

論 創 社

Dark Fantasy Collection 7

The Hunger and Other Stories **Charles Beaumont**

目　次

これまで『幻想と怪奇』三巻（ハヤカワ文庫）や『海外シリーズ』三五巻（ソノラマ文庫）で、海外のホラー、ファンタジー、SF、ミステリの長短編の翻訳紹介に当たってきた。

今般、その系統を継ぎ、さらに発展させるものとして、英米のホラーを中心にファンタジー、SF、ミステリなどの異色中短編集やアンソロジーを〈ダーク・ファンタジー・コレクション〉の名称のもとに、一期一〇巻を選抜し、翻訳出版することにした。

具体的には、ウィアード・テールズ誌の掲載作やアーカム・ハウス派の作品集、英国ホラーのアンソロジー、ミステリやSFで活躍した有名作家の中短編集など、未訳で残されたままの傑作を次々と発掘していきたい。

また、日本には未紹介の作家やその作品集、雑誌に訳されたままで埋もれてしまった佳作も、今後新たに訳して刊行していくので、大いに期待して欲しい。

二〇〇六年八月　仁賀克雄

残酷な童話

Miss Gentilbelle

ロバートはお気に入りのエルムの古木の太枝に座って、ミス・ジェンティルベルを眺めている。夜はかなり暗かった。彼はそれなりに恐れを自覚していい年齢だったが、怖くはなかった。そして憎しみもよく知るほどの歳だったが、憎む気持ちはなかった。ただ眺めているだけだった。

ミス・ジェンティルベルは窓辺の色あせた椅子に、きちんと背筋を伸ばし腰かけていた。レコード・プレイヤーの音を小さくして聴き耳を立てている。かすかな花模様のティーカップと不釣り合いな受け皿が両手にあった。彼女はかなりの気を使いそれらをもっているが、紅茶はとうに冷えてしまっている。

ロバートはミス・ジェンティルベルの両手を眺めることにした。

彼女の手はティーカップや受け皿のように繊細で優美だった。しかしすでにしわが寄り、彼の手みたいに滑らかでないのが見える。指の一本には褪色した黄色い包帯が巻かれており、肌はとても白かった。

いまやプレイヤーはレコードの終わりの方を反復しはじめていた。ミス・ジェンティルベルはしばらくそのまま放置しておいてから、おもむろに身体を起こした。

彼女が立ち上がったとき、ロバートは驚いて大声を上げた。木の上からどうやって降りたらよいのか忘れてしまったのだ。ミス・ジェンティルベルはその叫び声を聞くと、レコードをアルバムにしまったあと、窓辺に行き窓を半分ほど引き上げた。

「ロバータ、驚かさないで、まったくびっくりしたわ」彼女はひと息ついた。「木は猿や鳥たちのためにあるのよ、女の子のためのものではありません。わたしが言い聞かせたことを忘れたの?」

沼地の穏やかな風がミス・ジェンティルベルの言葉をつかまえ運び去った。しかしロバートは彼女の言葉をとらえた。

「はい、お母さま。木は猿や鳥たちのものです」

「よろしい、そこから降りていらっしゃい。あなたにお話があるの」

「はい、お母さま」ロバートは木の降り方を思い出した。最初は用心深く、それからより大胆に、両手で小枝をつかみ、地面に向かって降りてきた。最後のジャンプをする前に、尖った樹皮にガウンがひっかかり、薄い生地が切れて大きな裂け目ができてしまった。

跳び降りたときに足を痛めたが、傷だらけの足で急いで部屋に駆け上がった。ミス・ジェンティルベルの眼つきを意識したからだった。リヴィングルームにやってくると、ガウンの裂けた箇所を神経質に隠した。

ドアをノックする。

「お入り、ロバータ」青ざめた顔色の女性はうなずくと手ぶりで示した。「そこにお座り、その大きな椅子に」その眼は粘液のどろりとした固まりみたいで、色彩もなければ表情もなかった。彼女は両手を組み合わせた。「おまえは一番上等なガウンを台なしにしてしまったのね」彼女は小声でいった「惜しいことをしたわね。あれは昔おまえのお祖母《ばあ》さんのものだったのよ。おまえはベッドで寝ているはずだったのに。でもいうことを聞かず木に登り、それでガウンをだめにしてしまったのね。それは絹ごしらえなのよ――知っていたでしょう、ロバータ？　生《き》絹《ぎぬ》なのよ、やわらかく繊細で鳩の羽みたい。今日び使われている粗悪な黄麻布《バーラップ》とはわけが違うわ。ほんとうに残念ね……掛け替えがないのよ」彼女はしばらく押し黙った。それから前かがみになった。「話してちょうだい、ロバータ――おまえにガウンをあげたとき、どんな約束をしたかしら？」

ロバートはもじもじした。言葉が出てこなかった。彼は擦り切れた東洋絨毯を見つめ、心臓音に耳を傾けていた。

「ロバータ、返事をする気はないの？　何を約束したかしら？」

「それは――」ロバートの声は無感情なものだった。「それは充分に気をつけることです」

「それで充分に気をつけたの？」

「いいえ、お母さま、わたしは……そうしませんでした」

「たしかにそうしなかったわね。おまえは悪い娘《こ》よ」

ロバートは口内の肉を少し噛み切った。「繕《つくろ》えないかしら？」彼は尋ねた。

ミス・ジェンティルベルは丁寧に編まれたハンカチを口に当ててあえいだ。「繕うですって！　わたしが洋服屋にもっていって継ぎを当てさせるの？」彼女の眼は生気を帯びて輝いた。

「蝶が羽根を失くしたら、どうなるの？」

「飛べなくなるわ」

「そうよ。飛べないわ。死んだも同然。もはや蝶ではないわ。ロバータ、修繕のきくものはあまりないのよ。ほんとうに価値のあるものは修繕などきかないの」彼女は数分間もの思いに沈黙し、冷たくなった紅茶をすすった。

ロバートはこらえていた。膀胱《ぼうこう》がうずきはじめた。

「おまえは手に負えない悪い娘だよ、ロバータ。お仕置きをしなくてはね。どうやってお仕置きをするのかわかっているね？」

ロバートは眼を上げると母の顔を見つめた。「わたしをぶつの？」

「おまえをぶつ？　まさか、わたしがそれほど野蛮に思えるの？　いつおまえをぶったかしら？　そんなことないわ。小さなかすり傷が何なの？　すぐ消えて忘れられるわ。おまえには見せしめが必要ね。二度と悪戯をしないように教えこまないと」

暑い夜気が大きな屋敷の中を流れ、彼の身体にも浸みこんだ。しかしミス・ジェンティルベルに手をつかまれるとさむけがした。彼女の指はいきなり鋼になったように思えた。つかまれた手は痛かった。

やがて黙ったまま、二人はリヴィングルームを出て、広く暗い廊下を抜け、多くの埃《ほこり》っぽい戸口をすぎ、最後に台所に入った。

「さて、ロバータ」ミス・ジェンティルベルはいった。「おまえの部屋に行き、マーガレットをここに連れてきなさい、いますぐよ」

彼は泣くのをやめたが、いまや気分が悪くなっていた。ロバートは母親が何をしようとしているのかを知っていた。

彼は手を伸ばすと母の手をつかんだ。「でも――」

「三十五まで数えるからね」

ロバートは急いで数を数えながら、部屋をとび出すと階段を駆け上がった。ベッドルームに入ると高い棚から小さな鳥籠《とりかご》を取った。それをゆすってみた。中でインコが白と緑の羽をぱたぱたさせ、小さな機械のような動作で頭を動かした。

二十秒が経っていた。

ロバートは鳥籠の細い柵に指を突っこむと、インコの堅いくちばしに触れた。「ごめんね、マーガレット」彼は声をかけた。「許してね」彼は鳥籠に顔をつけ、鳥が自分の鼻先を軽くついばむのを許した。

そして困惑した気持ちを頭からふり払い、階段を駆け降りて行った。

ミス・ジェンティルベルは待っていた。右手には大きな肉切り包丁が握られている。「マーガレットをよこしなさい」彼女は命令した。

ロバートは鳥籠を母親に渡した。

「どうしてこんなことをわたしにさせるの、ロバータ?」ミス・ジェンティルベルは尋ねた。

彼女はインコを鳥籠から取り出すと、小鳥のもがくのを見つめた。

ロバートの心臓は激しく鼓動し、身じろぎもできなかった。しかし彼はそれでも彼女を憎もうとはしなかった。

ミス・ジェンティルベルは左手でインコをつかんだ。それで片方の翼が自由になった。翼の激しくぱたぱたする音だけが聞こえた。

彼女は包丁の刃を翼の根元に近づけた。

ロバートは見たくなかった。マーガレットの眼から何とか視線を逸らそうとした。そして母の両手をじっと見ていた。

母は羽毛に触れた包丁を凍りついたように静止させていた。

どうして早くやらないの！　さっさと済ませてしまったら！　エドナを殺したときもそうだった。包丁を仔犬の腹にかざして、そして――

「さて、おまえが小さな友だちの無事を願うのなら、これからは木登りするのを考え直すだろうね」

すばやい動きで銀色の刃が光り、不気味な小さい悲鳴が続いた。

翼がぱたぱたと床を叩いた。

「マーガレット！」

インコはかなりのあいだ悲鳴を上げ続けたが、ミス・ジェンティルベルはその生命を圧し殺した。とうとう静かになったとき、つかんでいた白い指は黒く薄い液体で染まっていた。

ミス・ジェンティルベルは肉切り包丁を置きロバートの手を取った。

「ほら、マーガレットよ」彼女はいった。「受け取りなさい。さて、マーガレットを繕いましょうか？」

ロバートは答えなかった。

「インコをもう一度組み立てて、きれいな翼を元通りにくっつけられるかしら？」

「いいえ、お母さま。繕えません」

「その通りよ。お利口さんね」ミス・ジェンティルベルは微笑んだ。「さあ、その小鳥を暖炉に投げこんでおしまい」

ロバートは死んだインコを掌《てのひら》の中にやさしく握り、そっとその背を撫でた。それから小鳥を灰の中に落とした。

「ガウンも脱いで、そこに入れなさい」

ロバートは青く薄いガウンを脱ぎながら、まっすぐ母の眼を見上げた。

「何かわたしに言いたいことがあるの、ロバータ？」

「いいえ、お母さま」

「結構ね。それを紙に包んで燃やして。それを終えたら掃除用具のクロゼットからボロ布をもってきて床を拭きなさい。それからボロ布は暖炉に入れてね」

「はい、お母さま」

「ロバータ」

「はい」

「マーガレットが殺されたわけがわかったわね?」

今度ばかりはいいえと言いたかった。彼にはとても理解できなかった。頭の中がまったく真っ白だった。

「はい、お母さま。わかりました」

「それではベッドに入っている時間、もう木登りはしないわね?」

「はい、もう木登りはしません」

「本気にしておくよ。おやすみ、ロバータ。もう自分の部屋に行っていいわ」

「おやすみなさい、お母さま」

ミス・ジェンティルベルは流しに行き、丹念に手を洗った。それからリヴィングルームに戻ってくると、レコードをかけた。

ロバートが二階に上がって行くとき、彼女は微笑みかけていた。

彼はベッドに横たわって身じろぎもしなかった。沼地の風は雨戸に強く当たり、家中の板材をきしませていて眠れなかった。雨戸の破れた隙間からかすかな月光が射しこみ、すべてのものに影を作っていた。

彼は月光を見つめ、わかりかけてきた物事について考えてみた。

自分を脅かすもの。さまざまな書物——自分と同じように見える男の子と呼ばれる人たちの写真。ミス・ジェンティルベルに似た人たちは女の子、レディ、女性と呼ばれて……

彼はベッドから起き上がると、バスローブをはおりドアに歩いて行った。ドアは静かに開いた。そのとき廊下に暗く冷たい光が流れているのを見た。壁に掛かった古いインディアンの石膏の首が眉をひそめて彼を見下ろしていた。染みの付いた写真やしわになった絵画があらまし見えた。

まったく静かだった。静かすぎて外の蛙《かえる》やこおろぎの声がはっきりと聞こえ、蛾が壁や窓に当たる音も耳に入った。

爪立ちでそっと長い廊下を歩き一番奥の戸口に行くと、それからまた自分の部屋に戻ってきた。脇の下と脚の間から汗がにじみ出ていた。そしてもう一度横になった。

しかし眠れそうもない。書物、知識、困惑、踊り、焼けつくような熱さ。

とうとう心臓が高鳴り、ロバートは起き上がると、足音を忍ばせて廊下から戸口に向かった。

彼はそっとドアを叩いて、待った。

応答はなかった。

もう一度叩いてみた。前よりもいくぶん強く、しかし一度だけ。

彼は掌を丸めると口に当て、鍵穴からささやいた。「ドレイク!」

沈黙。ドアノブに触れた。それはまわった。

彼は部屋の中に入って行った。

支柱のない大きなベッドに大男が寝そべっていた。ロバートはその大きないびきを聞いて一安心した。

「ドレイク、起きてよ」

ロバートは小声で呼び続けた。大男は身体を動かし向きを変えると「ミニーか?」と問うた。

「違うわ、ドレイク。わたしよ」

男は起き上がると激しく頭をふり雨戸を開けた。部屋が明るくなった。

「ここにいるのがあの人に見つかったら、どんなことになるかわかっているのか?」

ロバートはベッドに座り、男に近寄った。「眠れないの。それでおまえと話したいのよ。お母さまには聞こえないわ——」

「ここにいてはまずい。お母さんがなんていうか知っているだろう」

「ちょっとだけよ。ねえ、少しだけ話してくれない、昔みたいに?」

男はベッドの下からボトルを取り出すと、グラスに満たし半分飲んだ。「いいかい、お母さんはあんたがおれとしゃべるのを嫌っているんだ。このあいだも何をしたか憶えているだろう? あんなことはもう二度とごめんだろう?」

ロバートは微笑んだ。「そんなことはもうないわ。もうお母さまに殺されるものは何もないんですもの。いまわたしをぶつことはできるけど、おまえを叩くことはできないわ。絶対に叩かないわ」

男は奇妙な笑い方をした。

「ドレイク」

「なんだい?」

「どうしてお母さまはわたしがおまえと話すのを嫌うの？」

男は咳払いをした。「それには長い話があるんだ。おれは庭師で、あの人はこの家の女主人だ。あんたは彼女の……娘だ。それでおれたちが仲よくなるのはよくないんだ」

「でも、どうして？」

「まあ、気にしないで」

「話してよ」

「ベッドに戻れ、ボビー。お母さんが町に出かける来週に会おう」

「いやだ、ドレイク。もう少しわたしと話して。町のことを話して。ねえ、お願いだから」

「いつかわかるよ――」

「なぜいつもわたしをボビーって呼ぶの？　お母さまはわたしをロバータって呼ぶよ。わたしの名前はボビーなの？」

男は肩をすくめた。「いや。あんたの名前はロバータだ」

「ではおまえはなぜわたしをボビーと呼ぶの？　お母さまはそう呼ばないわ」

男は何もいわなかったが手はかなり震えていた。

「ドレイク」

「なんだい？」

「ドレイク、わたしはほんとうに女の子なの？」

男は立ち上がると窓辺に歩いて行った。別の雨戸を開けると夜を見つめてしばらく立っていた。彼がふり返ると、ロバートはその顔が濡れているのに気づいた。

「ボビー、あんたは神について知っているかい？」

「あまり知らない。わたしが読んでいるジョージ・バーナード・ショーの本に書いてあるけど、わたしには理解できないわ」

「そうか、いまお母さんを救って下さるのは神だよ、ボビー坊や！」

ロバートはこぶしを堅く握りしめた。自分は知っていた――長いことわかっていた。男の子なんだ……

男はベッドに倒れこんでいた。その手をボトルに伸ばしたが空っぽだった。

「いいことだよ」男はいった。「自分の疑問を尋ねるのは。しかしそれをおれに訊《き》かないでくれ。いますぐ出て行くんだ。自分の部屋に戻るんだ！」

ドレイクは具合が悪くて、だれかといるとあまりに落ち着かないのではないかとロバートは思った。彼はドアを開けると急いで自室に戻った。

そしてベッドに横たわりながら、彼の頭は新しい考えに苦しんでいた。今夜多くのすばらしいことを学んだ。ミス・ジェンティルベルのことを考えると、いつでもみぞおちがかじられるような感じをはっきりと認めた……

ロバートは夜明けの最初のしるしが現れるまで眠れなかった。そしてそれから死んだ仔犬や小鳥を夢に見た。

かれらは何かを自分にささやきかけていた。

「どうしたの、ロバータ」ミス・ジェンティルベルはややショックを受けた声で尋ねた。「今朝は香水の匂いがしないじゃないの。つけ忘れたの?」

「はい」

「何てことを。あらゆるものに新鮮さを与えるのは花のエッセンスだけよ」

「すみません」

「今後、おまえが香水をつけ忘れたら怒るわよ。体臭をふりまいて歩くのはレディにふさわしくないわ」

「はい、お母さま」

ミス・ジェンティルベルはトーストをおもむろにむしゃむしゃ食べながら、ロバートの赤らんだ顔を眺めた。

「ロバータ、気分でも悪いの?」

「いいえ」

ミス・ジェンティルベルはロバートの額に手を当てた。「いくらか熱があるみたい。今日のジャンヌ・ダルクの授業はやめることにするわ。ブクステフーデ(デンマークの作曲家、オルガン奏者)の批評をしたあとすぐにベッドに入りなさい」

朝食はミス・ジェンティルベルが本を読んでいるあいだに静かに終わった。それから二人はリヴィングルームに入った。

ロバートは音楽が嫌いだった。その色褪せた部屋では、音楽は砂利道を歩く靴音みたいに聞こえ、低音のバスはすべて醜い怒号に溶けこんで入った。

二人は一時間沈黙したまま聴き入った。ロバートはレコードを替えるときだけしか動かなかった。

「さて、それではロバータ」ミス・ジェンティルベルはいった。「ブクステフーデの音楽はバッハの膨大なオルガン楽曲を凌《しの》いだという、ミスター・ロックの批評に賛成かい?」

ロバートは首を縦にふった。答えを要求されるのはわかっていた。「ミスター・ロックは正しいと思います」

そしてそのとき、これまで何度となく嘘をついてきたことを思い出した。しかしそれは音楽を嫌いになってからやっと気づいたことだった。「よろしい。もう続ける必要はないわ。事実は自明の理よ。さあ、部屋に戻って着替えなさい。食事は十二時三十分に用意しておくわ」

ロバートはおじぎをすると階段に向かって歩きだした。

「ねえ、ロバータ」

「はい、お母さま」

「もしかして昨夜ミスター・フランクリンに会ったんじゃない?」

ロバートの喉はからからになった。うそをつき通すのは難しかった。「いいえ、お母さま。会っていません」

「あんな悪い人に会ってはいけないことは、わかっているでしょうね? いつも彼を避けるのよ。わたしがいったことを憶えておきなさい」

「はい、お母さま」

「おまえはこれまでわたしに逆らったことがあったわね。そんなことをまたしようなどとは夢にも思わないでよ、ロバータ？」

「はい、お母さま」

「結構。部屋に下がりなさい。お昼の食事には着替えてくるのよ」

ロバートは階段が見えないのでゆっくりと上がって行った。眼から涙が溢れ曇ってしまった。階段の上まで行けるだろうかと考えていた。

部屋に入ると、一瞬マーガレットを思い浮かべた。小鳥はもう死んでしまったのだわ。

ベッドに座り服を着替えはじめた。上等な服だったが、着古され破れそうで、かなりの繕いが必要だった。軽やかなそぶりで脱ぐと、しばらくその衣類を見つめた。

ブランドの革靴、ピンクのストッキング、薄黄色のドレス――それらをソファにきれいに並べて眺めた。それからすべての衣服を着替えると、鏡で格好を点検した。

ロバートは自分の見ているものが何だかわからなくなり首をふった。どうもすっきりとしない。一瞬叫び出したい気がし、同時に眠たくもなった。それから怯えて大きな安楽椅子にとびこむと四肢《しし》を縮めた。めそめそ泣きながら座って、眼を開けたまま夢を見ていた。

小鳥が部屋の隅から飛び出し、翼でぱたぱたと彼を叩いていた。ミス・ジェンティルベルに切り落とされたマーガレットの片翼が、天井から彼の膝に落ちてきた。それをつかんで目の前にもってこようとすると、翼は消えた。

ほどなく部屋は鳥で満ち溢れ、翼をぱたぱたさせながらロバートに向かって鳴き出した。彼もまたしくしく泣き出した。

彼は手足を縮めると、眼に覆いかぶさったブロンドの巻き毛をぐいとねじった。鳥たちは彼の周囲を羽ばたいて飛びかかろうとした。やがて羽根が散らばって落ちはじめた。落ちるにつれ、彼の脳裏に残る褐色の液体が羽根全体を濡らしていった。羽根のいくつかはロバートの上にも落ち、彼は大声で泣き、眼を閉じた。

やがて部屋は空っぽになった。もう鳥はいなかった。仔犬が一匹だけだった。仔犬は腹を見せて横たわり、はみ出した腹わたを広げて、ロバートにすがろうとじっと見つめていた。

ロバートは床に倒れて何度も転がり、身体を震わせ唇から唾液を流していた。

「エドナ、エドナ、死なないで」

仔犬は歩こうと足を動かしたが無理だった。その元気のない丸い身体をロバートみたいに震わせくんくん鳴いていた。

ロバートは部屋の隅に這って行った。

「エドナ、それはわたしじゃないの。ほんとうにわたしの仕業じゃない……」

やがて黒雲がロバートの心を覆い、頭《こうべ》は胸に垂れた。

眼が覚めたとき、彼はベッドにいて、ドレイクが立ちはだかり肩をゆすっていた。

「ボビー、どうしたんだ？」

「わからないわ。まったく突然にマーガレットやエドナ、鳥たちを見たの。かれらは怒っていたわ、ドレイク。かれらは怒っていたのよ！」

男はロバートの額をやさしく撫でた。

「大丈夫だよ。もう恐れなくてもいいんだ。悪夢を見ただけなのさ。それだけだ。床に寝ているのを見つけたんだ」

「今度はまざまざと見たわ」

「そうか。ときにはそういうこともあるさ。どうしたんだ、泣き声がずっと廊下まで聞こえたぞ！」

「お母さまには聞こえなかったかしら？」

「ああ、それは心配するな」

そのときロバートは大きな褐色のバッグを見た。「ドレイク、どうしてあのスーツケースをもっているの？」

男は咳払いをして、ベッドの下にバッグを蹴りこもうとした。「何でもない。庭道具だ」

「いや、そうじゃないわ。ドレイク、話して。出て行くのね！」

「庭道具だっていったろう」

「お願い、出て行かないで、ドレイク。頼むわ、お願いだから」

男はこぶしを堅く握りしめ、また咳払いをした。

「なあ、ボビー。ほんの短い旅に出るんだ。あんたの知らないうちに戻ってくる。たぶんそのときには二人でどこかに出かけられる。その場所を見つけに行くんだ。だけどこのことをお母さんには絶対に話すなよ。いいね？」

ロバートは困惑して見上げた。何かがぱたぱたした。眼の隅でそれを見た。

男は泥だらけでアルコールの臭いがした。しかしロバートは彼に触れると快い感じがした。

「ほんとう？　わたしたちだけで？」

「ボビー、まず聞いておきたいことがある。あんたはお母さんを愛しているかい？」

それは考えるまでもなかった。「いいえ。お母さまはいつも動物を殺したり、傷つけたりするんだから。わたしは好きじゃないわ」

男は小声でいった。「長いあいだこうなることを待っていたんだ」

何かが部屋の隅を這った。ロバートにはそれが見えた。「ドレイク、いままで何かを殺したことがある？」

汗が男の額から吹き出した。彼はまるで聞こえなかったかのように答えた。

「たった一度だ、ボビー。おれが殺したのは一度だけさ」

「何を？　動物？」

「いや、もっと悪いものだ、ボビー。人間の心——魂を殺したんだ」

「お母さまはいつだってやっているわ！」

「わかっている。この家では多くのものが死んでいるからな……ここでいま、あんたは悪夢を克服できるかい？」

ロバートは眼を上げないようにした。

「戻ってきたら、ほんとうにわたしたちはこの家を出て行けるの？　お母さまやこの家を置き去りにして、わたしとおまえだけで、ドレイク？　約束してくれる？」

「いいとも、ロバート。おれとあんただけだ！」

男はロバートの手を取って堅く握りしめた。

「いいかい、もしお母さんがこのことを知ったら、かなり面倒なことになる。厄介なことになる。だからどんなことがあろうと起こったことをお母さんに洩らしてはいけない。おれはそのうち警察に行ってすべてをぶちまける。そうすればあんたはここから出される。おれたちは自由になる。あんたもおれもさ、坊や！」

ロバートは何もいわなかった。ただ部屋の隅を眺めていた。

「ボビー、お母さんのことをすっかり知るにはまだ若すぎる。昔のお母さんはいまみたいなのがいつもではなかったんだ。おれもこんなではなかった。何か起これば……そう、いつか話すときもくる。そうすれば理解できるだろう。しかしいますぐやってもらいたいことがある。おれが出て行ったら、別の小さなペット、蛙か何かを捕まえるんだ。それをこの部屋で飼う。そうすればお母さんは何も変わっていないと思うだろう。おれとは話していないと考える。蛙を捕まえるんだ、ボビー。おれが帰ってくれれば、いつものように蛙を友だちとして飼える。いつでもだ」男は立ち上がった。

「さよなら、坊や。おまえがあの狂った女と暮らすのも長いことじゃない。約束するよ」

ロバートは微笑み、ドレイクがドアの方に行くのを見送った。

「ほんとうに戻ってくるのね、ドレイク?」

「おれを止めるものなど一切ないんだよ、坊や。昨夜見たときに知ったんだ。おれにあれこれ尋ねたときにわかったんだ。おれがはじめて聞いたまともなことだ……そう、坊や、おまえのために戻ってくるよ」

ロバートにはあまり話が呑みこめなかった。わかったのは蛙のことだけだった。自分でペットを見つけて飼うことだ。

部屋の隅での動きが止まっていた。ロバートはほんのささいなことを考えているうちに眠りこんでしまった。熟睡していたので、ミス・ジェンティルベルが階段を上がってくる音が聞こえなかったし、部屋に入ってきたときの彼女の顔を見ることもなかった。

「ロバータ、寝坊ね。十二時三十分にはちゃんと階下《した》に降りてくるようにいったでしょう。それなのにまるで有閑《ゆうかん》婦人みたいに休んでいるのね。起きなさい、お嬢ちゃん!」

ロバートは眼を開けると悲鳴を上げたくなった。

それから謝りながら、ドレイクのことは何もいわない約束を思い出した。急いで服を着替えると、ミス・ジェンティルベルのあとから階段を降りて行った。

彼は気もそぞろで食事をしていた。食べたものもさっぱり味がしなかった。しかし事情はのみこんでいるので、いつものように質問には返事をした。

デザートのあいだ、ミス・ジェンティルベルは本をたたみ脇に置いた。

「ミスター・フランクリンは出て行ってしまったわ。おまえはそれを知っているの?」

「いいえ、お母さま。知りません。どこに行ったのですか?」

「あまり遠くないところよ——すぐに帰ってくるわ。戻るのはたしかよ。いつでもそうですもの。ロバータ、ミスター・フランクリンは出て行く前に、おまえに何かいわなかったかい?」

「いいえ、お母さま。何も聞いていません。ミスター・フランクリンが外出したのも知りませんでした」

ロバートはミス・ジェンティルベルの両手を眺め、細い指が折り曲げられているのに注目した。空中で見事に弓なりをしていた。

彼は黄色い包帯をながめ、また指を見た。こんなにも白い指、ひどくかさかさの白い指……

「お母さま」

「なあに?」

「少しのあいだ庭に出てもいいですか?」

「いいわよ。おまえは行儀が悪い子で、食事にはいつもわたしを待たすんだから。でもわたしはおまえを罰しないよ。その思いやりを憶えておき、三十分でリヴィングルームに戻るのよ。批評文を書く用意をしておきなさい」

「はい、お母さま」

ロバートは踏み段を下り庭に出た。そよ風が髪を吹きすぎ、金髪の巻き毛をもちあげてドレスにうねった。太陽は暑く輝いていたが、彼は気にもとめなかった。歩いて植えこみに行くと、草の上に慎重に座った。そして待った。

しばらくして丸々とした蛙が空地に跳び出してきた。ロバートは急いで両手をカップ状にして捕らえた。蛙は激しくはねて掌に身体をぶつけたが、すぐにおとなしくなった。

ロバートは腰に巻いた薄い布のベルトをゆるめ、服の中に蛙を入れた。人目につくほどは出っぱって見えなかった。

それからドレスの外からその背を撫でると、蛙はもがいたり暴れたりしなくなった。

ロバートはしばらく考えた。

「ドレイクにするわ」ロバートは蛙にいった。

ロバートが台所に戻ったとき、ミス・ジェンティルベルはまだ読書をしていた。彼は失礼しますといって、そっと自分のベッドルームに上がって行った。そこならだれにも聞かれる恐れはないので、蛙を衣装ダンスの中に隠した。

そのとき奇妙なことを感じはじめた。唾が口の中にたまり熱く沸き立った。

部屋の隅々は生きているように見えた。

彼は階下に降りて行った。

「……そしてジャンヌ・ダルクは火刑にされ、彼女の身体は炎の餌食となりました。そしてそこは炎の音と藁《わら》や材木の砕ける音だけになりました。彼女は一度たりとも泣きわめきませんでした」ミス・ジェンティルベルはため息をついた。「おまえに対する罰があったわ、ロバータ。この物語はためになるかしら？」

ロバートははいと答えた。彼にはためになった。

「そして生命を捧げました。オルレアンの乙女はまったくの無実でした。彼女は最大の美徳と善意に満ち溢れていました。しかし彼女は殺されました。民衆は彼女を突然攻撃し、肉体から骨まで燃え尽くさせました！　ロバータ——これはわたしの質問よ。もしおまえがジャンヌ・ダルクで火刑にされず生きていけたら、どうしただろうね？」

「わたしには——わかりません」

「それは」ミス・ジェンティルベルはいった。「おまえの不幸よ。いまおまえにいって聞かさなければならないわ。この話し合いをわざと先延ばしにしてきたの。それはおまえに考える時間を与えるためよ。なのにおまえは考えても、まだ自分の邪悪さに浸かったままなのね。おまえがあの飲んだくれの馬鹿と、この家についてぺらぺらとしゃべっているのを、わたしが知らないとでも思っているの？」

ロバートの心は凍りついた。痛めつける針がやってきた。

「おまえが話したことは耳にしているわ。これまでもおしゃべりを残らず聞いてきた。まず、質問に答えなさい。おまえは自分が男の子だと考えているの？」

ロバートは答えなかった。

「そう思っているのね」ミス・ジェンティルベルは近寄ってきた。「さて、おまえはそうじゃないよ、お生憎《あいにく》さま。言葉の感覚も違う。男なんてけだものよ――わかるかい？　おまえはけだものなの、それとも人間なの、いってごらん、ロバータ？」

「人間です」

「その通り！　それではおまえが男の子でないのは明らかね、そうじゃない？　おまえは女の子、若い娘よ。それを決して、決して忘れないで。聞いているのかい？」

「はい、お母さま」

「でもねえ、それはこの話し合いの目的じゃないの」ミス・ジェンティルベルは急いで平静にいった。「おまえが心の中で自分をだましているのは構わないわ。むしろ母親に嘘をついたり、あまりに見えすいたごまかしをすることが気に障《さわ》るのさ。おまえのおしゃべりはちゃんと耳に入っているんだからね」

ロバートは頭が抑えきれないほどずきずきした。こめかみが痛みで破裂しそうだった。

「それで――あの男はわたしの手からおまえを取り上げようとして警察に行ったんだよ！　母親がおまえにあまりにつらく当たるから、無垢な子供にはあまりに悪意で残忍すぎるとね！　そしておまえたち二人は白馬に乗って、だれも意地悪な者のいないすばらしい土地に……」彼女の頬は震えた。その眼は生気を失っていた。「ロバータ、おまえはそれほど純真なのかい？　ミスター・フランクリンのこのような約束はいつものことなんだよ」彼女は額に手を当て細い指でこすった。「ちょうどいまごろ」彼女はよそよそしくいった。「彼はバーに入り浸ってすっかり酔っ払っている。さもなければ、おそらく黒人娼家の一軒で——そこにはなじみの女がいるのを、わたしは知っているわ」

ミス・ジェンティルベルは笑っていなかった。ロバートは困惑した。これはいつものお母さんとは違う。彼女の眼の中に何かかすかなものを捉えた。

「そしておまえは彼の話に耳を傾け、彼を愛して戻るのを待っている。わかるわよ、ロバータ、わたしはすっかり理解しているのよ。おまえはあの庭師を愛してしまい、彼と一緒に駆け落ちしようとしているんだね！」何かが起こった。彼女の口調は急に変わった。もはややさしくもそらぞらしくもなかった。「おまえにはお仕置きが必要だよ。ドレイクがおまえを連れに戻ってくることなど決してないことが、やっとわかったときが最適だね。でもね——それだけでは不充分。もっとお仕置きをしなくてはね」

ロバートはもうほとんど聞いていなかった。

「話を聞いていないふりをして眼を逸らすのはやめなさい。さあ——おまえの小さな友だちをここに連れてきなさい」

ロバートは自分の内部で種が芽を出したのを感じた。それが心の中でしだいに育っていくのが痛切に感じられた。そしてもう考える余地はなかった。

ミス・ジェンティルベルはロバートの手首を手に取り、爪が深く皮膚に食いこむまでつかんだ。「おまえがドレスの中に動物を入れ、二階にもっていったのを見たんだよ。いますぐそれをわたしのところにもってきなさい」

ロバートは母の眼をじっと見つめた。ミス・ジェンティルベルは彼の前に立ちはだかり、ドレスの擦り切れた白い襟元をつかんだ。身体を震わせ言葉はまったくかみ合っていなかった。

「それを連れておいで。ここにもってきなさい。聞いているの?」

ロバートは黙ってうなずくと、階段を上がり自分の部屋に行った。そこは生気に溢れていた。鳥たちでいっぱい、仔犬たちもいて痛みでくんくん鳴いていた。

彼はまっすぐ衣装ダンスに行き蛙を取り出すと、注意深く握りしめた。

ドアに戻りかけると、緑と白の翼が彼の顔をはたいた。

彼は階段を降りるとリヴィングルームに入った。ミス・ジェンティルベルは戸口に立っていた。彼女の眼はのたうつ動物に注がれていた。

ロバートは何もいわず一緒に台所に歩いて行った。

「ほんとうよ、ロバータ、それがわかるとき――おまえを連れにくる者などいないことを知るとき――もっとも肝心なのはただよい娘でいることなのよ。それだけで充分。よい娘でいること、そして母親の言いつけに従うことなのよ」

彼女は蛙を取り上げるときつく握った。ロバートの口中は唾で濡れ、眼はじっと彼女を睨みつけていたが、彼女は気にもとめていなかった。

鳥や仔犬たちがロバートにささやいていることを、彼女は聞きもしなかったし、彼に群がった動物たちを見ることもなかった。

彼女は片手で蛙を握り、もう一方の手で包丁掛けから大包丁を引き抜いた。それは錆《さ》びて光沢もなかったが、刃は鋭く先も尖っていた。

「このことをよく考えるのよ、ロバータ。どうしておまえはお母さんにお仕置きをさせるのか」彼女は笑った。「おまえがこの小さな友だちにつけた名前を言いなさい」

「はい、ドレイクです」

「ドレイクだって！　とてもふさわしいわ！」

ミス・ジェンティルベルは自分の息子にそっぽを向いていた。蛙をテーブルに置くと腹を上にひっくり返した。蛙は激しくのたうちまわった。

それから包丁の先端を蛙の腹に当て、一息入れてぐさりと突き刺した。蛙は身もだえしたが、蛙を押さえつけたままゆっくりと刃を動かし、しだいに深く切りこんでいった。

しばらくして蛙はおとなしくなった。彼女は蛙を焚きつけの箱に放りこんだ。

ロバートが包丁を取り上げて手に握ったのを、彼女は見逃してしまった。

ロバートの思考は停止した。雪みたいな唾の泡が顔に散らばり、眼には生気がなくなった。

彼は友だちの声に耳を傾けた。仔犬たちが足にまとわりつき、きゃんきゃんと苦痛を訴える。

鳥たちは血まみれの翼ではばたき、狂ったように頭をふり金切り声で叫ぶ。そしていまや蛙もげろげろ鳴いて跳ねまわる……

彼は考えていなかった。ひたすら耳を澄ました。

「ええ……わかったわ」

ミス・ジェンティルベルは急いでふり向いた。彼女のように娘も無感覚だった。彼女は両手を上げ叫んだ――しかし包丁はすでに青白いドレスを通して、青白い肉体を貫いていた。

鳥たちは金切り声をあげ、仔犬たちは吠え、蛙たちはげろげろ鳴いていた。はい、はい、はい、わかったわ！

そして包丁は抜かれてはまた刺された。それがなんども繰り返された。

やがてロバートは濡れた床ですべって倒れた。彼は転げまわり、そっと泣き声をあげ、笑い、さまざまな音を立てた。

ミス・ジェンティルベルは無言だった。その細く白い指は肉切り包丁の柄にからみついている。しかしもはや包丁を腹から引き抜こうとはしなかった。

ほどなく絶え絶えだった息が止まった。

ロバートは部屋の隅に転がって行き、手足を縮めて固くなった。

彼は死んだ蛙を顔にもっていき、そっとささやいた……


赤ら顔の大男はイトスギの土地をのろのろと歩いていた。たくみに藪《やぶ》やくぼみを避け、やっと大きな屋敷の入口までやってきた。

彼は鋳鉄の門に歩いて行った。そこには高い煉瓦塀が連なり、その上に割れたガラスや曲がった大釘が植えつけられていた。

門を開け庭を横切り、腐って割れた階段を登った。

古い樫の扉に鍵を差しこんだ。

「ミニー！」彼は叫んだ。「おまえにちょっとしたニュースがあるぞ！　おーい。ミニー！」

沈黙の階段が待っていた。

彼はリヴィングルームに行き、二階のロバートの部屋にも行った。

「ミニー！」

彼は廊下に戻った。あいまいな笑みがその顔に浮かんだ。「もうおまえにはあの子を任せておかないぞ！　それでどうだ？　それでもいいのか？」

暖かい沼地の風がため息のように雨戸を吹き抜けた。

男はこぶしを固め、一息ついてから廊下を歩き台所のドアを開けた。

むかつく臭気がまず鼻孔を突いた。「くそっ」という言葉が唇に上ったが声には出さなかった。

彼は長いあいだ黙って立ち尽くしていた。

ミス・ジェンティルベルの顔の血潮はもう乾いていたが、手の血は床に溜まっており、まだ濡れていた。

彼女の指はしっかりと包丁を握りしめていた。

男の視線が遠くの隅に走った。ロバートがそこにうずくまり静かに言葉を口ずさんでいた――抑揚も生気もない単調な口調だった。

「……悪い子……お仕置きだよ……いたずらな女の子……」

ロバートは首をうしろに反らし、天井に向かって笑いかけていた。

男は部屋の隅まで歩いて行き、ロバートを自分の胸の上に乗せると、堅く砕けんばかりに抱きしめた。

「ボビー」彼は呼びかけた。「ボビー、ボビー、ボビー」

温かな夜風が急に冷たくなった。

風は森の大きな屋敷の廊下や、各部屋を歌いながら吹き抜けて行く。

やがて風は去って行った、怯えながら独りぼっちで。

消えゆくアメリカ人

The Vanishing American

その考えが浮かんだのは五時少しすぎだった。それはせいぜい彼の一部分、全意識細胞の下に隠れた小さな部分に起こったことだ——しばらく経つまでは、その気にならなかった。ちょうど午後五時にベルが鳴った。二分経つとあたりの椅子は空っぽになりはじめた。引き出しを閉める大きな音、定規をかたづけ、指をパチッと鳴らし、大きなあくびをし、足をだるそうにもぞもぞ動かす。

ミスター・ミンチェルはリラクッスしていた。両手をこすり合わせてゆったりとし、席を立って帰宅するのはうれしいことだと考えた。しかしもちろんまだテープが残っており、四分の三しか終わっていない。まだ帰れなかった。

背のびをすると、自分の前をぞろぞろ帰って行く同僚にさよならをいった。いつものようにだれも応答しなかった。かれらが去ってしまうと、またキーボードを叩こうと指を置いた。カチカチいう音が急に鎮まり返ったオフィスに高くひびく。しかしミスター・ミンチェルは気づかない。それほど仕事に没頭していた。まもなく合計の出る時間がくるのを知り、それを考えると脈拍が早くなった。

タバコに火をつけた。心臓をどきどきさせながら煙を吸いこんで吐いた。

右手を広げると、人差し指と中指を〈合計〉と記されたメタルバーに置いた。長い紙リボンがデスクにとぐろを巻き、妙に陽気な気分だった。ちらっとそれに眼をやり、それから積荷目録を見た。一八〇三七四四八という数字が赤線で囲ってあった。彼は肺に息を吸いこんで止めた。それから眼を閉じると合計のバーを押した。

低い滑らかな金属音のあとに、完全な沈黙が続いた。

ミスター・ミンチェルは片眼を開け、視線を天井から計算器に移した。

彼はかすかに唸った。

合計は一八〇三七四四七と読める。

「ちくしょう」その数字を見つめ、五十三頁ある積荷目録と、三千ものばらばらな数字の行列を、もう一度チェックしなければならないと思った。「ちぇっ」

今日一日は無駄にすぎてしまい、取り返しがつかなかった。何とかするにはいまさら手遅れだった。マッジは夕食を作って待っているだろうし、F・Jは残業を認めなかったし、それに……

合計をもういちど見つめた。最後の二桁の数字を。

ため息をついた。四七か。ぎくっとした。驚いた、今日はおれの誕生日じゃないか！　今日で四十と――いくつだっけ？――四十七歳だ。それで間違えてしまったのだ。一種の潜在意識というやつか……

ゆっくりと立ち上がると、ひとけのないオフィスを見まわした。

それから更衣室に行き、帽子と上着を手に取ってきちんと身につけた。

「もう五十に近いのか……」

外廊下は暗かった。ミスター・ミンチェルは静かにエレヴェーターに向かい、下降ボタンを押した。「四十七か」彼は大声でつぶやいた。そのときすぐにライトが赤になり、厚いドアが騒音を立てて開いた。エレヴェーター・ガールは鳥のようにやせて日焼けした女性で、首をまわすと廊下の左右を見た。「下に参ります」彼女はいった。

「頼む」ミスター・ミンチェルは足を踏み出した。

「下に参ります」エレヴェーター・ガールは舌を鳴らしつぶやいた。「くそガキの悪戯だわ」彼女は格子扉を疲れたようにひと押しして、スロットの滑らかな木製ハンドルのレヴァーを動かした。

ミスター・ミンチェルはこの職種の娘にしては言葉遣いがおかしいなと思った。階段を使えばよかったと後悔した。エレヴェーターで見知らぬ人間と二人だけになったときはいつも不安だったが、いまも緊張が高まるのを感じた。それが耐えられなくなったとき、彼は咳払いをしていった。「長い一日だったな」

娘は無言だった。無愛想な表情で、喉の奥で何かを口ずさんでいた。

ミスター・ミンチェルは眼を閉じた。一分も経たないあいだだったが――彼は空想していた。ケーブルがもつれてエレヴェーターが階と階の間で停止し、この妙な娘と六時間もつまらないおしゃべりをしなければならなくなる――彼はふたたび眼を開けると、急ぎ足でロビーに出て行った。

エレヴェーターは音を立てて閉まった。

彼は身をひるがえすと戸口に向かった。それから一息つくと心臓の脈拍が急速に早くなるのを感じた。赤ら顔の堂々たる身なりをした中年の大男が、ガラス戸の向こうに立っていて別の男と話をしていた。

ミスター・ミンチェルは力をこめてドアを押した。これでもう自分に気づいたはずだと思った。もし詰問か何かされたら、自分はタイムカードを押さなかったと答えるだけだ。それで問題はないだろう……

彼は大男に笑って会釈した。「今晩は、ミスター・ダイメル」

男はちらっと眼を上げると、まばたきしてまた会話に戻った。

ミスター・ミンチェルは顔が火照《ほて》るような感じがした。急いで通りに出た。いままたあの考えが浮かんだ——しかしまだはっきりとした考えというより、むしろ漠然たる感じで——脳髄の底から浮かび上がってきた。F・J・ダイメルとは「おはようございます」以外、もう十年も直接言葉を交わしたことがないのを思い出した。

凍てついた影が高層ビルから落ちて、いまや通りを覆っていた。買物客の群れはジャガーノート（インドのクリシャナ大神像）のように歩道を闊歩《かっぽ》し、疲れ果てているが、しかし深く心に秘めたものがあるようだ。ミスター・ミンチェルはそれを眺めていた。かれらはみな人目を忍んでいるように見えて、それは子供でさえも恐ろしい犯罪から逃れようとしているようにふと思えてきた。かれらはひたすら前を見つめ急いで歩いていた。

しかしミスター・ミンチェルは自分が見向きもされていないことに気づいた。かれらの視線はこちらを貫いている。そうだ、自分を素通りしている。あのエレヴェーター・ガールといい、いまのF・Jもそうだ。そしてだれかがさよならといってくれただろうか?

彼はコートの襟を立てて考えながらドラッグストアに歩いて行った。自分は四十七歳だ。現在の平均寿命だと、あと十七、八年残されている。それからあの世に逝くのだ。

もしかして自分はもう死んではいないだろうか。

彼は足を止めた。そしてふと雑誌で読んだ小説を思い出した。死んだ男の幽霊が義務か何かを果たしている話だった。とにかくその男は自分が死んだことを知らなかった——そんな話だった。小説の結末で男は自分の遺体と偶然に出会うのだ。

ひどくばかげた話だ。彼は自分の身体を見まわした。幽霊は三十六ドルのスーツは着ないし、ドアを押し開けるのにトラブルなど起こさないし、ウオノメがずきずき痛むこともない。今日自分はいったいどうしてしまったのか?

彼は頭をふった。

それはもちろんあのテープのためだ。それに今日が誕生日だったという事実。それらのせいで、かなりばかげた思いに囚われたのだ。

彼はドラッグストアに入って行った。広い店内は買物客で混雑していた。タバコ売り場に歩いて行き、怯える気持ちを抑えながらポケットに手を伸ばした。小男が彼を押し分けて前に出ると大声で叫んだ。「五セント二枚にしてくれないか?」係員は顔をしかめレジから小銭を取り出した。小男はちょこちょこ走り去った。他の客がその場所を占めた。ミスター・ミンチェルは腕を突き出した。「ラッキー・ストライクを一箱下さい」彼はいった。係員はセロファン包装のパッケージにすばやく指を動かすと、ものうげにそっぽを向いていった。「二十六セント」ミスター・ミンチェルはガラスケースにきっちり二十六セント置いた。係員はタバコを端に押しやると巧みに金を拾い上げた。その間いちども眼を上げなかった。

ミスター・ミンチェルはラッキー・ストライクをポケットに押しこむと店を出た。風は冷たいのに少し汗をかいていた。「ばかげている」という言葉が心にひっかかり、そこに留まっていた。ばかげている、そうとも、いったい全体どうしたというんだ。しかし考えてみると――いまこそ、その疑問に答えるんだ――あれがほんとうではあるまいか？　あの係員が自分を見ていたと本気でいえるか？

いや、今日だれが自分を見ただろうか？

さりげなくふるまいながら、もう二ブロック歩き、いつもの地下鉄の方角に向かい、〈シエ・ホエン〉というバーに入った。一杯なら問題あるまい。気分を落ちつかせる強い酒を一杯だ。

バーは薄暗い場所で、あまり暖かくもなく、かなり混んでいた。ミスター・ミンチェルはスツールに腰かけ腕を組んだ。バーテンダーは老婦人と活発に話を交わし、ときおり巧みなユーモアでにぎやかな笑い声を立てていた。ミスター・ミンチェルは待った。数分がすぎた。バーテンダーは何度となく眼を上げたが、客がきたのに気づいたそぶりはまったくなかった。

ミスター・ミンチェルは自分の古びたグレイのオーバーコート、みすぼらしい花柄のネクタイ、安物のシャークスキンのスーツに眼をくれた。このアンサンブルはかなりうんざりすることに気づいた。そこに長いあいだ座って自分の服装に嫌気がさしていた。それからあたりを見まわした。バーテンダーはゆっくりとグラスを拭いていた。

わかったよ、勝手にしろ。どこか他の店に行くからな。

彼はスツールを滑り降りた。店を出ながらピンク色の歪んだ壁鏡を見た。立ち止まるとのぞきこんだ。それからほとんど駆けるようにしてバーを出た。

冷たい風が頭に浸みこんだ。

ばかげている。あの鏡は歪んでいたんだ、まぬけめ。歪んだ鏡に自分の姿が写るわけがあるか？

高層ビル街を通り、ちょうど図書館と石造のライオン像の前をすぎた。あのライオンをずっと昔リチャード王と名づけていた。いまはライオンを見向きもしなかった。それは子供のころ以来ずっとあのライオンに跨《また》がりたいと思い、そうするんだと心に誓っていたが、実行したことはまだなかったからだ。

地下鉄に急いだ。二段ずつ階段を下り、急行に乗ろうと靴音を立ててプラットフォームを走った。

急行は凄まじい轟音を立てて入ってきた。ミスター・ミンチェルは吊り革につかまり人目を避けた。だれも彼を見ていなかった。人を押し分け戸口に行き、ひとけのないプラットフォームに出たときも、彼に眼を向ける人さえいなかった。

彼は待った。やがて電車は去り、一人だけ残された。

階段を上ると、もうとっぷり日は暮れ、ひっそりと影のない暗闇だった。自分のアパートへの通い慣れた道を歩きながら、今日一日の心を抉《えぐ》られるような奇怪なできごとをあれこれと思案した。

ドアを開けた。

妻が台所にいるのが見えた。台所のアーチを通してエプロンがちらちらひらめいた。彼は声をかけた。「マッジ、帰ったよ」

マッジは返事をしなかった。彼女の所作にはいつもと変わったところはなかった。ジミーはテーブルに座って、ジュースによだれを流し、ひとりごとをしゃべっていた。

「おれは――」ミンチェルは話しはじめた。

「ジミー、もうやめてバスルームに行きなさい、聞いているの？　もうお湯は入れてあるわよ」

ジミーはわっと泣き出した。そして椅子から跳び下りると、ミスター・ミンチェルの身体を走り抜け、バスルームに駆けこんだ。ドアが乱暴にバタンと閉まった。

「マッジ」

マッジ・ミンチェルは疲れて顔にしわを寄せながら、けだるそうに部屋に入ってきた。彼女の眼はまばたきもしなかった。ベッドルームに入ったが沈黙が続き、やがて激しく叩く音と叫び声がした。

ミスター・ミンチェルはバスルームに入りささやかな恐怖と戦った。ドアを閉めてロックしハンカチで額を拭った。ばかげていると彼は思った。ばかげている。ばかげている。自分は何の根拠もなしにまったくばかげたことをしている。まずやるべきことは鏡を見ることだ。そして――

ハンカチを唇に当てた。息をするのも困難だった。

やがてこれまでの人生で経験したことのないほどの恐怖を味わった。

これを見ろ、ミンチェル。どうしておまえは消えてしまったんだ？

「坊や、お父さんが帰ってくるまで待っていなさい！」

彼はハンカチを口に押しあてドアに寄りかかりあえいだ。

「いったいこれは何だ、消えてしまうとは？」

さあ、見てみろ。おれのいうことがわかるだろう。

唾を飲みこもうとしたができなかった。唇を湿らそうとしたが乾き切ったままだった。

「ちくしょう――」

眼を細めてひげ剃り鏡に向かって歩きのぞきこんだ。

口をだらりと開けた。

鏡には何も映ってなかった。何ひとつ映っていなかった。曇って灰色で空白だった。

ミスター・ミンチェルは鏡を見つめ、手を出したが急いでひっこめた。

眼を凝らしてみた。数インチ離れて見てみた。何かかたちが映った。ぼんやりと不鮮明でつかみどころがないが、まさしくひとつのかたちだった。

「くそっ」エレヴェーター・ガールが彼を見なかったわけが、F・Jが彼に答えなかった理由が、ドラッグストアの係員、バーテンダー、マッジが返事しなかった原因がわかった。

「おれは死んではいない」

もちろん、死んではいないが——そうともいえない。

「——お尻を叩かれますよ、ジミー・ミンチェル。お父さんが帰ってきたときに」

ミスター・ミンチェルは突然ふりかえるとロックを外した。湯気がもうもうとしたバスルームをとびだすと、部屋を横切り階段を下り、表通りの冷たい夜気の中に出た。

自宅から一ブロック離れるとゆっくりと歩きだした。

眼には見えないのか！　その言葉をあいまいな声で何度もくり返した。そう口にすることで、足をひっぱり、頭を痛め、自分を占めたパニックを抑制しようとした。

なぜだ？

太った女性と少女が通りかかった。彼女たちはどちらも眼を上げなかった。彼は呼びかけて自分に注意を引こうとした。うまくいくはずがなかった。それはいまのところ問題にもならない。自分は見えないのだから。

彼は歩き続けた。そうしながら忘れていたことを思い出した。さまざまな物事があまりにすばやく去来している。それらを把握することもできず、ただ見つめて思い出しているだけだった。彼は若いときに、「オズの魔法使い」、「ターザン」、H・G・ウェルズの小説を読んでいた。教師を志して大学に通い、マッジと出会った。それからはもう計画など立てなくなった。マッジに乗り換えたので、すべての夢は後回しにすることにした。今後のために、しかるべき時のためにだった。そしてジミー――小さないたずらっ子ジミーは、汚いものを食べ、鼻をほじり、テレビばかりを見、本など読もうともしない。息子ジミーのことは理解できそうもなかった……

いま公園の角を歩いていた。やがて公園をすぎると、近所でもなじみの道や、まったく知らない迷路のような路地を通り抜けた。歩きながら思い出し、人々を見、苦痛を感じた。かれらには自分が見えないのだ。いまだけではなく、今後もだ。歩き、思い出し、苦痛を感じた。

心に残っていたあらゆる夢が戻ってきた。たっぷりと。彼はイタリアへの旅を計画していた。オープン・スポーツカーは悪天候に向かない。自分が闘牛を気に入るかどうかは直接確かめるしかない。書物では……

やがてあることが心に浮かんだ。自分がまったく突然に消えてしまったのではない。それはまったくありえない。彼は長いあいだかけてしだいに消えていったのだ。あのダイメルのやつにおはようをいうごとに、だんだんと見えずらくなっていったのだ。このひどいスーツを着るたびに、少しずつ姿が薄れていったのだ。給料をもらって帰宅し、それをマッジに渡すごとに、彼女にキスをしては果てしない愚痴につきあうたびに、あの小説を買うのを反対されたり、大嫌いな加算機を押したりするごとに、消失のプロセスは進行していったのだ……

それは間違いない。

数年前からダイメルや会社の連中から自分が消えていったのだ。そしてまったくの他人の眼にもやがてそうなった。いまやマッジやジミーにも彼が見えなくなっている。しかも彼自身でさえ鏡の中の自分がほとんど見えなかった。

それは彼にとって恐怖だった。なぜ自分が消えてしまうのか？　そう、どうしてだ、これはほんとうなのか？　じっさいに説明できる理由は何もなかった。いっさいなかった。これは一種の悪夢のかたちを取って、完全なテープを突きつけられるのと同様に残酷なほど論理的に迫ってくるのだ。

そのとき明日も、翌日も、翌々日も仕事に行こうと考えた。もちろんそうしなければならない。マッジやジミーを飢えさすわけにはいかない。その上、自分にはほかに何ができるだろう？　何も重要な変化があるわけではなかった。タイムレコーダーを押し続け、自分を見えない人々にもおはようをいい、テープを管理し疲れ切って帰宅する。何も変わらない。そしていつか死ぬ。それだけのことだ。

ふと彼は疲れを感じた。

コンクリートの階段に座るとため息をついた。遠くに昔通った図書館が見える。そこに座ったまま人々を見つめていると、疲労がかなり体内に浸みこんでくるのを感じた。

そのとき彼は眼を上げた。

頭上には空に向かって立つ黒々と堂々たるライオンの巨大な石像があった。大口を開け、頭を誇らしげに掲げていた。

ミスター・ミンチェルは微笑んだ。リチャード王だ。思い出が心の中に広がった。懐かしいリチャード王、そうか、なんてことだ、ここにあったんだ。

彼は立ち上がった。少なくとも五万回この場所を通り、そのたびに激しい渇望の瞬間を経験している。それほど手遅れではない、しかしまだ情熱は残っているだろうか？　すると子供っぽい熱望がこれまでよりも強く、ふたたび沸き上がるのを感じて驚いた。急を要することだ。

頬をこすりながら数分間そこに佇んだ。それはおよそばかげたことに思えた。頭がどうかしているんだ。さもなければ説明がつかない。しかしたとえそうであっても、それがどうしていけないのか？

なんといってもおれは人目につかない。だれにも見えないんだ。もちろんこんなことが現実にあるはずはなかったのだが。自分では知らず、つまり当たり前のことをしていると信じていた。大学時代に戻ってマッジなんか相手にしなかった方がよかったのだろうか？　しかしそれをいまさら変えられるか？　たとえあのときにいまの自分を知っていたとしても、それで何ができただろうか？

彼は悲しげにうなずいた。

わかったよ、でもこれ以上みじめな思いはしたくないんだ。お願いだ、くよくよ考えるのはやめてくれ！

驚いたことに、気がつくとミスター・ミンチェルは石像のコンクリート台を登っていた。肺から息がもれた——あと数歩登れば比較的楽になるのがわかり、やすやすと足を進めた——もはや登るほかない。いったん直立して石像の脇腹に手をすべらせた。表面は信じがたいほどなめらかで冷たく、ライオンの筋肉らしく堅くて黄褐色をしていた。

彼は一歩退がった。おおっ！　まだこんな力が残っていたのか？　まったく驚異的な力で――ここには王者の威厳があったのか？　石からか――いや、そんなことはない。大衆は欺けるだろうが、ミスター・ミンチェルは騙せない。このライオンは単なる図書館の飾りものではないことを知った。それは非常に危険な狡猾さと、途方もない力と信じがたい獰猛さをもつ動物なのだ。これまでは動く必要がないから動かなかっただけだ。それはただ待っているのだ。いつかは待っていた敵が通りをやってくるのが見えるだろう。そのときは気をつけろよ、いいか！

彼はいまそっくりの作り話を思い出した。この世間の中で、自分、ヘンリー・ミンチェルだけがライオンの秘密を知っているのだ。そして自分だけがこの力強い背中に跨ることを許されたのだ。

試しに尾に足をかけてみた。ためらいながら息を呑むとすばやく前に動き、丸みを帯びた尻に乗ろうとした。

震えながら前に身体をずらし、高くもたげたライオンの頭のちょうどうしろの肩にやっと跨った。

息遣いがひどく早くなった。

彼は眼を閉じた。

すぐに呼吸は元に戻った。ちょうどそのときジャングルの悪臭を放つ熱い空気が鼻をついた。

自分の下で大きな筋肉が波打つのが感じられ、踏みしだかれた草木の葉がバリバリと鳴るのが聞こえた。彼はささやいた。

「落ちつけよ、おい」

飛んでくる槍は怖くなかった。彼は姿勢を正して微笑みながら、リチャード獅子王の豊かな黄褐色のたてがみを両手でつかんでいた。そのあいだも風は彼の髪をなぶっていった……

そして、不意に眼を開けた。

町が目の前に広がっており、群衆やライトが見えた。彼は泣くまいと懸命だった。四十七歳にもなる男は決して泣かないし、それは姿が見えなくとも同じだと心得ていた。しかし彼はそうせずにはいられなかった。ライオンの石像に座ったまま首を垂れ泣いていた。

最初、笑い声は聞こえなかった。

それを聞いたとき、自分は夢を見ているのだと考えた。しかしそれは現実だった。だれかが嘲笑していた。

彼はバランスを取るために、ライオンの片耳をつかみ、身を乗り出した。眼をしばたたいた。眼下十五フィートには群衆がいた。本を手にした若い連中が数名。かれらはこちらを見上げて笑ったり、嘲弄《ちょうろう》したりしている。

ミスター・ミンチェルは眼を拭った。

わずかな恐怖にかられたが、すぐに消え去った。彼はさらに身を乗り出した。

少年たちの一人が手をふり叫んだ。「走らせろ、おやじ！」

ミスター・ミンチェルは危なく転げ落ちそうになった。そのとき理解したわけでもなく、理解しようともしなかったが――ただわかったのだ――彼は大口を開いて笑い、歯を見せたが、入れ歯もなく真っ白だった。

「おれが――見えるかい?」彼は叫んだ。

若い連中はわめいた。

「見ろ!」ミスター・ミンチェルの顔は空に向かって溶けこんでいるように思えた。彼は叫び声を上げ、リチャード王の毛むくじゃらの石のたてがみを精一杯抱きしめた。

下では次々と通行人が足を止め、群衆の輪ができはじめていた。何十人の眼が鋭くいぶかしげにのぞいていた。

グレイの毛皮を着た女性がくすくす笑っていた。

ブルーのスーツのやせた男が、自己顕示欲の強い男にぶつぶつ文句を並べていた。

「黙れ」別の男がいった。「ライオンに跨りたいやつは、勝手にさせておけ」

あたりはざわめきに満ちた。黙れといった男は小柄で黒縁のメガネをかけていた。「おれも昔はよくやったもんだ」彼はミスター・ミンチェルを見上げると叫んだ。「どうだい気分は?」

ミスター・ミンチェルはにやりとした。どういうわけなのか謎めいた方法でだが、二度目のチャンスを与えられたんだ。そして今度はどうすべきかを悟った。「すばらしい!」彼は叫ぶとリチャード王の背中に立ち、自分のダービーハットを旋回させながら群衆の頭上に投げた。

「さあ、上がってこい！」

「そいつはむりだ」男はいった。「デートがあるんだ」彼は大股で歩き去りながら、その眼には深い称賛の色が浮かんでいた。男は群衆から離れて立ち止まると、両手を口元に寄せて叫んだ。「また会おう！」

「いいとも」ミスター・ミンチェルはそういうと、また新たな冷たい風が顔に吹きつけるのを感じた。「また会おうな」

そのあと気分もよくなり覚悟ができると、彼はライオンの背中から降りた。

名誉の問題

A Point of Honor

今日はミセス・マルチネスのオルガン演奏がなかった。そのためセイント・クリストファー教会は静寂に満ちており、フリオは異質さと怯えを感じた。彼はこの感じが嫌いだった。聖水の泉の中のスポンジ――老女の手首みたいに砕けやすい灰色のケーキ状――に触れたとき、大教会にただ独り腰かけて考え、明日はお祈りのために充分な時間を取ろうと決心した。胸に十字を切ると、十セントと一セントのコイン二枚を、慈善箱に入れてから石段を降りて行った。

雨は小降りになっている。鉄色の高い雲からは細かい霧が漂い、乾いた街路にわずかに染みをつけ、やがて消えていった。

フリオは雨が降ろうが降らなかろうがかまわなかった。

車のフェンダーにじっと寄りかかって、ポケットナイフで爪を研いでいる若者に向かって足を早めた。若者は驚いて眼を上げた。

「さあ、行こう」フリオがそういうと、かれらは歩きだした。

「やっつけ仕事だったな」若者は冷やかした。

フリオは返事をしなかった。ともかく教会に入り祈れば、もうそれほど怯えることはない。これからの数時間とパコのことを考えた。自分が本気で怯えているのを知ったら、パコは何というだろう。

「おまえはおふくろが病気になったとか理由をつけてごまかしたな。あれは結局シャークがやるはずだったが、やつは逃げてしまった。憶えてるだろう」

「それで？」

「それだけさ、頼むぜ。おれのことは放っといてくれ――いいな」

ダニー・アリャーガはフリオの大親友だった。親友には隠しごとはできない。それにダニーは年上で、口ひげを生やすほど老けており、昔からいっしょだった。彼はかつて女性とトラブルを起こし、子供まであった。それをはじめて耳にしたとき、フリオはショックを受けたが、あとになるとうらやましくて仕方がなかった。ダニーは頭は切れたがやさしさに欠けていた。いつかは顎で使われることになる。それをフリオは用心していた。

「なあ、おれが悪かった――それでいいかい？」

「けっこうだ」

「ちょっといらついているんだ。別に怖がっちゃいねえ？」

かれらはしばらく黙って歩いた。日射と雨模様のせいで夕方の蒸し暑さが残り、二人の少年とも汗をかいていた。かれらは脚にぴったりの色あせたブルー・ジーンズを履き、背中に〈ジ・エイセズ〉と乱暴に書れた革のフライング・ジャケットを着ていた。かれらの髪の毛は漆黒で豊かな直毛をしており、毛先は襟首に垂れている。靴はピカピカに磨き立てていた。しかしTシャツは汚れて染みができ穴が空いている。フリオは一晩シャツの穴に指を突っこんでいたことがあった。

かれらは歩道から芝生に入りこみ、芝生を下って人口池に行き池の縁《ふち》を歩いていった。池にはまだボートは出ていなかった。

「ダニー」フリオはいった。「どうしてパコはおれを選んだと思う？」

ダニー・アリャーガは肩をすくめた。「おまえの番だからだ」

「ふーん、でも何をさせるつもりなんだ？」

「おまえにはあることを、ほかのやつには別のことだ。そんなこと知るか？　みんなパコの思いつきなんだ」

かれらはボート小屋に近づいて行き、それが見えたときフリオは立ち止まった。「おれはやりたくはない、臆病だからな——そうだろう？」

ダニーはまた肩をすくめ、タバコを取り出した。「おれはパコに話す前におまえに話した。だけど耳を貸そうともしなかった。いまではもう遅すぎる」

「マリファナタバコをくれ」フリオはいった。

はじめは今夜何をすべきか考えていたが、ふと、かつてサン・フリアン・ストリートの実父のドラッグストアで笑い者にした、あるおかしな老人のことを思い出した。彼はどれほど父を心配させたことか。その老人が第一次世界大戦で戦争神経症《シェルショック》にかかり、無気力さをどうしても治せなかったからだ。彼はいまその老人みたいな感じだった。

「ふざけたことはよせ」ダニーはいった。「さもないとパコが疑いだすぞ」

「疑わせておくさ！　かまわん、かまわん」

かれらは池の縁を歩き続けた。もうかなり暗くなっていた。やがてかれらは公園のボート小屋の裏ドアに着いた。ダニーは一度フリオを見て、タバコの吸い殻を踏みつけると、ドアを軽く叩いた。

「プレイボーイどもをチェックしろ」だれかがそういいドアが開いた。

「ちくしょう」ダニーはいった。「待たせる気か」

「念のためだ」

フリオは胃が痛くなるのを感じた。


そこにはみんなそろっていた。フリオはその理由を知っていた。彼が怖じけづいてやめるかどうかを見るためだ。

向かいの壁にずらりと並んでいた。ゲリー・サンチェス、ヘスス・リヴェラ、マニュエル・モラレス、それに彼の行くところいつも金魚の糞みたいにくっついている二人の弟。二隻のバッテリー・ボートに腰かけているのは、エルナンドとファン・ヴェルジュゴの兄弟、アルベルト・ドミンギン。みんな無言で、同じレザー・ジャケットとジーンズのユニフォーム姿だった。広い部屋の中央にはパコがいた。

フリオは手をふって挨拶をした。そしてすぐさま、自分に向けられた多くの眼に恐怖を感じはじめた。

パコ・マリア・クリストバル・イ・メンデスは隆々たる筋肉をした、浅黒い肌で黒髪の十七歳の若者だった。枝編み細工の椅子にふんぞり返って座り、両手を後頭部に当てて、タバコの煙ごしにフリオを睨みつけていた。

「どうして途中で神殿《ミュージアム》に立ち寄ったんだ？」パコは尋ねた。みんながどっと笑い、フリオも笑った。

「何のことなんだ？　おれはそれほど遅れてない」

「四十五分は遅れすぎだ」パコはテーブルに手を伸ばすとボトルを前に動かした。

「おれにいわせてくれ」フリオはいった。「説明させてくれ」

「おい、聞いたか、おまえたち！　フリオの生意気な言い草を」

「だれがそんな口をきくか？　なあ、それでここにきたんだぞ。おれは何をすればいいんだ？」

ダニーは彼の靴を見ていた。

パコは顔をこすった。熱い汗でぎらぎら光り、いらだちから薄い口ひげが逆立っていた。

「今晩フリオに危険な仕事があるんだ」彼はいった。「それがなんだかわかるか？」

「おれが知るかよ？」フリオは声を落ち着けようとこわもてに構えた。

「とぼけるなよ、アメ公」パコはいった。「おい、おまえたち、こいつは知らないそうだ」彼はダニー・アリヤーガを見た。「おまえはこいつに話さなかったのか？」

「とんでもない」ダニーは否定した。

「わかった、わかった。おまえはまだジ・エイセズにいたいのか、フリオ？」

フリオはうなずいた。

「それならおれのやれといったことは何でもやるのが務めだ。それでいいな?」パコはボトルから飲むと、マニュエル・モラレスに渡した。彼も飲むとボトルを弟に渡した。弟は唇を浸しただけで返した。

フリオは待たされるのを知っていた。アルベルトの儀式を憶えていたからだ。パコはのらりくらりと言葉を引き伸ばし、彼がどれほど怯えるかを注目していた。かれらはアルベルトを車のかっぱらいに送り出した。それはパシフィック・フルーツ社のマネジャーの車で、いつもキーをかけっぱなしにしたままだった。たとえアルベルトがその車を多少壊しても、同じ夜のうちにクラブにもって帰ればそれほど問題はなかった。車さえかっぱらえば問題ない。

しかしダニーが見たところでは、そのような仕事をさせようとしているわけではなかった。パコはフリオが教会に通っているのを見つけて以来、彼を困らせようとしていた。しかしそれだけの理由ではない。エルナンドもファンも教会に通っていることは、フリオも知っていたからだ。

判断するには一筋縄ではいかない深く底知れない何かがある。

しかも強力なものが。

「もうすぐ時間だ」パコは椅子にもたれながらいった。他の連中は笑っていた。

ボートはわずかな電流で不安定にゆれて少し動いた。

フリオはパコのことを、またジ・エイセズに身を置くわけについて考えた。最初に入会したのはダニーで、ずっと昔、フリオがジーンズを履くよりもはるかに前のことだった。パコはそのころ街路にたむろしていた新米であとから入ってきた。父親のミスター・メンデスはすでに亡くなり、母親はアリソ・ストリートにある、死んだ猫を窓に飾っている中国食料雑貨店で働いていた。そのころはクラブに何のつながりもなかった。パコはクラブに入ると人のつながりを作った。彼は山の手で最強の男だったヴィンセント・サンタ・クルスをぶちのめした。そして仲間にマリファナを経験させ、それを入手する場所を教えた。三度も刑務所にぶちこまれたが、追っかけの女の子たちが会いにきてくれた。彼自身は強くて力があるだけで美男子ではなかったが。ダニーはパコに憧れていた。フリオはそうでなかったが一目はおいていた。

「やるんだ、小僧」パコは四本の粗末なタバコの入ったピルボックスを開けた。

「あとでな」フリオはいった。

「そうか、いいとも、あとでな」パコはにやりとして仲間にめくばせした。

ふたたび静かになった。ボートに水の垂れる音と、前後にゆれる枝編み椅子がきしむ音だけだった。

部屋は手狭だった。ジ・エイセズと壁に水漆喰《みずしっくい》で書かれており、かれらのイニシャルが各所に彫られていた。フリオのイニシャルを除いては。その名誉は彼が仕事をやってのけたときにだけ与えられるものだった。

だれも沈黙を破ろうとはしなかった。

ダニーは知っているなとフリオは思った。最初からよく知っていたのに、おれには何もいわなかったな。ダニーはもう完全な資格のあるメンバーだった。大宝飾店のショーウインドウをぶち破り、仲間に配れるだけの腕時計をかっぱらってきた。荒っぽい仕事だった。お巡りが始終あたりをパトロールしていたので神経を使った。フリオも自ら一軒ぶち破って押し込んだことがある——タイヤ店だった——なのでもういちどやれる自信はあったが、しかしどれほど怖かったかも忘れていなかった。

どうしてかれらは自分に話してくれないのか、ほんとにもう？　なぜのらりくらりと引き伸ばすのか？　いま話してくれさえすれば、すぐにでもとび出していくつもりだった。しかしいま以外にない……

「怖いのか？」パコはもう一本のタバコに火をつけ、ジャケットを脱ぐと尋ねた。

「耳をよせれば——おれの震えている音が聞こえるだろう」フリオはいった。

ダニーは微笑んだ。

パコは眉をひそめ、大きな音を立てて椅子を前に動かした。

「何でおまえはそんなに生意気なんだ——すぐさま口に一発くらわすぞ。いいのか」

「いいとも、おれは怖くない」

「そいつは大嘘だ。おまえはだれをからかっているんだ？　おれか？」

いままで他人をこれほど憎んだことはなかったので、ふとフリオはパコに意地悪な目つきで気取るのが嫌になった。友だちのダニーを見たが、ダニーはそっぽを向いていた。

「カトリック信者か、フリオ？」パコは脚をばりばり引っ掻いた。「きょうは懺悔に行ったのか、坊主は懺悔室で忙しかったか?」彼は笑った。

フリオはこぶしを握りしめた。「おれのやることをいってくれ、いいかげんに」彼はいった。そしてすぐに自分の父親、パパ・ヴェラスケスのことを考えた。パパは遅くまでドラッグストアで働いている。ソーダ水や処方箋の薬を調合する仕事だ。商売は新しい団地や、すべての新規小売店のおかげでかなりうまくいっていた。

フリオは薬剤師になるつもりだった――だれもがそれを知っているが、だれもなれるとは信じていなかった。ローレント神父以外は。神父はフリオにいくどもやさしくわかりやすく話してくれた。そのためフリオは神父にいままでの罪を懺悔したいと何度となく思った――オートバイを盗んだことや、マリファナを仲間に勧めたことなど――しかしどうしても口に出すことはできなかった。

彼は両手を堅く握りしめて待ち、息遣いに耳を傾け考えていた。その気になればまっすぐにでもドラックストアに行ける。わずか一マイルしか離れていない……

彼は咳払いをした。アルベルト・ドミンギンが彼を睨みつけた。

そしていまやダニー・アリャーガもいらいらしているので、フリオは話せなかった。

「知りたいのか、ふーん? やつらは――おれに話せと思っているのか?」

「もう彼に話してもいいだろう」ダニーは立ち上がるとするどい口調でいった。いきなり彼はパコよりはるかに大きく見えた。「さあ」

「だれがおまえに話せと頼んだ?」パコはそういうとダニーを睨みつけた。彼は急いで眼を逸らした。「よかろう、フリオ。まずこれを見ろ」

パコはポケットに手を入れ、大きな骨柄のナイフを取り出した。フリオは動かなかった。

「これが使えるか、小僧?」

「ああ」

「おい、ふざけるなよ? フリオがナイフの使い手なんて——だれも思っちゃいねえ!」パコは親指でナイフの開閉ボタンを押した。ボートハウスの緑がかった光の中で、長い銀の刃がきらめいて飛び出した。

「それで?」

「だから今夜これを使ってもらおうじゃないか、フリオ」パコは椅子の中で大きく笑いながら身をゆすった。他の仲間は身をかがめタバコを口にくわえた。

ダニーは何かしゃべろうとしたが自制した。

「何に?」フリオは尋ねた。

「そうじゃない、小僧——何にじゃない、だれにだ」パコはナイフをフリオの足下に放り出した。しかし柄から床に落ちたので隅に滑って行った。フリオはそれを拾い上げ、ボタンを押すと刃が鞘《さや》に収まり、それを自分のポケットに入れた。

「わかった。で、だれにだ?」

カッツがプレグンタで老女を襲ったことを思い出した。わずか八十三セントのためだった。

「相手は小汚ねえ野郎だ」パコはそういうと一息おいた。「おい、小僧、具合が悪いのか?

顔色がよくねえな」

「いったい何を話しているんだ？　おれに何をさせたいんだ？」

「おれたちのグループのためにひどく重要な仕事をやれ、そういうことだ。おまえはとても大事な男なんだ、フリオ・ヴェラスケス。わかっているか？」

クエルナヴァカ近くのカカウアミルパの居酒屋で、祖父は藪の中に横たわっている男を見つけた。男は死んでいた。しかしそれだけではなかった——男は死んでからだいぶ経っていた。祖父はコーヒーを飲んだあとで、よくその話をしていた。祖父は強調もせず、興奮もせず、淡々と話すのでいつも怖かった。

「それはだれなの《キエン・フエ・エル・オンブレ》、パパ？」

「——だれ《キエン》？　町でも非常に重要な人間《ウン・オンブレ・ムイ・エン・エル・プエブロ》だった！」

いつものように、やがてゆっくりとした口調で、ママの糸巻き玉みたいに、だんだんと話はほどけていった。その男は村でも金持ちの一人で影響力があり、よく知られた、二千エーカー以上ある美しい大農場の所有者だった。そしてある夜出かけたまま帰ってこなかった。翌晩もその翌晩もだった。捜索が行われたがやがて忘れ去られた。それを祖父が見つけたのだ。しかし彼を最初に見つけたのは蠅《はえ》や禿鷹だった。

「その男はどうして死んだの《コモ・ムリオ・エル・オンブレ》？」彼は殺されたのだった。肋骨のあいだにナイフが刺さっており、ナイフのまわりの肉はふやけて腐っていた。

死……

フリオはクエルナヴァカの金持ち男の死をいつも考えた。

「そいつは何をしたんだ？」フリオは尋ねた。「その男は」

「何かしたんだろうよ」パコはそういって笑った。それから「たくさんのことをな。いつかの晩、おれたちみんなでオルフェウスに行ったときのことを憶えているな。おまえはおやじか何かに止められて家から出られなかった」

「ああ、そうだ」

「よし。そこでは評判のいいビリー・ダニエルズのショーと映画をやっていた。そうだったよな、おい？　おれたちは劇場で金を払おうとすると、窓口の娘は受話器を取り上げて『ちょっと待って』というんだ。すぐさま用心棒が顔を出して、おれたちをじろじろと見わたした。やつはしごく冷静で、虫か何かを相手にしている風情だった。おれはやつに話し、うまくいった——おれたちは中に入った。たった五ドルだった。それで——ショーはくだらなかったんで映画を見た。お涙ちょうだいものだった。おれたちは料金を返してもらいに行った。窓口には男がいて女は見えなかった。やつは『だめだ』といった。おれはマネージャーに会いたいといったが出かけていた。やつらは料金を返そうとはしない。おれたちはどうしたらいい？　おまえならどうする、フリオ？」

「騒ぎを起こすさ」

「ばかなことをいうな。そんなことをしたらどうなる？　でっかいユダヤのちんぴらやくざが急ぎ足で通路をやってきて、おれがアシスタント・マネージャーだというんだ。おれたちはすぐさま逃げ出した。料金も返らなければ何もならない。そのときやつはアルベルトの髪の毛をつかみ蹴とばした。そうだったな、アルベルト？」

アルベルトはうなずいた。

「こいつはもちろんジ・エイセズのためにならねえ。おれはそのときぐうの音も出なかった。やくざ野郎にあとで憶えていろといっただけだ。おれたちはさりげなく立ち去った。こいつが問題だ——」パコの眼は劇的に険しくなった。「あのシラミ野郎はいまだにあたりをうろつき回っているんだ。フリオ、やつにはおれたちのだれにも手出しをさせないし、おれたちみんなをばか扱いさせない。やつが何といったか知っているか？　おれたちを何と呼んだか知っているか、フリオ？」

「何と呼んだんだ？」

「ぐず、不法入国のメキシコ野郎、汚ねえメキシコのくそったれだ。ショーの最中に観客の前で、やつの口の中に糞をたれてやりたかった」

「それでやつをぐうの音も出ないようにしてやりたかった」

パコは身体をゆすって笑った。「いや、ぐうの音だけじゃねえ。あのユダ公を殺してやりたい。もうふざけた真似をできないようにな。そいつがおまえの仕事だ、フリオ。やつの耳を切り取ってこい」

フリオはダニーを見たが、彼は笑ってはいなかった。他の連中は鎮まりかえっている。みんなが彼を見つめていた。

「いつごろやつは仕事を終えるんだ？」フリオはやっと尋ねた。

「十時三十分だ。ロサンゼルス・ストリートを歩き、それから三番街に突き当たり、三番街を下って交差点近くまで行く。そこが狙い目だ、フリオ。おれたちは三日三晩やつの跡をつけた。交差点のあたりにはまったくひとけがない。やつがその空地を通り、アラメダに向かうときに殺せ。だれにも見られない」

「どうやってやつを見分けるんだ？」

「デブで、大鼻、大耳、茶色の縮れ髪だ。何かをもっているはずだ。おそらく弁当箱だろう――それを持って帰れ。アルベルトも同行してやつを教える。もしトラブルが起こったら助けになる。やつはでかいが、おまえなら仕留められる」

フリオはポケットにナイフを感じた。彼はうなずいた。

「よし、それだけだ。おまえとアルベルトは三十分以内に取りかかれ。貨物置き場のまわりをうろついて待つんだ。だれにも見られないようにしろ。時間をチェックし、マーチャント・トラック社の横の線路の場所を確認しておけ――どこだか知っているな。やつは十一時ごろそこを通りかかるはずだ。いいな？」

フリオはピルボックスに手を伸ばし、最後のタバコを探しているかのように指を動かした。パコは笑っていた。

「そこでそれまでのあいだに、おれたちのミーティングをしておこう。手にしているものは床に置け」

少年たちはバッグや手荷物やポケットに手を突っこみ、腕時計、指輪、一握りの金を取り出した。これらの品々を床に広げた。

フリオは考えていた。太った死顔の金持ちはまだ藪の中に横たわって蝿を待ち、その間も赤く濡れた手をしたメキシコ人の少年が急いで逃げ続けている……


重機械類のギーギーいう音がセメント床を伝って、貨物置き場の木造ドアを通りぬけ低くなった。幾人かの不明瞭な声が聞こえた。遠くから聞こえる他の機械の騒音は決して絶えることはなかった。

その夜は静かで風がなかった。フリオとアルベルト・ドミングインは有蓋《ゆうがい》貨車のそばの空地を並んで歩いていた。二人の影はくっついていたがあまりしゃべらなかった。

やっとフリオがいった。「そいつはほんとうにパコがいったようなことをやったのか？」

「やつは生意気だ」アルベルトは答えた。

「おまえを蹴とばしたのか？」

「その通りよ。文字通りな」

「それで他にどんな恨みがあるんだ？」

「何もない」

「勝手にしろ」

「ああ、いいか、パコは映画の画面に小便をかけてふざけまわった。バルコニーからビール瓶や何かを投げ落としたりなんかしたそうだ」

「それでそいつはおまえたちを追い出したのか?」

「そうとも」

「パコはやつと喧嘩したのか?」

「いや」アルベルトは考えこんでいった。かれらは貨車の側面をよじ登り、屋根から反対側の地面にとび降りた。「やつはその点抜け目がない。警官が呼ばれるとうそっぱちを並べた。その方が利口だ」

「そうだな」

「いらいらするか?」

「ああ、かなり興奮している。うんざりしているんだ。ひどくいらついている。なあ――今晩仕事をやり遂げたら、パコや他の連中はおれへのいじめをやめるかな」

「心配するな」

「それでどうする?」

「あと二十分だ。ここがその場所だ――やつはそのあたりを通りすぎる」

アルベルトが自分の気持ちをわかっているのか疑問だった。たとえアルベルトが自分の考えを読んでいるとしても……

脂じみたナイフの柄が手の中で滑るのを感じた。ポケットから取り出すとズボンで拭い、試してみた。貨車のやわらかな木造部分をユダヤ人の首筋に見立てて、ナイフの刃先を突き立てた。

ナイフを引き抜くと一度でやめた。

かれらは巨大な鉄車輪のそばの石炭殻を敷いた地面に座った。

「まるで鼠だな、おい？」フリオはいった。

「そっくりだ」アルベルトは答えた。

「やつの歳は？」

「だれも知らんが――二十五から三十歳ぐらいだ。おまえにもわからないだろう」

「おまえだってやつが――この男のことだが――家族持ちかどうか考えたこともないだろうな？」

「その言いかたは何だ？　冗談じゃない！　あんな脂肪の塊みたいのと結婚する女がいるか？」アルベルトは静かに笑った。彼はレザー・ジャケットのポケットから旧式の赤い柄のナイフを取り出した。それで指の爪を掃除しはじめた。二、三秒ごとに眼を上げて、未舗装の暗い通りを見つめた。

「それでやつを見まちがうことはないんだろうな？」フリオは尋ねた。

「いや。でもおれたちがへまをやったらすべておしゃかになるんだ。おまえは怖じけづいているんじゃないか？　もしそうなら、おれはこんなところにぐずぐずしてはいられない――」

フリオはアルベルトのワイシャツの前部をつかみ、こぶしで握りしめた。「黙れ。いいか？口を閉じろ、さもなきゃわからせてやるぞ」

「まあまあ、落ちつけ……ゆっくり話そう。手を放せ。すべてをぶちこわすつもりなら、ぺらぺらおしゃべりを続けてろ」

フリオは汗が脚を伝って下りるのを感じた。

何とか震えを止めようとした。

「わかった」彼はいった。


一マイル離れた線路の上では一連の貨車が、暗くなるとガッタンゴットンと重たい音を立て、ぎこちなく待避線から出ていた。高い空の見えない小鳥たちのさえずりみたいに、かすかな人間の声も聞こえた。さもなければそれは自分たちの息遣いにすぎなかった。

「これがすんだら『カトリック教徒』を聞いてみたいな」フリオはいった。

「まだ何もやっちゃいないんだぞ」アルベルトはそういうと急いでそっぽを向いた。

「くそくらえ」フリオはいった。しかし彼の声は参りかけており、それでむりしてあくびをし、足を伸ばした。「それで一体いつおれたち用心棒を雇うんだ?」

アルベルトは返事をしなかった。

「いずれにしろギャングのようなやつだぞ、おれたちには用心棒なんて必要ない」

「あと五分だ。やつはいまかなり急ぎ足でやってくるはずだ」

フリオはにやりとしてナイフを閉じ、すばやく静かな音を立てて開けるとまた閉じた。彼の手は汗をかき、ナイフの柄は脂じみた汗に覆われて滑りやすかった。そこでジーンズで注意深く拭った。

「カーツのグループには用心棒がいるぞ。あと五分だぞ、やれやれ」

「カーツ、シュマッツか」アルベルトはいった。「早く仕事を終えようぜ、いいか？」

「どうした、アルベルト？　怖くなったなんていうなよ！」

アルベルトはこぶしを引っこめ、フリオの肩を叩いた。それから急いで指を唇に当てた。

「しーっ！」

かれらは聞き耳を立てた。

何も聞こえなかった。

「おい、アルベルト、何がわかったんだ？」フリオは髪の毛を梳《す》いた。「おれの知っていることか？　パコはおれのやることなんぞ頭にない。おまえとおれが戻ってくるのを待っている。そうすれば大物ぶっていられるんだ。おれのすることなどはどうでもいいんだ」

アルベルトは興味深げな顔つきをした。

「彼はほんとうに切れる。胆っ玉もどでかい。ユダヤ野郎の耳をもって帰ったとき、それをどう扱うかな？」フリオは笑った。

静寂の中で足音が地面に鋭くひびいた。動作は重く砂利が踏み砕かれ、石はぴしっと鳴った。

その足音はだんだんと大きくなった。

アルベルトは耳をすまし、それからゆっくりと立ち上がるとジーンズの埃を払った。ナイフを開き、フリオを見た。フリオも立ち上がった。かれらは貨車の陰に身を寄せてうずくまった。

足音は不規則だった。一瞬フリオは女性の足音のようだと思った。次の瞬間、彼は祖父の言葉を聞き藪の中の腐肉を見た。

そのイメージは四散して消えた。

「やつはどこに踏みこんでいるのか知らないまぬけだな、おい？」フリオは耳うちした。その言葉は彼を脅かした。アルベルトは動かなかった。「メキシコ人、メキシコ人。メックスだ――いいか？　大丈夫だな、いいな、アルベルト？」ナイフの刃が柄からとび出した。

「黙れ」アルベルトが小声でいった。「そこにやつがいるんだ。見えるか？」

街灯はなかった。それで人影ははっきりとしなかった。しかし暗がりでもその人影は男だとわかった。大柄な若い男だが、まるで何かを恐れているかのようにゆっくりと歩いていた。

「あれがやつだ」アルベルトはそういうと息を吐き出した。

フリオの喉はからからだった。唾を飲みこもうとすると痛んだ。「わかった」彼は答えた。

アルベルトがいった。「いいか、近づいて物乞いを装うんだ。わかったな？　うまくやれ。それからやつを殺《や》るんだ、すぐさまな」

「何か見たような気がしたぞ」フリオはいった。

「それはどういう意味なんだ？」

「何かを見たような気がした。何かを見たような気がしたんだ。用心しろよ」

「どこだ？」

「わからん」

「口から出まかせをいっているのか？　怖じ気づいたんだな？」

「そうじゃない。おれのまちがいだった」

その人影は貨車を通りすぎて行き、闇に消えた。しかし足音はまだはっきりと聞こえた。

「用意はいいな？」アルベルトは念を押した。

フリオは一息おき、それからうなずいた。

「くそ」アルベルトはいった。「おまえは怯えて青くなってる。おそらくどじを踏むぞ。もう帰れ」

フリオは帰ろうかと考えた。しかしそうしたら何といわれるか、みんなの眼が不穏なスポットライトのように注がれる。嘲笑を聞かされるのは身の毛がよだつ。

アルベルトは心配そうだ。足音はだんだんと遠くなっていった。

「くそくらえ」フリオはいった。「おまえは一緒にくるのか、こないのか？」彼はナイフの柄を袖に隠し、掌を丸めてカップ状にして刃先を握った。

アルベルトは手でシャツをこすった。「行くとも。おまえのあとから――一分したらな。六十秒後だ」

フリオは耳を澄ました。突然彼はもう震えなくなった。しかし喉はまだからからだった。

彼は数えて待った。

やがてアルベルトに笑いかけると歩きだした。

ほんの数分で追いつくと思った。だれも見ていない。だれもフリオ・ヴェラスケスを、そいつのあとを追う臆病者とは思わないだろう。だれも……

前方に近づくと、あの男が見えた。他にはだれもいない。シラミのような生きるに値しない男だけだ。

そして長い影が。

彼は一度だけふり返って肩越しに見たが、暗闇は息づいていた。首を振ると気にかけず急いで歩いた。

とうとうその男に追いついた。

「おい、兄さん」フリオは声をかけた。

フェア・レディ
Fair Lady

「メキシコに行ってみるんだな、エルイーズ」彼女はみんなにそういわれた。「そこに行けば相手になる男が見つかるはずだ」そこで彼女はメキシコに行って、いささか退屈な村々やとてつもなく退屈な町々を訪ねて注意深く探してみた。しかし相手の男は見つからなかった。それで彼女はメキシコを去り、帰国した。

やがてこういわれた。「パリだ！　そここそ相手の男のいる場所だ。急げ、エルイーズ、遅れるな」しかしパリは海のかなただった。そんな話は若い娘たちや老いた女の心の中に存在するだけで、彼女がそこで出会ったとしても、それは女たらし《ブルヴァーデエ》、ワインボトル片手のふしだらな伊達男で——示唆はまちがっていた。相手はパリにいなかった。

現実には——ある日授業中のこと、それが彼女に訪れた。そのとき太陽はかげり、秋で外はかなり寒かった——デュエインはどこにも見あたらなかった。しかし彼女はそれが真実なのを知っていた。金髪で滑らかな頬をした若者は、立ったまま『アガメムノン』（ギリシア劇詩人アイスキュロスの書いた悲劇）を朗読し、彼女はそれに耳を傾け、夢ではなかった。

デュエインのことなど考えてもいなかった——マイケルか、ウィリアムか、グレゴリーでも変わらなかった。

彼女は答案を採点したあと帰宅すると考えこみ、彼の容貌を思い出そうとしてみた。それから部屋の周囲を見まわした。するとどれもが初めて見るもののような気がした。褪せたオレンジ色の壁紙、黒檀《こくたん》の整理ダンス、薄い書棚は灰色になり、長年の取り扱いのせいで擦り減っていた。長い年月……

自分の手首とぶよぶよした青く走る血管に気づいた。小皺の寄った手の皮膚はもはや張りを失っていた。鏡の中から自分を見つめ返している顔を改めた。醜くはない、ひどくもない。しかし……美しくもなく、老いていた。なんてことなの、たとえ老いていないとしても、もはや若くもない歳なのかしら？

彼女は記憶をたどって杉のタンスから思い出の数々を引き出し、静かな部屋の中で心臓の動悸に耳を傾けた。しかしそこにはミス・エルイーズ・ベイカー、彼女だけを愛するために待っている長身の見知らぬ男はいなかった。彼がいるはずもないのをやっと知った。もともと存在していなかったからだ。

やがて死がやってきて、自分を連れ去ることを考え、ひそかな涙を流したのは、その夜のことだった。

彼女がミスター・オリヴァー・オショーネシーと出会い、恋に落ちたのは翌朝のことだった。

それはこんな具合だった。ミス・エルイーズは午前七時二十五分のバスを待って停留所に座っていた。それはここ数年、毎朝同じだった。いまの心境は豊かで満ち足りた人生を考える前に死に憑かれていた。彼女はもう年配の教師で、ミセス・リッターやミス・アクライトみたいに干からびて生気がなくなっていた。昨夜は暗闇を怯えながら見つめ、重いまぶたを閉じても寒く、夢も暖めてくれなかった。朝の空気は冷たかった。彼女は独りベンチに座ったまま七時二十五分のバスを待った。

バスはどっしりとした優雅な姿で霧の中から現れた。寒さのなか古いエンジン音を大きくひびかせていた。ガタガタと音を立てながら通りをやってくると、やがて車線を変えて、三角形の黄色い標識前のバス停に、唸るような音を立てて入ってきた。ドアがシューと開き、激しい息遣いで停止した。

しかしミス・エルイーズは赤いペンキを見つめたまま騒音と煙の中に座り、まったく動かずまばたきさえしなかった。

彼女をやさしくなだめ警戒心を解き、安心させる声がひびいた。

「お客さん、そこにずっと座っていられては困ります。学校の子供たちのために作られた場所ですから」

彼女は顔を上げると運転手を見た。

「すみません。わたし……うとうとしていたものですから」

彼女はバスに乗ると自分の座席に歩きだした。そこは毎朝ずっと彼女の指定席だった。

やがてそれは起こった。いきなりあるものが彼女の中に飛びこんできたのだ。しばらくしてから彼女は周囲の状況を思い出そうとした。バスには乗客がだれもいないことに気づいた。吊り広告はすでに変えられていた。床はきちんと掃除されていなかった。好むと好まざるとにかかわらず座席に座り、ドアが音を立てて閉まった瞬間にはじまっていた。それはこんな言葉ではじまった。

フェア・レディ

「何かいわれました?」

「あなたは十二歳以下とはとても見えませんが、ミス。規定のバス料金を払って下さい」それから小さな妖精の笑い声みたいなやさしい声がした。「世界はよこしまで金が第一なのです。おそらくわたしも最悪な人間だけど、ともかくその金が世界を動かしているのです」

朝からアイロンできちんと折り目をつけたま新しい制服を着こんだ、赤ら顔の大男をミス・エルイーズは見つめた。帽子は髪の灰色部分に斜めに被り、肉体は衣服で堅くしめつけられ、ベルトの上にはみだしている。運転席のたくましい大男は眼で彼女に笑いかけていた。彼女はオリヴァー・オショーネシーを見つめた。ずっと昔に会ったことがあるような、この瞬間にはじめて見たような、あいまいな気がした。

そこで彼女は旧式の黒い料金箱に十セントを入れて座った。

しかしそこは彼女のいつもの座席ではなかった。自分を「フェア・レディ」と呼んでくれた運転手のすぐうしろに座った。分厚い辞書から取り出されたこの言葉は、彼女の人生を活気づけてくれた。

それがそもそもの起こりだった。どんな大恋愛でも神秘的に、不可思議にはじまるものだ。そしてミス・エルイーズはそのときからずっと、その問題に対しては疑問も持たず、疑いもせず、多くを考えることすらしなかった。彼女はただひたすらに受け入れたのだ。

それは古い夢を恥ずかしいささいなことに変えてしまった。淡く古びたマチネーの幻想――彼女はいまそれを考えることさえ耐えられなかった。馬の背に跨った男のみだらな臭いや、どことも知れぬ非現実の世界からきた黒い異邦人たちのことなども。デュエイン……彼はただの疲れ切ったロバだったことがわかった。考えてみるとじっさいに彼に会っても、打ちのめされ、見放され、永久に捨てられたかもしれなかった……

さて、こうして彼女はもういちど書物や美術や音楽に興味をもつことができた。しばらくのあいだ、そのすべてが――彼女はかつて仕事を愛していた――愛せるようになった。以前は心から憎んでいたのだ。オリヴァー・オショーネシーと恋愛に陥って以来、何をやっても彼女は楽しかった。若やぎ健やかになり、どこに行ってもひそかな微笑みを絶やさなかった。

それからは毎朝、ミス・エルイーズはバス停に急ぎ、胸を高鳴らせてバスを待っていた。そしていつも確実にバスはやってきて、車内にはひとけがなかった――いずれにしろほとんどの場合そうだった。無人でないときは、邪魔者か姻戚《いんせき》が訪ねに割りこんできたような感じがした。しかしほとんどはだれも乗っていなかった。

毎朝三十分間、彼女は何年もの人生を楽しく暮らした。ゆっくりと丹念にオリヴァーを愛しながら、同時に理解を深めていった。毎日彼の知られざる側面を知り、その強い人間的魅力という新たな面を見つけたので、たがいにだんだんと親しくなっていった。たとえば彼の機嫌の良し悪しはすぐにわかるようになった。それはいつも彼女に見せている笑顔の裏に隠されていたが。それで彼の気分が読めるようになった。完全に打ちのめされている日もあれば、疲れたり漠然と不機嫌な日もあった。しかし満ち足りた子供みたいに、歓声をあげて幸せを爆発させている日もあった。一度はオリヴァーが深く内省的になり、左手の薬指にはめた大きな結婚指輪をぐるぐるまわしながら、うんざりした笑顔を仕方なく作っていたこともあった。あらゆる面で、彼は変貌し、大きくなり、自信たっぷりになったので、彼女は心から彼を愛した。

もちろん彼女はそんなことを決してしゃべらなかった。いつもそうだが、じっさいに二人はほとんど会話することがなかった。彼にはそれが事実だったかを推しはかる方法がなかったが、ときとしてミス・エルイーズはあったかもしれないと考えていた。

一緒にいることで満足していた。これ以上何を話すことがあるだろうか？

三年間、ミス・エルイーズは恋人オリヴァー・オショーネシーの運転するバスに毎朝、毎朝、違えずに乗った。週一回、彼の休みの辛い日を除いては――そういう日は暗く空虚で、逢いたい想いでいっぱいだった。しかしそんな日々もすぎていく。そして彼女の心には空想の翼が与えられ、この世界で自分ほど幸福に包まれている者などいないと本気で感じていた。そこには充実感と静かな満足感があった。夫とベッドを共にしている世の妻たちも、この親密さの十分の一も知ることはあるまい。八月の星空の下でこの国の若者たちは、彼女が味わうロマンスのひとかけらも体験できまい。いままでどの女性も知りえなかった、言わず語らずの至福が満ちていた。

魔法にかかったような三年間。だれが共通の立場で彼女と愛を語り得ただろうか？

やがてある朝がやってきた。彼女が死を考えた数年前の朝のように寒い朝だった。ミス・エルイーズはさむけが心に浸みこみ、そこに宿ったのを感じた。時計をちらっと見てから通りに眼をやった。霧にかすみ、ひとけがなく湿っぽく灰色をしていた。バスの時刻に遅れてはいなかった。オリヴァーの休日ではなかったし、まだ何事も起こっていなかった――それなのに彼女はどうして恐れているのか？　それでも彼女は恐れていた。

バスがやってきた。遠くの角を曲がると、彼女の方にやってきてバス停で停まった。考えることも眼をやることもなく、彼女は急いだ。

そしてわかった。

オリヴァー・オショーネシーはそこにはいなかった。

金髪で厚いメガネの見知らぬ若い男が運転席にいた。ミス・エルイーズはすべてがばらばらになり、がっくりして気が抜けるのを感じた。不意に恐怖にかられて、中国の陶人形みたいに凍りつき、その場を動こうとも、事態を理解しようともしなかった。

それは単に何かを失っただけではない――自分を非常に愛してくれた父親を亡くしたような気持ち。ただそれだけではない。同時に自分自身を失い、信じていた世界から押し出され、寄りつくなといわれたことを知った。

かつて彼女はある狂気の女性を知っていた。この女性はまわりからこういわれた。「あんたは昨夜、家の中を歩きまわり笑っていたわよ」その女性は決して笑いはしなかったが、思い出せず、その眼を恐怖で大きく広げ、あとで途方にくれた声でいった。「わたしは何を笑っていたのかしら……」

しゃがれた声と大きな咳払いがした。

「あなたはどなた？」ミス・エルイーズは尋ねた。

「何だって？」その若い運転手はいった。

「オリヴァーはどこ？」

「オショーネシーか？　転属になったよ。いまはランドルフ路線を走っている」

転属……

籠いっぱいの黒く醜い小鳥たちが突然解き放たれ、その翼が彼女の心臓を打ちすえたような感じがした。彼女は孤独を憶えており、その孤独がいかに消え、清潔ですばらしいものに置き換えられ、世界中に美しい夢を作ってくれたかを忘れなかった。

次のバス停で降りると帰宅し、終日思案にくれて夜を迎えた。夜が更けて……

そのとき鳥たちは飛び去っていた。

ふたたび朝がきたとき、これまでの三年間と同様に彼女は微笑んだ。そして電話をかけた。

退職――ミス・エルイーズが？　理由はたしかに当然だったが――

主婦のように忙しく働き、荷造り、引っ越し、空き部屋の整頓、自分へのさよなら。

時間はかかった。しかしじっさいにそれほどではなく、せっせと一所懸命に働いたので、考える時間はあまりなかった。日々は飛び去って行った。

やがてそれも終わった。

彼女はある朝、新しい空気の中で微笑みながら、新居から二ブロック離れた、新しい町角でバスを待っていた。
ほどなくして、多くの恋人たちのように、彼女の恋人がやってきた。

ただの土

Free Dirt

鶏はきれいに平らげられ、跡形も残っていなかった。その骨は薪《たきぎ》のように皿の片方に積み重ねられていた。レストランのソフトな明かりの中で、白々と乾いてむき出しになっていた。わずかな肉の筋や繊維まできちんと骨から剝ぎ取られている。一方、皿はといえば大平原なみにピカピカ光っていた。

他の小ぶりの皿や椀はどれもおろしたてだった。どれもが同じようにひどくピカピカだった。淡いクリーム色をしたすべての食器類は、肉汁やコーヒーのしみ、パンくず、タバコの灰、爪痕などのまったくない、白雪色のテーブルクロスの上に据えられている。

鳥の骨とデザートカップの底にこびりついている、固くなった赤いゼラチンだけが、ディナーの残骸であることを如実に示している。

小男とはいえないミスター・エイオータは軽くゲップをし、椅子に置いた新聞を折りたたむと、食べもののかすがヴェストに付着していないか調べ、それからてきぱきとレジに急いだ。係の老女は勘定書にちらっと眼をくれた。

「ありがとうございました」

「ごちそうさま」ミスター・エイオータはそういうと、尻ポケットから大きな黒い財布を引き出した。さりげなく財布を開けると『メアリの七つの喜び』を二本の前歯の隙間から口笛で吹いた。

メロディは突然やんだ。ミスター・エイオータの顔色がくもった。財布をのぞきこむと中を改めはじめた。まもなく財布の中身がすべてさらけ出される。

彼は眉をひそめた。

「どうかなさいましたか、お客様?」

「ああ、いや、大したことではない」肥った彼は答えた。「何でもない」財布は明らかに空っぽだったのに、折り返しを開いたり、逆さまにしてパタパタふったりし続けた。そのありさまはまるで中空でいきなり捕まえられた恐水病のコウモリを思わせる。

ミスター・エイオータは弱々しげな苦笑を浮かべ、十四カ所もあるポケットのすべてを空っぽに返し続けた。すぐさまカウンターには雑多な所持品が山と積まれた。

「やれやれ!」彼はいらいらしていった。「何たることだ! いまいましい! どうなっているんだ、いったい? 妻は外出に際し小銭さえ残していくのを忘れたんだ! ちくしょう、ところで——わたしはジェイムズ・ブロケルハーストだ。プライオフィルム会社に勤めている。普段は外食することはない。そして——ここにきたのも初めてだ。これはわたしにとっても、そちらにとっても迷惑なことだ。仕方がないから名刺をおいていく。それでよければ、明晩この時間にきて代金を支払う」

ミスター・エイオータは名刺をレジ係の手に押しつけ、頭をふり所持品をすくってポケットに戻し、楊枝入れから楊枝を一本つまみだすとレストランをあとにした。

彼はひそかにほくそ笑んでいた――お返しのいらないものを入手したときは、いつもまったく同じ受け取り方を見せる。すべて順調にことは運んだ。なんとおいしい食事だったことか！市街電車の停留所の方にぶらぶら歩きながら、デパートのショーウンドウの裸のマネキンにときおりみだらな視線を送った。

市電に乗ると、いつものように巧みに代用貨幣《トークン》を探すのを長びかせる。混雑した乗客の真ん中に乗りこみ、途方にくれたように、目立たぬように、熱心にあちらこちらのポケットを探り、そのあいだ車掌のとげとげしい視線を受け――それから遠くの隅に座り新聞を読む。四年にわたる無賃乗車で、二百十一ドル二十セントの節約になったと、ミスター・エイオータは胸算用する。

電気製品を中古品リストで探すことも、彼の安らかな暖かい感情にさわることはなかった。しばらくは退屈しのぎになるものを調べ上げ、やがて賞金が数千ドルの時事パズルに熱中した。じっさいただで数千ドルが得られるのだ。何の元手もいらなかった。ミスター・エイオータはパズルを愛した。

しかし細かい活字を読み続けるのはむりだった。

ミスター・エイオータは眼を上げると、座席のそばに立っている年配の婦人に気づいた。そのとき婦人の眼は、疲れているので席を譲ってほしいと、遠まわしに懇願しているようで、彼はワイヤの網目の入った窓に眼を逸らした。

眼に入ったものに心臓がドキドキした。毎日通っている町の一角だが、いままで気づかなかったのがふしぎだった――しかしふだんはほとんど眼をそばだてるものがない場所で、「死街地」と失礼な呼び方をされていた――葬儀場、地下遺骨安置所、火葬場などのある陰気な一区域で、五ブロックに密集していた。

彼は停車シグナルをぐいと引くと、市街電車の後部に急ぎ、出口プレートを押し下げた。やがて彼はさきほど見たものの方に歩いていった。

それは看板で、文字の綴りは正しいが下手くそな字体だった。新しいものではなかった。白いペンキは剝がれ、錆びた釘から流れ出た汚いオレンジ色の錆跡が、その表面を覆っている。

その看板はこう読める。

無料の土――リリイヴェイル墓地内のものを提供

その看板は朽ち果てた緑色の板塀に打ちつけられていた。

さてミスター・エイオータはおなじみの感覚に囚われるのを感じた。それは無料という文字に出会うときはいつも生じるもので――その魔法の言葉は代謝作用にふしぎな驚くべき効果をもたらした。

無料。その意味するもの、無料であることとはいったい何だろう？　どうしてただで手に入るんだ？　無料のものを手に入れることは、現世においてミスター・エイオータの最も金のかからない楽しみだった。

無料で提供される土は、彼の気が重くなるようなものではなかったのは事実だった。こうしたたぐいのものについては、さほど深い考えなど思い浮かばず、ただ使い道のないものは何もないと判断していた。

看板を取り巻くこみいった事情などは、彼にはほとんど上の空だった。考えたのは、どうして土が提供されるのか？　墓地の無料の土とは筋の通った場所からのものか？　などなどである。このつながりからして、おそらく土壌が肥えているくらいしか考えられず、そのわけをあまり詮索しなかった。

ミスター・エイオータの唯一のためらいは、次のような問題だった。この提供がまともなものであり、何かを売りつけられる因縁のないものだろうか？　土を自宅まで運ぶのに制限はないのか？　たとえないとしても、最善の輸送手段は何だろうか？

ささいな問題だ。すべては解決できる。

ミスター・エイオータは内心ほくそ笑みながらあたりを探って、やっとリリイヴェイル墓地の入口を見つけた。


このさびれた土地には、かつて麻糸工場や家具内装会社、婦人靴のアウトレットがあったが、いまでは瘴気《しょうき》に取り巻かれていた——近くに沼地もないところから、認可された火葬場の高い煙突の煙が風向きでたっぷりと臭うのだろう。でこぼこの小高い丘々には、十字架、石板、岩石などが積み上げられ、灰色にくすんで黄昏にぼうっと浮き上がっている。さらに状況を述べればまったく楽しい場所だが遠慮しておこう――その晩にそこがどう見えたかは、この肥えた男がどうなったかとはほとんど関係ない。

ただ重要なのは地中は仰向けの死人でいっぱいで、崩れかかったりすでに崩れていたことだった。

ミスター・エイオータはいつものように時間を惜しんで急いだ。すぐさま当事者と会い、このような会話を交わした。

「無料の土の提供者ですね」

「いかにも」

「どのくらいもらえますか?」

「望むだけ」

「いつがいいですか?」

「いつでも。たぶんいつでも新しい土はある」

ミスター・エイオータは生涯の相続権、あるいは定率の当座預金を獲得したばかりの人間のような態度でため息をついた。それから来週土曜日に取りにくる約束を取りつけ、ふさわしい熟慮の結果をあれこれ反芻《はんすう》しながら帰宅した。

その夜、九時十五分に、彼は送りこまれる予定の土のすばらしい利用法を思いついた。

自宅の裏庭には厚い黄土の乾燥した不毛な土地が広がり、手のつけられない雑草がはびこっている。かつてのよき日には一本の木がそこで生い茂り、郊外の鳥たちに格好の寝ぐらだったが、やがて鳥たちはさしたる理由もなく姿を消した。これはちょうどミスター・エイオータが引っ越してきたときに当たった。そして木は醜い裸木となった。

この庭で遊ぶ子供もいなかった。

ミスター・エイオータは興味をそそられた。思いがけないことだった。おそらく何か栽培できるかもしれない！　以前にある種苗会社に手紙を書いて、軍隊を養えるほど種子をただでもらった。しかし最初に植えたのは、ほとんど使いものにならない萎《しな》びた種子で、芽も出ずがっくりし、ミスター・エイオータは計画を棚上げにした。そしていま……

隣人のジョーゼフ・ウィリアム・サンタッシは、ミスター・エイオータのこわもての脅しに根負けして、古いレオ・トラックを貸してくれた。数時間後、最初の土が到着すると、彼はさっそくシャベルですくって築山を作った。その作業ですっかり情熱を使い尽くし、疲れ果ててはいたが、ミスター・エイオータにとっては美しく見えた。二度目の土が届いた。それから三度目、四度目と、やっと最後の土がトラックから降ろされたときには、あたりは石炭箱をひっくりかえしたような暗闇になっていた。

ミスター・エイオータはトラックを返すと、疲労困憊してやすらかな眠りについた。

翌日、遠い教会の鐘の音を聞きながら、ミスター・エイオータが運ばれてきた墓場の土を、シャベルですくってまき散らし、固まった土を打ち砕く音が朝の先触れとなった。この新しい土で荒れた庭はヨーロッパ大陸風な眺めになったが、土は陽に焼けると黒く陰惨になり、太陽はすでにカンカン照りなのにちっとも乾かなかった。

まもなく庭の大部分は墓場の土で覆われ、ミスター・エイオータは居間に戻った。

彼は時間になるとラジオをつけて、あるポピュラーソングを聞き、ハガキにタイトルを書いて投函する。賞品がトースターになるか、ナイロンホース一式になるか、わからないのが悩みの種だった。

それから四個の小包を作った。内容はビタミン錠剤、コーヒー缶、しみぬきの瓶、いずれも中身の半分は消費してしまった。それにほとんど使ってしまった洗剤の箱。これらのどれもに強い不満を記したメモ付き返金要求書を添えて各会社あてに郵送した。

さて夕食の時間になった。ミスター・エイオータは期待にほくほくしていた。さまざまなごちそうを前に腰を下ろした。アンチョビ、サーディン、マッシュルーム、キャビア、オリーヴ、小タマネギなどなど。もっとも美的理由からこれらの食物を好んでいたわけではない。すべてが小さなパッケージなので、忙しい店員の眼をかすめてポケットに滑りこませた品々だった。

ミスター・エイオータは猫も舐めないほど皿をきれいにした。空き缶は新品同様ピカピカで、蓋でさえ虹色に輝いていた。

ミスター・エイオータは小切手帳の収支に目をくれると、いやらしいほどにやりとし、裏窓に行き外を眺めた。

月が庭を冷たく照らしている。月光はミスター・エイオータがただの岩で作った高い柵を越え、いま黒い土地に陰気にまき散らされていた。

ミスター・エイオータはちょっぴり考えて小切手帳をしまい、庭にまく種子の入った箱を取り出した。

種子は新品同様だった。

それ以来五週間、ジョーゼフ・ウィリアム・サンタッシのトラックが、毎土曜日に使われた。この人のよい男は隣人が毎回どんどん土をもってくるのを興味深く見つめていた。その妙な感じについて妻にいくつかの感想を述べたが、彼女はミスター・エイオータについて話すことさえ耐えられなかった。

「あの男はわたしたちから多くのものを騙し盗ったわ」彼女はいった。「ねえ！　あなたの古着を着ているのよ。思いつくまま何でも借りにきては、うちの砂糖やスパイスを使っているわ！　借りたものは絶対返さない。あれは盗みだわ。もう長年のことよ！　品物にお金を払ったのは見たこともないわ！　どこで生活費を稼いでいるのかしら？」

ミスター・サンタッシもその妻も、ミスター・エイオータの毎日の仕事が、黒メガネをかけ目の前につぶれたブリキ缶を置き、ダウンタウンの道端に座っていることだとは気づかなかった。かれらはなんども彼の前を通り小銭を恵んでいたが、その巧みな変装を見抜けなかった。その変装用具は鉄道のターミナルの無料ロッカーにいつも隠してあった。

「あの男はまたやっているわ、あきれた馬鹿ね！」ミセス・サンタッシは嘆声を上げた。

まもなく種蒔きの時期だった。ミスター・エイオータは図書館で膨大な参考書と首っぴきのあと、おもむろに正確を期して作業にとりかかった。まず西洋カボチャの種子を、豊かな黒土にきちんと作った畝《うね》に蒔いた。そしてエンドウ、トウモロコシ、インゲン、タマネギ、砂糖大根、大黄、アスパラガス、クレソンなど実に多種多様だった。畝がいっぱいになると、ミスター・エイオータは余った容器に蒔いた。彼は微笑みながら、いちご、西瓜などの種子をでためにに蒔き散らした。やがて種子の紙箱はすっかり空になった。

数日が経ち、新しい土を取りに、また共同墓地にでかけるときになった。そのときミスター・エイオータは変わったものに気づいた。

暗い庭には小さな芽生えがはじまっている。そばによってよく見ると、それらは成長しはじめているのがわかった。まだ土の中だったが。

さてミスター・エイオータはガーデニングについてほとんど知らなかったが、そのときはまともにやった。なじみが薄いと考えたのは当然だが心配はしていなかった。彼が見た芽生えているもの、それが大事な点だった。芽生えたものは食料になるはずだった。

自分の財産を自賛しながらリリイヴェイルに急いだが、そこで驚くべき失望を味わった。それは最近あまり人が死ななくなったことだった。そのためもらってくる土が不足していた。トラック一杯分もなかった。

まあ仕方がない、休日が終わったらまた取りにこようと考えて、とりあえずそこにある土をもって帰った。

土の追加は庭の栽培を増加させた。新芽やつぼみはすくすく伸び、庭の拡張で荒れ地は少なくなった。

次の土曜日まで彼は我慢することができなかった。この土が苗にある種の肥料を与えているのは明らかだ――ただの食物にはもっと土が必要なのだ。

しかしその土曜日がくるとがっかりさせられた。シャベル一杯分の土さえなかったのだ。そして庭は干からびはじめてきた……

ミスター・エイオータは驚くべき決意で、結果としてあらゆる種類の新しい土や考えられる限りの肥料（すべてユーライア・グリングズビーの名前で請求した）を試みてみた。しかし何の効果もなかった。豊かな恵みを約束していた庭は、新しい畝が崩れ、ほとんど元の状態に戻っていた。これにはミスター・エイオータも我慢できなかった。庭作りにはかなりの労力を費やした。この労力を無駄にはできなかった。他の計画にも深い影響を与えた。

そこで――絶望から生まれた用心深さで、彼はある夜、墓石の並んだ灰色の静かな場所に足を踏み入れた。新たに土が掘られていたが墓はまだ作られていなかった。そこで六フィートの穴をもう一フィート深く掘った。このくらいの深さの差はだれも気づかなかった。

なんども往復する必要はなかった。ちょうど一ブロック離れて停めてあったミスター・サンタッシのトラックの荷台に四分の一ほど貯まった。

翌朝、庭はまた甦っていた。


こうして時がすぎ、土がもらえるときはありがたく戴き、もらえないときも――そう、困らなかった。そして庭には野菜がどんどん成長し、ついには――

まるで一夜ですべてが花開いたようだった！　ほんの少し前までは干からびていた小さな荒れ地が、いまや花でいっぱい、野菜で豊富な楽園と化している。トウモロコシはひげのある緑の外皮から黄色く膨らみ、エンドウ豆は半ばはじけた莢《さや》から輝く緑色に並んでいる。他のすべてのすばらしい食料類も生命に満ちあふれて輝き、活力の見本だった。幾畝にもわたり、畝を越えて伸びていた！

ミスター・エイオータは熱中しすぎて卒倒しそうになった。

その場だけの美食家で、缶詰の技術にも無知だったが、為すべきことはわかっている。ごちそうを分類してかき集めるには時間がかかったが我慢した。とうとう雑草や木の葉、食べられないものを除き、すっかり刈り取って庭を丸裸にした。

野菜を洗い、皮をむき、干し、茹で、煮た。すべてただの食べものを得て、それらをテーブルや椅子に幾何学的に積み上げ、すべてが食べられるようになるまで料理を続けた。

それから彼は食べはじめた。アスパラガスから手をつけた――アルファベット順に食べることに決めていた――彼は食べに食べた。砂糖大根《ビーツ》、セロリ、パセリ、大黄《ルーバーブ》をきれいにたいらげ、ときどき水を飲み、また食べ続けた。クレソン《ウォータークレス》に至るまで少しの無駄もしないように注意した。このときまでには彼の胃はねじれて痛んだが、それはうれしい痛みだった。そこで深呼吸をすると、ゆっくりと嚙むことで食物の最後の一片まで食べ尽くした。

皿は輝く白さで一連の膨れた雪片みたいだった。食物はすべてかたづけられていた。ミスター・エイオータはほとんど性的満足さえ感じた——その意味で充分に満足した……いまのところは。ゲップさえ出なかった。

幸福感が次のように心を攻め立てた。二つの大きな情熱は叶えられた。そこいらの凡人なみに人生の意義は象徴的に達成されたのだ。この男の考えたことはこれら二つだけだった。

彼はふと窓の外に眼をやった。

彼が見たものは暗闇の中央に輝く斑点だった。庭の隅のどこかに小さく——かすかに、しかしはっきりとしていた。

ブロントサウルスがアスファルトの縦穴から苦労して這い出ようとしているかのように、ミスター・エイオータは椅子から立ち上がると、ドアの方に歩いて行き空っぽの庭に出た。莢、殻、蔓《つる》などがグロテスクに吊り下がっている中をどたどたと通りすぎた。

その斑点は消えてしまったように思える。そこで注意深く眼を凝らし、月光に慣れようと四方を見まわした。

そのときそれを見た。白い葉っぱのようなもの、植物で、おそらく花だった。しかしそこはたしかすっかり引き抜いたはずだった。

ミスター・エイオータはそれを見て驚いた。それは地面を浅く掘った底に生えており、枯木のすぐそばだった。どうやってその穴を掘ったのか思い出せなかった。そこではいつも近所のガキどもが悪戯をしていた。食物を収穫できたのは幸運なことだった。

ミスター・エイオータは小さな穴の縁からのぞきこみ、輝いている植物に手を伸ばしてみた。それはなんとなく彼の手に逆らった。彼はさらに身体を傾け、もう少し手を伸ばした。しかしまだそれを指でつかまえられなかった。

ミスター・エイオータは敏捷《びんしょう》な男ではなかった。しかしながら描きづらい場所に最後の小さな点を塗ろうとしている画家のような情熱で、さらに身を乗り出した。出し抜けだった！　彼は穴の縁からころげて、どさっと奇妙な湿った音を立てて穴の底に落下した。ばかげたことをしてしまった。いまや自分を笑い者にしてしまい、やっとまた這い上がろうとした。しかしあの植物はどうした。穴の底を探ってみたが植物は見当たらなかった。そこで眼を上げると、ぞっとすることが二つあった。一つはその穴が想像よりも深かったこと。もう一つはその植物が彼の上方、さきほどいた穴の縁で風にゆれ動いていることだった。

ミスター・エイオータの胃痛はだんだんとひどくなってくる。動くとさらに痛みが増した。肋骨と胸に締めつけられるような圧迫感を覚える。

このとき穴の縁まで手が届かないことに気づき、そこに月光を浴びた白い植物を見た。それは手のように見えた。大きな人間の片手で、ワックスみたいにしっかりと地面に貼りついていた。風が吹くとわずかにゆれるので、細かい土砂がミスター・エイオータの顔に降り注いだ。彼はしばし考えて全体の状況を判断し、穴を登りはじめた。しかし痛みがあまりにも激しく身もだえして倒れた。

風がまた吹き、さらに土砂が穴の中にまき散らされた。まもなくその奇妙な植物は押されるように土の上を行ったりきたりしはじめた。土がだんだんと激しく落下してきた。ますます激しくなっていった。

これまで悲鳴を上げる機会を逸していたミスター・エイオータは、やっとのことで成功した。しかしそれを聞いてくれる者はだれもいなかった。

土砂は落ち続ける。すでにミスター・エイオータは湿った土で膝まで埋まった。懸命に登ろうとしたが手は届かなかった。

そして月光と風の中をパタパタと音を立てる大きな白い植物から土砂が落ちてくる。しばらく経つとミスター・エイオータの悲鳴はくぐもったものになってしまった。

当然の成り行きだった。

やがて、数分後には庭は元の静寂を取り戻した。

ミスター・エイオータを発見したのは、ジョーゼフ・ウィリアム・サンタッシ夫妻だった。彼はいくつか並べたテーブルの前の床に倒れていた。テーブルにはたくさんの野菜が山積みされている。テーブルの皿はきれいに磨かれていた。

ミスター・エイオータの腹は、ベルトのバックルがはち切れんばかりに膨らんで、ボタンははじけ飛び、ジッパーはゆるんでいた。わびしく静かな海から打ち揚げられた奇妙な白い大鯨みたいだった。

「死因は食べすぎね」ミセス・サンタッシはうがったジョークで結論を下した。

ミスター・サンタッシは手を伸ばすと、肥った男の死んだ唇から小さな土のかたまりを取り上げた。それを調べた。そしてある考えが浮かんだ……

彼はその考えを否定しようと努めた。しかし医師たちがミスター・エイオータの腹に大量の土を見つけたとき――そこには土しかなかった――それを聞いたミスター・サンタッシはほぼ一週間とても安眠できなかった。

ミスター・エイオータの遺体は、雑草ばかりで何もない荒れ果てた裏庭を通り、哀れな枯木と岩の柵を越えて運ばれて行った。

準備は何も整えられていなかったが、夫妻の善意で見苦しくない葬儀が行われた。

それから遺体は朽ちかけた緑色の板塀に囲まれた一角に埋葬された。その塀にはあの小さな看板がまだ打ちつけられていた。

そしてそこに吹く風はまったくのただだった。

自宅参観日

Open House

ノックの音がした。一回だけだったが、四角いガラス窓はやわな脇柱のせいで震え、鋭い音がアパートの室内中にひびきわたった。

ミスター・ピアスは凍りついた。餌を食べている動物が不意に驚いて頭を上げるように、彼も驚いて頭を上げた。その音を聞きわけると、不安で身体が硬直し、頭から血がひいていき、喉がつまり、心臓が胃袋にとびこんでいった。聞き耳を立て、自分の神経や勇気、未来が、突風で破けたレース織りみたいに、渦を巻いて流れ去るのを見守った。

ノックの音がまたした。こんどはさらに強かった。

「待ってくれ!」その声はかなりかぼそく喉につまって、自分にもほとんど聞きとれないほどだった。それは祈りだった。「待ってくれ――ちょっと。すぐにそこに行くから!」そのとき別の音がした。肉切りナイフがゆっくりと手から滑り落ち、ピンクのタイル床に当たる小さな金属音だった。

ミスター・ピアスは立ち上がると浴槽を見つめた。水に眼をやると、それはもはや水ではなく、鮮やかな赤いインクだった。燃える赤色は真っ白な磁器の浴槽と対照的だった。鮮やかな赤い水に浮かぶ青白いもの。その青白い柔らかなものは水に漂い、流れ、まわり、まるでぐつぐつと煮えるシチューのラムの肉片みたいだった。

「おーい、エディ！」ノックのあとからくぐもった声がした。「だれかいないのか？」

小男は肺からちょっぴり息を吐き出した。そして唾を飲みこみながらバスルームを出た。

「ちょっと、待ってくれ！」ドアの近くまで行ったが、立ち止まり戻って手を洗い、オイルクロスのエプロンを外した。かつては黄色だったが、いまは別の色になっていた。それを床に落とし、浴槽に沿ってシャワー・カーテンを引いた——ほとんど隠せたが、まったく気持ちのよいものではなかった——付いた汚れを改めて拭き消すとドアを閉めた。

へどもどするなと自分に言い聞かせた。冷静沈着にだ。万事うまくいった。何事も起こらなかった。まったく異常はない。エマは……友だちを訪ねに出かけている。そうだ。

彼はドアを開けた。

「元気か！《ヴィ・ゲーツ》」

中年に近い二人の男が笑みを浮かべて敷居に立っていた。ミスター・ピアスはかれらをじっと見つめた。

正装して新たに口ひげを生やしたのはリュー・フーヴァーだが、もう一人の男には見覚えがなかった。

「身体の調子はどうだ？《ヴァス・イスト・ロース・ミト・デァ・ゲスンドハイト》」

「おう、リュー！　しばらくだな？　もう一年になるか？」

「エディ、どうしていた！」フーヴァーはふり返ると、連れを鋭く肘で突っついた。「これが友人だ。大した男だぞ、エディ・ピアスだ。エディ、おまえに会わせたくってな——おい、名前は何だっけ？」

「ヴァーノン」男はいった。「ヴァーノン・F・フェインです。七十三回も聞かせたぜ」

「わかった。生意気な口をきくな」フーヴァーは前かがみになるとしゃがれ声で耳打ちした。

「今夜この男に会ったばかりだ。広場のバーでな」

ミスター・ピアスは無言だった。喉はカラカラで手がだるかった。

「寝ていたのを起こしたんじゃないだろうな？」フーヴァーは尋ねた。

「いや、そんなことはない。ちょうど少しばかり掃除をしていたんだ」

「ほんのしばらくだが、お邪魔してもいいか？」

「まあな……」ミスター・ピアスは眼を伏せた。リュー・フーヴァー、レン・ブルックス、ジミー・ヴァンダーグリフトなど、旧友の顔を見たいと願っていたところだった。何度そう思ったことか。ここでエマとだけですごした寂しい夜のことを思い出した……「ところで相変わらず夜更かしなのか、連中は？」

「もうすっかり宵の口さ！　フェイン、夜更かしがどんなものか、知らない男に会わせてやりたいよ。三時、四時、五時だったな――ちくしょう、エディ、憶えているか？」

ミスター・ピアスは笑ってうなずいた。

「それから、なあ――昔のよしみで、どうだい？　一杯飲ませてくれ。それでさっさと帰るさ。いいな？」

「もうかなり遅いぜ、リュー」

フーヴァーはくすくす笑い、おくびを出した。その息には強いジンの臭いがした。ヴァーノン・F・フェインは愉快そうにどっちつかずで見ていた。

「エディ、おれはここで友だちのジョージと会う約束したんだ。おれたちはみんな金がない。だがおれは約束した。おれを嘘つきにさせないでくれ。いいか？　さもなければ」――フーヴァーは声をひそめた――「あの可愛い女性の迷惑になるのか？」

「いや、じっさいにまったくそんなことはない。エマは外出したんだ。友人を訪ねてな。ここにはいないんだ」

「ここにいないのか！」フーヴァーは部屋に入りこみ、縫うように横切ってカウチに座った。顔をしかめるといった。「身体の調子はどうなんだ《ヴァス・イスト・ロース・ミト・デァ・ゲスンドハイト》？」

ミスター・ピアスは興奮を抑えた。もう一人の男に部屋に入るよう促すとドアを閉めた。

「さてと」彼はいった。「ほんの一杯だ。朝には元気で早く起きるんだ」

「それはおれが話していたことだ。ほんの一杯だろ？」

ミスター・ピアスは台所に入り、急いでスコッチのハイボールを三杯作った。彼が戻ると訪問者たちは声を上げて笑っていた。

「エディ」フーヴァーはくすくす笑いながらいった。「へえ――それほど長かったとは信じられない」彼は笑いを収めた。「なあ、何があったんだ？」

「おまえのいっている意味がわからない、リュー」

「意味がわからないだと！　ジョージ、おまえの血走った目玉が今夜眼にするのは奇跡そのものだぜ。信じられないだろうな、ジョージ」

ヴァーノン・F・フェインは大きく息を呑むと、居心地が悪そうに身体の向きを変えた。

「なあ、そこに干からびた骨が散乱しているのが見えるか？」フーヴァーはまたくすくす笑いをはじめた。「あれはな、フレッド、かつては二本足で歩いていた大甘野郎のものだ。おかしいか？　ふん、ちょうど二年前だ。酔っ払った二年間だった。毎晩、盛り上がっていたな、エディ、そうだったよな？」

ミスター・ピアスはスコッチを喉へ放りこんだ。

「ポケットに金もない、そうだな。仕事もなかったな。陽気になりたかったら、だれに会う？　エディ・ピアス、それはだれかだ。そのとき――ドカーンだ！」

「ドカーン？」フェインはスコッチを飲み終わるとしゃっくりをした。

「それでみんなだめになった。どうしてか知ってるか？」フーヴァーは肥えた男の襟を荒っぽくつかんだ。「この男は作家になりたかったんだ。おれみたいにな。おれは作家だ。映画のな。映画がどうかしたか？」

「わたしはずっとクローデット・コルベール（フランス生まれのアメリカ女優）のファンだった」フェインはいった。

「そうか。ところでエディには才能があった。彼は小説を書こうとしていた。それで――いいこと教えてやろう、おい？　彼は悪くなかった。ほんとうだ」

「そうかな」フェインは漠然といった。「レアード・クレガー（夭逝した米国の女優）はどうだったかな。

本物の俳優だった」

「黙れ、フレッド。おれの話を聞いているのか、いないのか？　エディはここでは立派だった。それをおまえの鈍い頭にもわからせてやろうとしているんだ。彼だってそうしただろう。瀬戸際なのはたしかだ。彼は――いったいこれは何なんだ？」フーヴァーはカウチで身体をねじ曲げた。手を伸ばして緑色の花柄のランプシェイドのへりに触れようとした。「エディ、家の中にこんながらくたを置かせておくなんてどういう気なんだ？」

「ミスター・ピアス」フェインは急いで口をはさんだ。「あなたのお仕事についてお尋ねしたいのですが？　つまりどんな関係の仕事です。あなたは――」

フーヴァーはどなった。「いいか、ジム。彼はまぎれもない肉屋なんだ。そうとも！　その通りなんだ。女房の伯父に肉市場の一番いい場所をもらった。牛や豚のもも肉やあばら肉売りだ――偉大な作家で、最愛の息子――ああ、ちくしょう」

ミスター・ピアスは不意に気分が悪くなった。グラスの中の角氷がカチャカチャ鳴るのが聞こえた。

「そろそろ失礼しますか」フェインがいった。「お休みの時間かも」

「それで彼は結婚した」フーヴァーは話を続けた。彼の言葉は不明瞭ではっきりしなかった。「すばらしい南部美人だ。おまえも結婚したからには、おれたち昔の仲間と遊びまくるのが無理なのはもっともだ。それなのにいったい何だ、亭主がタイプライターにへばりついて頑張っているあいだ、女房は外に出て、働き、亭主を支えることなんか考えられるか？」

「その通りです」フェインはいった。

「そうなんだ、ジョージ。その通りなんだよ」

「リュー……」ミスター・ピアスは前に出た。

「エディ、いいか、レンのところでパーティが終わって、おまえとおれは浴槽で眠ってしまったことを憶えているか？　彼女の名前は何だっけ、そうドティだ。彼女が入ってきて蛇口を開けたんだ。ちくしょう、おれたちは溺れかけたんだ！」フーヴァーはくすくす笑った。彼はさらにカウチに沈みこんだ。「それからティアファアナへの旅――じゃなかったか？　どのくらい飲んだかな？　じっさいに一週間だったか？　おい、おまえの最初の小説が売れたときには、どんなに喜んだことか……」

「すみませんが」ヴァーノン・F・フェインが口をはさんだ。「もう一杯もらえませんか」

「よかろう」フーヴァーはそういうと、立ち上がってよろめきながら台所に入りこんだ。

ミスター・ピアスは座ったまま、それをすっかり思い出していた。彼の小さくてすばらしい独身用アパートと持ち物はすべてきちんとかたづいていた。数々のパーティ、そしてもっとも重要なのは友人たち、リュー、ジミー、レン、ポール、ロン……いまでももっとも仲良く、ずっと誠実で、親密な仲間たち。

そしてそれからリューの言葉の通りのエマ。可愛いいエマ。小説がうまくいかず、わけもなく滅入っており、気分は最低で――彼はこれを笑っていたが――孤独だったとき、自分を捉えた女性。

とどのつまりどうして自分はそんなことをしたのか？　おそらく彼ははじめて考えた。いったいそれはどうして起こったのか？　彼は自分に問うた……

異常なことだった。すべてがはっきりわかったのは、ちょうどそのときだった。

風があって、都会の息吹きがエルムの梢に当たり、壊れたフルートのような音色を立てていた。風は空地から転がり草を引き抜き、それらを肥えた褐色の幽霊みたいに、重たげに暗い夜の街路を転がしていった。風はささやかな怒りで各家の窓や網戸を震わせた――

しかし異常だったのは風だけではなかった。

仕事のせいか？　特につらい一日でもなかった。それはたしかで、粉砕機に指先をはさまれたが珍しいことではなかった。彼は肉を切り、挽き、重さを計り、そしてうんざりした。それはいつもと変わりなかった。

アパートは？　レコード・キャビネットの下の埃のかたまり、カウチの腕木に付いた半分かじられ溶けたチョコレートのかたまり――

いや、風のせいじゃない。仕事でもない。アパートでもない。ともかくそんな単純なものではない。

それでは、何だ？

ミスター・ピアスは立ち上がりコーヒーテーブルのタバコ箱から一本抜くと、埃の積もった椅子に慎重におぼつかなげにゆっくりと戻った。あたかもだれかが自分を椅子に固定し、電極を手首や踝《くるぶし》に当て、スイッチを入れようとしている錯覚に半ば囚われた。

彼は思い出した。

どうしてかなり前から座って鼻声に聞き耳を立てていたのか……

「エディ、スイートハート！」

彼は心臓の動悸が高くなるのを感じ、頭がずきずきしはじめた。

「エディ、かわいい人、ここにきてわたしと一緒に座ってよ」

そして彼は息を詰めてとび出し、あの異常さはさほどのものではなかったことに、そのとき気づいた。

「ちょっと待ってくれ、ハニー！」彼は呼び返した。

もみ消したタバコの吸い殻は、死にかけた動物みたいに真鍮の灰皿にばらけていた。ミスター・ピアスはそれを見つめ身体をかがめた。そのあいだフーヴァーはいつまでも思い出をしゃべり続けていた……

「エディィィ、ベイビー！」

「わかった、行くよ」

彼は立ち上がると、パシャパシャと水のはねる音を聞いた。それから急いでリヴィングルームのむきだしの床を横切り、本箱のニスを塗った上板でぐらついている、ピカピカの白い陶製のアヒルやガチョウを通り、淡い色合いの仏陀――エマの母からの贈物――が白く突き出た裸の腹の中に、長年の無知を隠し微笑んでいるのをすぎ、エマの金縁の花束や彼のマチスの「オダリスク」を通り、あらゆる風変わりなアンバランス、安物と高級品の混淆《こんこう》、彼女や自分の装飾品をすぎ、歩いてバスルームに入った。

彼女は湯に浸かって読書をしていた。

「あら」

「エマ、ぼくは……」

しかし――彼女は読み続けていた。彼はそれがたまらなく好きだった！　何を読んでもよかった。ドナルド・ダックだろうが、ヘンリー・ミラーだろうが構わない。彼女は無我夢中だった。

「おまえが嫌いだ」彼はいった。

彼女の表情は平然としていた。微笑みながらページをめくった。

「世界中の全女性のことを、大きなレガッタにたとえて考えてみた――全帆掲揚、ほっそりした白い胴体、滑らかさ、華奢《きゃしゃ》、迅速さ。数千――数百万はいる！　それらすべての真ん中に、ぼくの最愛なるきみがいる。大きな乱雑なはしけは、腐りかけた果物、逃げ出したネズミの群れでいっぱい、シュッシュッという音、変形して沈みかける、きれいな水の上のぞっとする汚物だ……」

エマは片手をふった。「すぐ終わるわ、ダーリン」彼女はいった。「あと二ページよ」

「読み続けろ。きみが腐り果てて真空掃除機で吸い取られるまでな」ミスター・ピアスは甲高いが穏やかな声でいった。

「愛しているわ」エマは応えた。

しかし〝戯れ〟とはいえよくなかった。ミスター・ピアスは薬品キャビネットに鼈甲縁《べっこうぶち》のメガネを置くと、ズボンをたくし上げ眼をこすった。湯気が部屋の中にカビの層のごとく漂った。彼は汗をかきはじめた、冷汗を。

妻に眼を凝らした。汚れた石けん水に沈んだ彼女の薔薇色の肌は小さなピンクの島のようだ。いつものように熱心に雑誌を熟読している。麻痺したような恍惚さで、コブラに見すくめられている兎さながらだ。

やがて突然、考えも疑問も驚きもなしに、ミスター・ピアスは彼女の雑誌をひったくると、それを部屋の向こうに放り投げ仁王立ちになった。

「何するのよ……エディ！」

彼は身をかがめエマの脚をつかむと強く引いた。彼女の豊満な肉体は浴槽の中から前へとび出した。ミスター・ピアスは片足で彼女の喉を踏みつけ、頭を石けん水の底に押し沈めた。彼女は手足をばたつかせもがき、泡をぶくぶく吐いて水をはねちらかした。しかしまもなく静かになった。

それからおよそ三十分、ミスター・ピアスは身体を震わせ続けた。まるまる一時間はすぎたころ、彼はある道具をもって台所から戻ってきた――

「おれはいま空気をきれいにしているところなんだ！」フーヴァーは不安定にふらふらしていた。その顔はまるでやわらかなプラスチックみたいだった。「勇気がなくていえなかった。だがいまベルトの下にはちょっぴりある。かまわん。怒れ！　いらいらしろ！　フェイン――エディがこの娘と結婚したとき、おれたちはみんな彼の味方だった。うそじゃない。くそっ、彼女はおれたちみんなを言葉巧みに騙した。理解しているふりをしていたんだ――いいか、そのままで、何も変わらない彼を愛したんだ。彼の友だちは？　彼女の友だちだ。それが続いたのは――最初の二カ月だった。やがて化けの皮がはがれる。マジックのように、まったくマジックだ。甘ったるいしゃべりかたをする、丸ぽちゃの小娘は手がつけられなくなった――どうしてだかはおれは知らない。じゃじゃ馬、がみがみ女、いじわる女といってもいい。おれたちのだれもがどんな女かをすぐに見抜いた。おれたちは彼女の耳をふさいだ。しかしエディはそうでなかった。反対だった！　彼は当然のことをやろうとする。それで代わりにおれたちが追い払われた。そしてすべては終わった。彼の仲間はもう歓迎されなくなった。エディは野心を捨て、友人を捨て、すべてのものを捨てた。へたばり力も尽き果てた」

それを聞きながら、ミスター・ピアスは生活の変化を追体験した。それは少なくとも二年以上にわたった。その瞬間、瞬間を思い起こした。どうして無意識のうちに規則正しい生活はゆっくりと根こそぎ破壊されたのか。なぜエマは想像もしなかった別人に変貌してしまったのか。たっぷりとキャンディを食らい、映画雑誌を夢中で読み耽る、汚いバスローブ姿の妻は、吐き気を催す習癖を数多く身につけていた。彼女は彼のニキビをひねりつぶし、みっともない大あぐらをかき、朝食にぬらぬらギラギラした卵を用意し、家出すると脅したが——決して出たことはなかった。自分の主張はがんとして譲らなかった。そしてやがて、つい昨日のこと、なんと彼女はそっと忍び寄ってくると、万力のような親指を首の傷む腫れものに押しつけ、そっとささやいた（あの甘い言葉でだ！）。「あなた、この家に可愛い赤ちゃんがくることになったら、どう思うかしら？」ああ、彼女のためにエディは一寸刻みにされたのだ。夜も昼も、いつも新しい武器で……

さて、それももう問題ない。彼は解決したのだ。彼女はトルコ人だか、イタリア人だかと駆け落ちしたと告げればいい——彼がどれほど彼女を憎んでいたのか、だれも知らなかったし、彼女はいつもかなり優雅に暮らしていた。そして彼女を一度に少しずつ、ほんのちょっぴり処分して——残りはフリーザーの中に保存し、グラインダーで削り、百人の顧客に百日以上かけて配れば……だれが気づくだろうか？　だれが考えつくだろうか？　そして被害者の死体がなければ、当然……

フーヴァーは新たに飲みものを注いだ。彼はいま立ったままコミック映画のように身体をゆらした。「すまない、エディ」彼はいった。「こんな風にべらべらしゃべるつもりはなかったよ、まったく。彼女はじきじきにおれをいじめるんだ。だがおまえの愛する女だ。おれは——そう、申しわけない」

「いいよ、リュー」ミスター・ピアスは寛大にいった。

「さて、失礼するか。友情はすぐ取り戻せるものだと思いこむほど、おれは阿呆だったな」

「いや、リュー――」ミスター・ピアスはためらった。「取り戻せるさ、いつか。待てば海路の日和さ」

フーヴァーは居眠りしている友人の顔をぴしゃりと打った。「おい、マックス。クローデット・コルベールについて話してくれ」

ミスター・フェインは眼を開けた。フーヴァーは彼の白絹のスカーフを取り上げ、ドアに向かった。彼はふり返ると、その顔は深い悲しみの表情に包まれていた。「それでおまえは今夜何があるのかさえ知らないのか」彼はいった。

「だれがです――わたしが？」フェインは尋ねた。

「話してやれ、エディ。忘れたのか？」

ミスター・ピアスは首をふった。「おまえのいうことはわからないよ、リュー」

「おれがいった通りだな」フーヴァーはフェインにいった。「彼は忘れたんだ。フレッド、今夜はおれたちにとって一年で最高の夜になるはずだったんだ。エイプリル・フールさ。数年ぶりのな。彼は憶えてもいなかったんだ。それでおれはまず初めに立ち寄ったんだ。そして待っていた、彼はそこにいるだろうと期待していた――それなのにな、エディ、エディ！　おまえはまったく冴えない、なあ、死人みたいだ」彼は向きを変え、鼻を鳴らし立ち止まった。「あぁ、ちょっと、バスルームを使わせてくれ」彼はいった。

ミスター・ピアスは後悔をふり払った。昔は幾度となく大騒ぎをしてパーティをやったのに、もうやらなくなってしまった思いをふり払った。彼はすっくと立ち上がった。「使えないよ、リュー」

「何っ？」

「そいつは――壊れているんだ、リュー。パイプの故障だ」

フェインはぶらぶらと台所に戻ってきた。

「だけどな」フーヴァーはいった。「おれは小便がしたいんだ」

「使えないよ。すまんが」

フーヴァーは苦笑した。「人を呼び集めるんだ」彼はつぶやいた。「連中は友だちだ。今夜がいったい何だか憶えているか。時と潮は人を待たずだぞ、その上……」

「故障しているんだ」ミスター・ピアスはかたくなにいった。

「わかった。それでは手を洗いたい。使えるか？」

「流しは詰まっている」

「エディ、流しは詰まっているといったな？」

「ああ、そうだとも！」ミスター・ピアスは大声を上げた。

「どうしてそんなにびくびくしているんだ？」

「びくびくなんかしていない、リュー。疲れてるんだ。まったくお手上げさ。それだけのことだ。そんな単純なことがわからないのか？」

フーヴァーは多少は落ち着いたのか、そうふるまっているように見えた。彼は友人をしげしげと見た。「よくわからん」彼はそういうと、よろめき出てベッドルームに入って行った。

「待て！」ミスター・ピアスは青くなって、両手をさっと前に出し止めようとした。しかしイヴニングドレスを着たのっぽはすでに部屋に入りこんでいた。

「リュー、荒さないでくれ！　いいな、頼むから触らないでくれ！」

フーヴァーはバスルームのドアの前に立ち止まった。彼はノブに手を滑りこませ、そっとつかむと回した。

ミスター・ピアスは猫なで声だが、いまや強くいった。「その中に入らないでくれ」彼はかなりしょげて、ひどくひ弱になり、もうどうしたらよいのかわからないように見えた。

「おまえだって用を足すときは行くだろう」フーヴァーは薄笑いをした。「そうしたくなくてもな、エディ。おまえはすっかり酔っているな。とにかくおれは少し気分が悪いんだ。わかるか？」

のっぽ男はふり向くと入ろうとした。ミスター・ピアスはため息をつき、あとについて行った。

フーヴァーはいくらか水の入ったグラスをもち、カーテンを引いた浴槽にたまたま眼をやった。

その眼を見張った。

「なんてこった！　エディ、いったい――」

ミスター・ピアスの腕が大きく弧を描いた。薬品棚の奥からひっぱり出したのは肉切り包丁だった。それをあやふやに握るともう一度ふりまわした。

それからシャワーカーテンを引き開けると、すでにぐったりとしたリューの身体を持ち上げ、浴槽に放りこんで眼をそむけた。

柔らかなタオルで両手を拭いながら考えた。リューのやつめ！ そう、とにかくジミーは放っておこう。そしてレンと……それはまだ大丈夫だ。

身震いしながらミスター・ピアスは鏡で自分を改め、リヴィングルームに戻って行った。

ミスター・フェインはもう眠ってはいなかった。彼はミロの複製を逆さにもって当惑した声を出していた。

「具合はどうですか？」フェインは尋ねた。

「ああ」ミスター・ピアスは答えた。「リューは気分がよくないようだ。しばらくここに留まることになった」

「トイレットの話ですが」

「まだ故障中だ」

フェインは立ち上がるとふらつき、くすくす笑いながら慌てて体勢を立て直した。「見てあげましょう」といった。

「だめだ——ありがたいがとにかくその必要はない。明日にはすべてよくなるだろうよ。配管屋にきてくれるように頼んでおいたから——」

「お金の節約になりますよ。わたしの商売は配管屋なんです。ここには排水管の掃除道具はありませんね？　配水管を詰まらせたのは奥さんの仕業で？」

「だれが？」

「トイレットです」

「いや。配水管を詰まらせたのはおれだ」

「そうですか。ざっと見てみましょう」

「うん――まず一杯どうだ」

「結構ですね。あのう、ミスター・フーヴァーは酒に強いですね」

「あれは飲んべえだ」

「ええ。そうですね。それでわたしの車できました」

ミスター・ピアスは強い酒を二杯注いで、片方のグラスを赤ら顔の男に渡した。「おまえさん方二人は今晩出会ったのか？」彼は願わくばと尋ねた。

「そうです。すばらしい仲間です、フーヴァーは。あなたを非常に高く買っています。今夜何が起こるか、あなたが憶えているかに賭けました。そう、乾杯！　唇を越え、歯茎を過ぎ、気をつけて、胃だ、さあきますよ！」

「乾杯」

「残念ですな、いわせてもらえば、どんな女性だって友人ほどの価値はありませんよ、ミスター・フィースト」

「そうは思わない。えーと――おまえさん方は時のはずみでうちにきたのかね？　リュー――

彼はここにやってくることを他人に話さなかったろうな?」

「それはわたし自身もここにくるまでまったく知りませんでした。女の子たちに会いに行くんだとしか言いませんでした。当然若い娘のことだと思っていましたよ。そのときは」フェインはくすくす笑った。「それでここにきたんです。ところで――排水管の掃除道具はありますか? ちょっと待ってください。いま休暇中なものでしてね、そうでなければ自分の道具をもっているんですが」

「おれにもできると思うよ」

「まあ、やってみてください。おそらく排水管掃除用具《プランジャー》ならうまくいきますよ」

「あんたのために何か探してみよう」ミスター・ピアスはそういうと先に立った。

「ほんとうにすばらしいことですね」ミスター・フェインはいった。「仲間をもつのは。わたしのいる小さな町では声をかけるほどの友だちもいません。それでもフーヴァーは、あなたが自分より大勢の仲間をもっているといっていましたよ」

「おれにもかつてはたくさんの友だちがいたんだ」ミスター・ピアスはいった。「また作るさ」

「そうでしょうとも」フェインはいった。

彼はバスルームに二足と踏みこめなかった。彼はあえいでふり返るとまたあえぎ、そして倒れるとピンクの床タイルをかきむしった。

ミスター・ピアスは気持ちを落ち着かせると、たっぷりと刺しこんだ細長いナイフをミスター・フェインの首から取り外し、重い身体をもち上げてひっぱり、力をふりしぼって何とか浴槽に投げこんだ。

水が脇にはねてこぼれた。しかしもはや赤いインクですらなかった。さらに深紅色で粘ついていた。

ミスター・ピアスはため息をつき、しばらく身体が震えてひきつるのを止めようもなく、二度もため息をつき、すばやくオイルクロスのエプロンを着た。

それをきつく結んだ。

そのときノックが聞こえた。一度だけだったが四角いガラスドアはやわな脇柱で振動した。

そして鋭い音は部屋中を震わせた。

ミスター・ピアスは凍りついた。

やがてもういちどノックがした。掛け金が外され、ドアの開く甲高い音、声がした。

「エイプリル・フールおめでとう! おーい——だれかいないか? エディ、老アザラシ、おまえはいったいどこにいるんだ? おーい! おれだ、レンだ! あいさつに寄っただけだ」

「やあ!」ミスター・ピアスは大声で答えた。彼はエプロンを外した。「ちょっとなら入れよ」

「ジミーはもうきたか?」

「いや。まだこない」

ミスター・ピアスは狭いバスルームに仁王立ちになり、あたりを見まわして両手を洗った。

それからとっておきの笑顔とまなざしを作り歩み出た。

「ようこそ、レン。久しぶりだな」彼はうんざりしていった。

夢列車

The Train

ニーリィは時計の短針か、温度計の水銀柱みたいに、動いたり止まったりしていた。ベッドの毛布を剥がすのにかなり手間がかかった。母親は静かに眠っており、列車は急にゆれて停まり――短い時間――彼は身体を乗り出して、列車の寝台の端から足を突き出すとぶらぶらさせていた。

息を殺して横になっているうちに、足の指は寝台の冷たく堅い金属に当たって縮んでいた。車内のライトが消えてから、どのくらい経っただろうか？　横目で母を見る。うしろから見ても、母が熟睡してはいないことがわかる。こういうときはささいなことで眼を覚ます。列車が線路のつなぎめでガタンと揺れるとすぐ起きてしまう。なのでもうこれ以上動けないことを知った。動けば母は眼を覚まし寝返りを打って、どうしたのと尋ねるだろう。

ニーリィはとっさに言いわけを考えたがあわてて退けた。トイレに行きたかったと答えようか？　いや、母が付き添ってきたらやぶへびだ。それにもう――二度もトイレに行った。寝返りを打っていた？　いや、毛布を落としたわけを知りたがるだろう。気分が悪い、胃が痛い――いや、だめだ、すべてがおじゃんになってしまう。飲みたくない錠剤を飲まされ、ポーターたちが急いで医師に電報を打ち、すべてがめちゃめちゃになってしまう。

言いわけはきかない。待たなければならない――何かを。

月と流れ星の柔らかな光は、半ばシェイドを降ろした窓を通して流れこみ、小さな寝床を冷たく青く照らし出した。分厚いグリーンのカーテンがいまや黒く見え、光の加減でシーツはしわのないパリパリに見える。ニーリィは寝台の冷たさと心地よさが大好きで、あしたの夜ならよく眠れることがわかっていた。清潔なリンネルのシーツのあいだに滑りこみ、身体に堅く巻きつけて、母が緑の網棚に荷物を載せるのを見守る。頭上のランプが消される前に、自分の周囲を見まわし、それから緊張をほぐし、穏やかな列車の揺れに身を任せ眠りに入るのだ。彼はあしたの夜を楽しみに待っていた。ほとんど一年ぶりなので、やりたいことも、見たいものも、感じたいことも山ほどあった。……そこで急いで寝床にもぐりこみ、はしゃぐこともせずじっと待っていたのだ。

ニーリィは歯を食いしばり、車輪の音を聞くまいと努めた。眼を大きく開けたまま睡魔と闘っていた。起きていなければならない！　この旅のために。

列車はうなり、左右にゆれ、上下に振動した。ガタンゴトンと鳴り、前方に向かって悲しげに叫んでいた。竜の吐息みたいな熱い蒸気が、鉄の喉から吐き出され、暗く敵意を見せる夜に吸いこまれていく。

ガタガタ――ゴトン――ゴットン……眠れ――眠るんだ……ガタン――ゴトン……

ニーリィはねむけと激しく闘っていたので、母のいびきをほとんど耳にしなかった。穏やかないびきだったが、彼には咳のように鋭く聞こえ、耳にすると心が痛みはじめた。彼は祈りながら待った。その音はふたたびやってきて、いま聞き取れる。もう寝ついたしるしだ。母は完全に眠った――熟睡していた。母はもう息子のことを気にかけてはいない。起き上がって何か尋ねたり叱ったりはしない。

彼はやっとベッドから離れることができる。

そこでさっそく自分の物音を、あたりの騒音や震動でうまくごまかしながら、ニーリィは寝台を滑り降りた。足が粗い床カーペットに触れると、立ち止まって母を見つめた。母は身じろぎもしなかった。いびきは乱れずだんだんと深くなっていく。ニーリィは微笑むと寝台の下から黒いスーツケースをひっぱり出し、中から自分の古いテリークロスのバスローブと革スリッパを取り出した。それから注意深くカーテンを引くとボタンで留めた。

車内は暗く静かだった。端に薄暗いブルーライトだけが点いており、鉄車輪の音が遠く聞こえた。分厚いカーテンはすべて閉じられており、あるものは寝返りをうった身体の重みでふくれ、またあるものはきちんと揃えた靴に垂れかかっていた。静かな眠りに包まれた緑の広間だった。

ニーリィはにやりと笑うとぞくぞくしてきた。大切なことがよみがえりはじめていた。それはいつも愛し、考えていた同じ列車だった。今度は独りで中に入って時間を費やすことができる。いまや自分を指図したり、止めたりする者はいなかった。それはここに眼の前にまさしくあった。長く退屈な学校の授業や、父母と住んでいるうんざりする家にいるあいだ、ずっと夢に見続けてきたものだ。

彼はローブとスリッパをつかむと、カーテンの閉まった寝台の並ぶ、狭くゆれる通路を爪先立ちで通って行った。ぞっとする褐色の斧が収められた褐色のケース前で立ち止まる。このガラスを割って斧を握り、「火事だ！　火事だ！」と叫んだらどうだろうか？　肩をすくめると、ドア代わりにカーテンを引いた車室に入りこんだ。

そこには清潔な白い洗面台が五台と、迷路のように張り巡らされた銀色の管束がぴかぴか光っていた。幽霊列車《ファントム》に次いでニーリィのもっとも愛した部屋だった。そこでしばらく冷たい床に立ち尽くし、数々のすばらしい思い出を楽しんだ。考えてみると何も変わっていない——今後も変わることはないだろう！

小さなライトの中で、まず匂いを嗅いでみた。鉄、石けん、よどんだ葉巻の煙、上質ななめし革、輝く痰壺《たんつぼ》、それらのきつい匂いは——これまで生きていて征服された巨人たちの血よりもはるかにかぐわしい。それからいかめしい表示「乗客のみなさまにお使いいただければ幸いです」——彼はそれをひとつずつ使ってみた。

全身鏡は少年の姿を映し引き立たせた。ニーリィは手で金髪を梳き、いくつかぞっとする顔を作ってみてから、ローブを直してきちんと着つけた。洗面所に入ろうと思い、そこの表示を読んだが意外に時間をくってしまった。見るものはたくさんある。数マイル先にはファントム列車が待っているのだ。

彼はカーテンの隅の隙間からのぞいている顔に気づかなかった。大きな人懐こい顔で眼が笑っている。

「おい、坊や、何をしているんだい？」

その声は爆発音、騒々しい悪夢の爆発音みたいだったが、すぐに慣れてしまった。それはポーターだった。列車のポーター室で眠っていたところだった。

「ハロー」ニーリィはそう答えて、見つかってしまったと感じた。

男は笑い、頭をゆすった。「坊や、ママはきみがこんなに遅くまで起きているのを知ってるのかい?」

「はい、知っています……」

「そうかい、それならいいだろう。用事はすぐに済ますんだよ。面倒をかけないでくれ」

カーテンはまた閉じ、ニーリィはくすくす笑う声を聞いた。

その部屋から出ると廊下に戻り、肺から息を吐き出した。それから重いドアに向かうと、力いっぱい押し開けた。

車両の間の空気は冷たかった。あらゆる隠れた隙間から風が吹きこんでくるのを感じた。車両の間のあいだでバランスを取ろうとしたが倒れてしまい、くすくす笑いながら手すりをつかむ羽目になった。

まったく変わっていなかった! いや、もっとよくなっている、とってもよくなっている。独りでいられるし、自分だけでそれが見られる。ネックレス状の星座が窓の外をゆっくりと流れていった。鉄の擦《こす》れ合う音。危険な滑るプレートにさえすばらしい安らぎを感じる。

彼は急がねばならないことを知っていた。もうかなり遅くなっていた――ポーターがそういわなかったか? おそらく明け方に近い。しかし解決しなければならないことがあり、ここはそれを処理するには最適な場所のようだ。

　母はかつてどうしてそんなに列車が好きなのと尋ねたことがあった。彼は返答に窮した。母は説明してくれた。列車はある場所から他の場所に移る一つの手段で、車やバス、飛行機と同じようなものなのよと。それなのに彼がいつも列車の話ばかりしているので心配しているのよと語った。

　なぜ自分は列車をそんな風に感じるのだろう？　どうして列車を自分の世界と呼ぶことができたのか、はじめから。

　あらゆる孤独感と恐怖の中で、窓の外の恐ろしくわびしい未知の夜を眺めながら、ふとその理由のひとつに気づいた。それは――安全であると同時に危険だからだった。すべて嫌いなものは警笛を鳴らしており、彼はまっすぐにその中に突入しているのだ。どれも彼に触れてはいなかった。笑いとばすこともできる！

　列車は地盤の柔らかな場所を走っており、線路は次のカーヴにさしかかった。デッキの窓から、うつろな鉄蛇の小さな頭のような車頭が静かにオレンジ色の炎を吐くのが見えるだろう。

　ニーリィはまたバランスを取りながら、自動車の中とどれほど違いがあるだろうと考えた。自動車なら座っているだけで、父母や他の人々は話したり議論したりしているだろう。かれらの口臭を嗅がされ、窮屈さを感じ、始終もっと足を遠くまで伸ばしたいと思いながら、いつもそこに座っているだけだ。飛行機はもっとよくない。空に浮かぶ大きな自動車にすぎない。座っているだけですることもないし、空のほかに見るものもない……

ニーリィは理由を考えるのをやめた。だれがそんなことを構うもんか？　問題にもならなかった。大事なのは列車をもういちど見ることだ。

テカムセからチーフ・ポウハッタンをすぎ、ポカホンタス、ラリミー、サンダークラウドへと歩いて行った。そして一歩進むごとに現実の生活は薄れていった。ラニア山に達したとき、母の姿を忘れていた。ロバート・E・リー将軍（南北戦争時の南軍総司令官）のところでは、父の記憶はすっかり消えていた。一歩ごとに現実の生活は皮を剝ぐように消えていった。

ニーリィがやっとモントクレア（ロサンゼルス東部の都市）に着いたとき、頭の中は列車だけだった。緑色の壁、けばだったシートの肘かけ、男性用化粧室、そして夜の中を上下左右にゆれていた。彼はもう十歳の少年ではなかった。列車の一部——それも生きている部品になっていた。

〈母さんがいったことは今度すべてが変わっている——自分の成長とか人生と向かい合うことが？〉

ニーリィはハンドルをきつく押した。喉はこわばり口は渇いた。最後の車両はいつも開けるのにいちばん苦労するのは、どうしてだろうとぼんやり思った。

彼はモントクレアに足を踏み入れた。

ランプはなかったが、もうはっきりと見えた。それは最後のわくわくすることだった。この車両にはカーテンはなく、靴の列もなく、親切なポーターもいなかった。しかし床に固定されていない奇妙な椅子がテーブルのそばにあり、遠くの端に銀の灰皿があった。すべてのものが奇妙で、どういうわけか……いままでだれもここにきたことがなかったかのようだった。おそらく幽霊を除いては。

ファントム列車、そこでは彼はいつも――母親と一緒のときでさえ――もっとも興奮し、スリルを感じ、楽しげに怯えるのだった。

列車の音はここが最大だった。金属の灰皿は重い土台の上でゆれ、革カヴァーの雑誌がわずかに移動していた。奥に大きなガラスのドアがあって……

ニーリィは爪立ちでゆっくりと通路を下りながら、その瞬間、瞬間を楽しみに待ち、その瞬間が過去に滑りこんでしまうのを嫌った。彼は歩き続け、この車両が自分のために何らかの意味をもっていること――この車両が自分の真の目的地であることを心から確信した。機関車の方には決して歩いて行くつもりはなかった。

月は雲に隠れ、車両備品をかすかに照らす光を除けばまったくの暗闇だった。

ニーリィは歩いた。

監視デッキへのドアは閉ざされており、一瞬、恐怖にかられた。月がまだ雲に隠れ暗かったからだ。しかしドアをひっぱってみた。そして何とかして開けた。

聞け、ニーリィ！　聞くんだ。いいかおまえの周囲すべてで悲鳴を上げている、いまの激しい大風の音を！　そして夜に眼を凝らせ、多くの恐怖に満ちた影に、冷たい生命のない夜に。頑丈な鉄の車輪がドスンガタンと、おまえを運んで行くのを感じるんだ。そして何よりも大事なのは――彼は手すりに行き小さな両手でそれをつかんだ――それがもっとも重要なんだ、ニーリィ、それを実現させるんだ。現実のものにするんだ！

〈あの子を飛行機に乗せろ、ドーラ、頼むから。彼を失望させないでくれ。それがわれわれにできるせめてものことだ〉

まるでいま聞いたような言葉だった。耳の奥で、頭の中でささやかれた。

〈さもなければ今度は車で行くか。どうして彼がこういう事態になったのか、おまえは知っているな。あの子を楽しませてやってくれ！〉

それはふしぎな言葉で、意味が通じなかった……しかし父はよく話していた。そうだ。母も話していた……

〈わたしが息子を精神病者に仕立てようとしていると考えるならば、とんだ間違いよ、ジェフ・フランセン。精神科医ならこう言うわ――子供たちは自分の夢の世界から抜け出さなければならない。それも早ければ早いほうがよいと。これからの人生のために、息子を列車に近づけないようにできると思わない？〉

〈でも、ハニー、ニーリィはまだ十歳なんだ！〉

〈十歳の子供はきょうびセックスの本だって書けるわ〉

〈彼は両親を憎むようになる――いっておくよ。もし今度息子をあの〝列車〟に連れていったら、彼を失望させ、われわれを恨むようになるよ〉

〈ナンセンスだわ。あなたは――まともすぎる、ジェフ。話が一年生みたいで、とても大学教授の言葉とは思えないわ〉

〈わかった、いいよ。連れて行きなさい。彼に恨まれても知らないからな！〉

ニーリィはあらゆる狂言綺語《きご》に首をふり、噴煙の風が顔を引っ掻くのに任せた。彼はいまや独りぼっちで列車の中にいた。他の乗客は眠っている。彼はもういちど列車を眺めた。立ったまま手すりをつかみ振動を感じながら、そばを回転していく夜を笑っていた。

時はいま時計の短針と温度計の水銀だった。ほとんど止まりかけていた。ニーリィは自分の内の動かないものをすべて保ちながらデッキに佇んでいた。

どのくらいの分秒が、時間が、あるいは日々がすぎていったのか見当もつかなかった。いまがもっともすばらしいという思いがした。あらゆるものの考え方がそのまま留まっている。自分の世界であるデッキに永遠に佇み、元の世界には決して戻らないこともできる。母は遠く離れた寝台で眠り、父は永遠に待ち続け、時はいまのように一時停止している……

突如速度を落としたので列車はゆれ、さまざまの声が空中に満ちたが、ニーリィの心はそこになかった。列車の中であらゆる永遠を考えていた。いまやそれで彼の心はいっぱいになり、もう余裕がなくなった。

「前方のタンクまで引き揚げろ」声がした。「ここに止めておくから」

「熱軸箱《ホットボックス》九一六――すでにマクレディには約三十分くらいかかると話してある」別の声がいった。

「とにかく引き揚げろ。遅くなるぞ」三番目の声がした。

ざわめきはすぐそばだった。紫の炎。走る足音、それからかなりはなれた緑色の車両の切り離し、前方にガタゴトと転がる音、列車ははるか前方の線路まで行って視界を外れた。最後部の車両が暗闇に一両だけ残された。

やがて——静寂。

ニーリィはひどく興奮しながら長い歳月が通過するのを感じた。ごくりと唾を呑むために頭を下げると、やっとあたりの光景が眼に入った。月が厚い雲の背後から顔を出し、そして彼には見えてきた——地面はもはや動いていなかった。枕木はぼやけておらず固定されていて、一本一本がはっきりしていた。そして風は鎮まっていた。

眼をこすりふり返ると、車両の中を走ってドアに向かった。そこを乱暴に開けると、眼を凝らし車外を見た——

夜だった。

考えようとすると興奮が増した。もう一度見たが何もなかった。線路が暗闇の中に続いているだけで、他には何もなく、もちろん列車もなかった。周辺には丘陵と森林と……

彼は思い出した。自分の望みを！　それは——実現したのだ！　もう彼は車両の通路にも、母の元にも戻れなかった。そしてふたたび現実の人生も見ることはできない。それは一つの奇跡だった。列車自体が奇跡だったし、これはとりわけ彼の願ったことだった。

ニーリィの心臓は爆発寸前だった。急いでデッキに戻ると列車のない線路を見た。

涙がいきなりどっと溢れてきた。どうしたのか？　自分の願望は実現したのだ。それなのになぜ泣くのか？

自分の希望を遂げたのに恐れて泣いている。彼は不安だった、心配だった。どうしてだ？

「お願いだ！」ニーリィは悲鳴をあげた。「頼むから！　戻してくれ。帰してくれ。ここに独りでいたくない。列車の中で独りぼっちはいやだ。神様、お願いします！」

堅く眼を閉じて待ち、ふたたび眼を開いた。するとよろめいて隅に倒れこみ、ヒステリックにめそめそ泣いた。やがて自分がしゃべったことに気づいた。列車が嫌いだったんだ。ほんとうに望んでいたのは現実の生活だった。いや、そうではない――現実の生活が必要なんだ。あの奇妙な会話がはっきりと脳裏に浮かんできた。父が母にいった言葉だ。「あの子を失望させないでくれ……」

ちょうどニーリィが理解したとたん、列車は溶けていった。〝幸福の部屋〟は洗面所になった。列車は鋼鉄の箱になった。車輪は車輪だった。列車全体はある場所から別の場所へ行くための一つの手段であり、ずっと昔にだれかが発明して、人々が組み立て、人々が使った一つの機械になっていった。

ニーリィは混乱して悲鳴をあげ、喉が嗄《しわが》れるまで泣きじゃくった。

それから暗闇がやってきて、彼の心に入りこんだ……

黒い橋は長かった――時間を横切って遠くまで延びていた。事態は起こった、すでに起こっていた、また起こりつつあった。人々が現れてしゃべったり、わめいたりしていた。母親は興奮して神経質になっていた。ニーリィは身体をもち上げられ、強い手で運ばれ、果てしなく続く車両の中をやさしく連れて行かれた。そのあいだ意識の中に、人々の心配そうな言葉が声高にひびき続けていた……空っぽの線路のことを考えたときブリッジが上がった。それで考えるのをやめ、冷気を締め出すキルトのように、暗闇を自分のまわりにひっぱり寄せた。

しかし言葉は伝わってきた。それを覆い隠すことはできなかった。大事な言葉が、大きな口と鋭く白い歯をした刺《とげ》のある魚、すばやい魚のように、耳に突き刺さった。


いったいどうしたのです、レディ、あなたの子供を至るところ走りまわらせるのは迷惑なことだとわからないのですか？

失礼しました、奥様――坊やはおそらく怯えているだけなのでしょう。おそらくわれわれが他の車両を連結しているのを見たときにひどく怯えてしまい、どうしようもなかったのでしょう。自分が置き去りにされると思いこんで、おそらく……

聞こえるかい、坊や？　大丈夫かい？　さあ、さあ、何も心配することはないよ。もうすっかり終わった、終わったよ。ねえ、坊や、ここにはホットボックスと呼ばれるものがあるんだ――それは車両で何か故障したときに使うんだ、わかるかい？――それに、ねえ、別の車両にも置くものなんだ。それだけだったんだよ……

坊やは病気になったんじゃないか？……

いや、医者がそういったのか？　子供というものは独りぼっちになったのを知るとパニックにかられるものさ……

もう大丈夫でしょう、奥さん？　坊やを何とかいたしましょうか？　それともそのままベッドに寝かせておきましょうか。そう、それですね。それが何よりでしょうな……

ニーリィは人だまりがかたづき、すべての言葉が消え去るまで待っていた。それから母は彼を毛布でくるみ、シェイドを降ろし、神経質な震える手で優しくあやした。

「ニーリィ、ニーリィ……」

彼は疲れていた。もう眠ろうとしていた。しかし——騒音に悩まされた。それに寝台はあまりに狭かった。列車が上下左右にゆれるので頭が痛かった。

彼はもういちどだけ思い出そうとした。

それから彼は仰向けになって、めざすところはどこであれ、終点に着けるのはいつのことだろうかと考えはじめた。

ダーク・ミュージック

The Dark Music

それはどこから見ても小径《こみち》にはほど遠い、乾いた白い貝殻の川であり、暑い夏の雨にきれいに洗われ、メキシコから湾を越えてやってくる風に押し流されてできたものだ。無数の砕けた白い貝殻は、ミス・リディア・メイプルの足下の冷たい大地にひっそりと広がっていた。

彼女にとってはじめて見る場所だった。この場所は聞いたこともなかった。はっきりした目的があるわけでもなく、無標識の曲がり角でバスを降りると一息ついたあと、狭い小径をそろそろ下り、アーチ状の樹木のところでまた立ち止まった。別に出来心ではなかった。数年前にあったふとしたはずみの行動を思い起こしていた。動物的衝動。プライドをもっていたミス・メイプルは、自分を動物として考えたくはなかった。ふだんの彼女の様子からしてサンド・ヒルの住民たちは、生物学の教師にしてはいささか奇妙な態度とは思わなかったろう。

おそらくそれはこうだった。人跡未踏の自然があり、その地域は標本採取には最適だった。ここには蛙や昆虫がいるし、度胸のある若者なら、運がよければガーデン・スネークを捕まえられるだろう。

いずれにしろミス・メイプルはしごく満足していた。樹木の厚い茂みを通ってくる、興奮したささやき声から判断すれば、やはり学生たちだわ。

彼女は微笑んだ。エルムに寄りかかると、もうあらゆる森のかぐわしさが鼻孔に忍びこみ、湾岸の微風が涼しかった。ふと野外授業に今日を選んでよかったと有頂天になった。さもなければ、いまごろは教室でチョークまみれの熱気の中に座っていただろう。そしてあらゆる厄介な仕事をまた思い浮かべた。自分の立場を守るために舌打ちをするか、何も知らないふりをするかだった。新聞を無視するのは難しくなかったが、同僚たちの態度を無視するのは不可能だった。そして——いまはそんなことを考えずともよかった。

彼女は木洩れ日を眺めた。

なんてすてきな場所かしら！　ビールの空き缶、空き瓶、セロファンの包み紙、タバコの吸い殻一本ない。これまでに人間が一度もきていないことを示している。そこは——清潔そのものだった。

とにかく、ミス・メイプルは自分自身を同じような条件で考えたかった。純潔を信じていたし、その言葉に自分だけの定義をもっていた。もちろん彼女はわかっていた——いまさらどうしてそれを疑えるの？——自分は流行遅れかもしれなかったし、いささか時代にそぐわなかった。しかしそれでよかった。はっきりとしたプライドをもっていた。彼女の授業はコウノトリが赤ん坊を運んでくるのを否定することは一切話さない、世界で唯一の生物学クラスである、とのミスター・オウエン・トレイシーの有名な指摘も、彼女には大賛辞のように聞こえた。その授業が容易ではなかったことは、神のみが証言してくれるわ！　彼女はあれこれ思いをめぐらした。もっとも有害で邪悪なものの侵略から町の子供たちを守るために、自分は雄々しく戦わなければならない。

性教育ですって、とんでもないわ！

どうぞ、残らず美しい夢を殺して。この惨めで罪深い世界から、善意と純真さの唯一のしるしを破壊して！

ミス・メイプルは知らず知らずのうちに、まどろんでいるのに気づき身体をひきつらせた。「性《セックス》」という言葉で思わず眼が覚めたが、「純潔《ピューリティ》」がふたたび彼女を引き戻した。とにかく残念なのはあまりに遅く生まれたことだと思った。

彼女にはそうした考えの意味がまったくわからなかった。それだけにサンド・ヒルにおけるあらゆる善意の力をもってしても、その闘いはおそらく勝ち目がないものだった。彼女は前世紀の化石だった。まぎれもなく古きよき時代にくらべ、いまどきは何という違いだろうか！その純潔さは世が世であれば、かなり現実的で必要な機能を果たしただろう。そして「教育を阻害」したと雑誌から非難を受ける筋合いもなかったはずだ。エジプトの王朝時代に生まれていたら、彼女は王宮の処女たちの先頭に立ち、途方もなく重要な生け贄になったかもしれない。あるいは初期のヴァージニアで、レディがレディであった時代、十五枚ものペティコートを履いて、そのために尊重されたかもしれない。あるいはニュー・イングランドでも。いまどき以外だったらいつの時代でも！

ひとつの物音が耳をかすめた。

彼女は眼を開けると小枝に止まったミソサザイを見つめ、それからゆったりと夢心地に戻り、いましばらくミスター・ヘニッグとサリー・バーンズのことを心に描こうと決めた。かれらが三時すぎに密会していたことをミス・メイプルは知っていた。しかし彼女は時間をかけて待ち、不意打ちをした。かれらが地下室で口外をはばかることをしているのを押さえたのだ。

ミスター・ヘニッグはしばらく教壇に立てないだろう。

彼女は草原に長々と身体を伸ばして横たわると、ほとんど森の地面と見分けがつかなくなった。ネズミ色のドレスはバツが悪い手みたいに全身を覆い、胸の丸い丘を隠すのにはあまり成功していなかったが、細い腰のくびれと大きな尻の秘密を守り、かなり滑らかで白く均整が取れているのが気に入らない脚を隠し、飾りけのない黒い革靴まで伸びていた。顔色は青白く、修道女のように化粧していなかった。しかし唇は大きく濡れており頰骨は高く、とても修道女の顔には見えなかった。毎朝、自分の身体と顔に文句をつけていたが、しょせん勝ち目はなかった。どれほど自分の容貌に抵抗してみても、彼女は人目をひく女性だった。

物音はまた聞こえ、彼女を目覚めさせた。

それは太った鳥でも生徒たちでもなかった。音楽だった。フルートのような音色で、かなりハイピッチで柔らかく豊かで、それでいてシャープだった。それはひとつのメロディだったが、彼女には聞き憶えがなかった。

ミス・メイプルは頭をふり耳を澄ませた。

その音は現実だった。遠い森の奥から響いてくる。他の騒音に耳を奪われていたら、ほとんど聞こえなかったろう。しかしまぎれもなかった。

ミス・メイプルは起き上がると、すぐさま気を配り、木の葉や松葉を払いのけた。どういうわけかさむけを覚えた。

こんなひとけのない場所で、どうして音楽が聞こえるのだろう？

彼女は耳を傾けた。風は樹木を涼しくすぎて行き、笛の音はそれに運ばれているようで、影のように軽かった。三つの早く高い音、休止、それから幼児の泣き声のようなトリル、そして休止。ミス・メイプルは身震いし、生徒たちのいる野原に戻りかけた。三歩ほど歩いてみると、もうその方向には戻れなくなった。

音楽が変わった。もはやすすり泣きではなかった。音もそれほどハイピッチではなくなった。ゆっくりとうねり、低く地を這った。

哀願するように、手招きするように……

ミス・メイプルはふり向いた。そして何の疑問ももたず、生い茂る森の中に入って行った。草木の葉は濡れており、濃い緑にきらめいていた。薄いドレスがすっかり濡れてしまうのに時間はかからなかったが、それでも戻る気にはならなかった。こんな美しい音楽を奏でる人を見つけたかった。

まもなく藪に取り巻かれ、小径は消えうせていた。枝を押し分けて歩きながら聞き耳を立てた。

音楽はしだいに大きくなり、さらに近くなった。もうそれは早くなり、鋭く吠え、泣き叫んでいた。そこには心を急き立てるものがあった。一度だけミス・メイプルが恐怖を覚えたのは、ほんの一瞬くすくす笑うような声がしたせいだった。それでも依然その音は寂しげで悲しかった。

彼女は歩きながら自分の愚かさに驚いていた。もちろん学校教師ともあろう者が、むやみやたらに藪の中に入りこんで行くなんて褒められたことではない。それに彼女は身持ちのよい人間だった。そこで——立ち止まると心臓がドキドキした——もしも川の土手や森の中で暮らす身の毛もよだつような男たちの一人が、女を待ち構えていたらどうする？　こうした男たちのことはそれまで耳にしていた。

音楽が哀調を帯びてきた。それは彼女を落ち着かせ、恐れないように語りかけた。それで恐怖感はいくぶん失せていった。

彼女はだんだんと近づいてきているのがわかった。あいまいで捉えにくかった音楽が、いまは空中でつまびくように取り巻いていた。

こんな寂しい音楽がいままであったろうか？

彼女は網の目のように散らばる石の上を注意深く歩いて行った。それらの石は勢いよく流れる小川から突き出した小島さながらだった。白銀の水は非常に冷たく見えたが、足が滑って水中に落ちたときもたじろがなかった。

音楽は途方もなくやかましくなっていった。ミス・メイプルは両手で耳を覆ったが、まだ聞こえてくる。いつしか聞きながら走り出していた。

旋律が心の中でうねり踊った。甲高い叫びと、やさしいささやきと、沈黙とが交互に脈動し轟《とどろ》いていた。

樹木のかなただ。

樹木の向こう、もう一歩、あと少し——

ミス・メイプルは両手を広げて、厚い緑のカーテンを分けた。

音楽が停まった。

小川のせせらぎと、風の音と、心臓の動悸だけになった。

唾を飲みこむと肺から息を吐き出した。それからゆっくり灌木《かんぼく》と藪をくぐり抜け、眼をこすった。

彼女は木立の中に佇んでいた。ほっそりした若木たちはまだらな褐色をして、休みなく動くキリンの首みたいにまわりでうねっていた。足下には柔らかな金色の草が高く乱れて伸びている。樹木の枝は先端が頂上で合わさって緑のドームを成していた。日光は槍のように地面に突き刺さっている。

ミス・メイプルは四方を見まわした。木立の向こうは暗い陰になった森で、他には何も見えなかった。草木と日光だけだった。

そのとき彼女は地面に崩れ落ち、じっと横たわりながら、こんなに暑さと恐怖を感じるのはなぜだろうと考えた。

それを意識したのはこのときだった。視覚で確かめられなくとも感覚でわかっていた。

彼女は独りぼっちではなかった。

「何なの?」勢いよく出かかった言葉を、口から離れる前に呑みこんでしまった。

葉ずれと小さな手の拍手。

「どなた?」

彼女の胸が高鳴った。

「ねえ、すみませんが――どなた？　だれなの?」

そして沈黙。

ミス・メイプルは握りしめたこぶしを顎に当て息を殺した。わたしは独りではないと考えた。独りぼっちじゃない。

そうだ。

だれがいったの?

恐怖がこみあげてきた。それから恐怖や不安のどちらでもない、まったく別の存在を感じた。身震いをさせるもの。彼女は草の上に横になり震えていた。一方では新しい感覚が打ち寄せ、大きな潮の中に引きこみ満たした。

何かしら?　彼女は考えようとした。以前から、ずっと昔から、この感覚にはなじんできた。何年も前の夏の夜のことだった。月は丸くまばたきもせず、巨大な油断ならない眼だった。あの少年――ジョン?――は急におしゃべりをやめると彼女に触れてきた。そのときはどうしたことか、彼の手が次に何をするのかを考えていた。ジョン、やめて!　あの大きな眼がわたしたちを見つめているのよ。家に連れて行って、怖いわ!　わたし怖いの、ジョン。

家に連れて行ってくれないのならしゃべるわよ。

あなたがしようとしたことを、みんなに言いつけてやるから。

ミス・メイプルは近づくものを感じ、笑い声を聞いて身をこわばらせた。彼女の眼は木立の上に走った。

「笑っているのはだれ？」

彼女は立ち上がった。空中に新しい臭いがした。湿った毛皮のような粗暴な獣の臭いだ。熱く濃く重い悪臭がやってきて彼女を押し包んだ。

ミス・メイプルは悲鳴を上げた。

やがて笛の音が鳴りはじめ、音楽はこんどは熱狂的なものになった。音は前後左右で鳴り出し、だんだんと大きくなり早くなっていった。それが血潮の中に深く浸み通ると、身体がリズミカルにゆれ動きはじめた。眼を閉じて闘い抜いたがなすすべもなかった。

ほとんど足が勝手に動いて優雅なステップを踏んだ。自分が草の上を運ばれるのを感じたが、風に吹かれた木の葉のように軽くすばやかった――

「やめて！」

――すばやく跳んでひるがえり、木立の端の小さな谷に運ばれて行った。

熱気でぐったりとし、柔らかいところに落とされると、動物の臭いを吸いこんだ。

音楽が止んだ。

一本の手が彼女に荒々しく触れた。

彼女は顔を覆った。「やめて、お願い――」

「ミス・メイプル！」

彼女はドレスの上のボタンに手を伸ばした。

「ミス・メイプル！　どうしたんですか？」

無限の一瞬。やがて忘れ去られてしまう鮮やかな夢のように、すべてが滑り、溶けていく。ミス・メイプルは首を左右にふり、麦わら色の髪と大きな眼をした少年を見つめた。

現実にひき戻された。

「大丈夫ですか、ミス・メイプル？」

「もちろんよ、ウィリアム」彼女はいった。臭いは消えていた。音楽も聞こえなかった。あれは夢だったんだわ。「蛇を追っていたの。わかる――正確にはネズミ蛇よ。とても長い蛇だったわ――もうすこしで捕まえるところだったのに。でも小川の石でくるぶしを痛めてしまって。それで叫んだのよ」

「へーえ」と少年はいった。

「残念ね」ミス・メイプルは続けながら立ち上がった。「逃げられてしまったわ。きみは見なかったかしら、ウィリアム？」

ウィリアムがいいえと答え、彼女は足を引きずるふりをしながら野原に戻って行った。

午後四時十九分、三学級の試験採点を終えたあと、ミス・リディア・メイプルはグレーのコットン・コートを着て、平たい黒の帽子をかぶり自宅に向かった。あの森でのできごとに気を取られていたわけではないが、オウエン・トレイシーから二度も声をかけられた。彼は待ちかまえていたのだ。

「ミス・メイプル。こちらへ！」

彼女は足をとめふり返ると、青い車に近づいて行った。オヴァートン高校の校長は笑顔を見せている。校長にしては若くてハンサムで長身だった。ミス・メイプルはその目つきに内心腹を立てていた。眼は彼女に注がれている。「はい、校長先生」

「自宅まで車で送ろうか」

「ご親切はありがたいですが」彼女は答えた。「散歩して行きたいので。それにさほど遠くありませんから」

「なるほど、それではわたしもご一緒に歩かせてもらうかな？」

ミス・メイプルは顔を赤らめた。「わたし――」

「きみと話したいことがあってね、折り入って」長身の男は車から降りるとドアをロックした。

「結構ですわ、例の件でしょう」

「そうだ」

「すみません。あれ以上言い足すことはありません」

オウエン・トレイシーは歩き出した。その顔はいつものように愛嬌があり、上機嫌さと魅力を見せつけようとしているのは明らかだった。「昨日のサン・ミラー紙の、ベン・サグルーの記事を読んだかね？」

ミス・メイプルは「いいえ」とおざなりに答えた。サグルーは道徳に束縛されない怪物だった。彼のキャンペーンでひどくみだらな噂話が最初に町を席巻した。

「オヴァートン高校は中世の砦《とりで》さながらだそうだ」

「そうですか？　まあ」ミス・メイプルはいった。「おそらくそうでしょうね」彼女は微妙な笑顔を見せた。「ペストが流行した時代に四百人の生命を救ったのは、中世の砦だったはずですわ」

トレイシーは立ち止まってタバコに火を点けた。「もっともだ」彼はしぶしぶ認めた。「きみは知的な人だ、リディア。頭がよくて鋭い」

「ありがとうございます」

「それがわたしの悩みの種でもあるんだ。性教育プログラムについての混乱は知的なことではないし賢明でもない。愚かなことだ。生物学教師として、きみはそれを知っておくべきだね」

ミス・メイプルは沈黙した。

「これが小学校であれば、そう、きみの考えは筋が通るかもしれない。わたしは個人的にそう考えないが、しかし少なくともきみは問題を抱えている。高校ではそれはばかげている。それではわれわれは物笑いの種になる。サグルーはわたしと面識があっても、それを全国の雑誌が取り上げるまで非難を続けるだろう。まずいことになる」

ミス・メイプルは表情を変えなかった。「わたしの立場はいままで終始一貫しています、ミスター・トレイシー。おわかりにならないのなら、もう一度お話ししますわ。わたしが生物学を担当している限りは、オヴァートン高校には性教育プログラムは必要ありません。その提案は恥ずべきことで話にもなりません――まったく非現実的なものです――手を変えても説得されません。校長ご自身、あのジャーナリスト、あるいは先生方が束になってこられてもお断りします。ミスター・トレイシー、わたしは自分の生徒に責任を感じているからです。生物学的知識を詰めこむだけではなく、かれらを守ってやらなければなりません」彼女の声は平静だった。「何らかの措置を取るお気持ちなら、もちろん、ご自由にどうぞ――」

「それは避けたい」オウエン・トレイシーは平静さを装うのに懸命だった。

「その方が賢明だと思います」ミス・メイプルはそういうと、一息ついて校長を見つめた。

「どういう意味なんだ?」

「簡単にいえば、わたしの仕事をじゃましたり、妨げたりする措置や、現在のカリキュラムを変えるような圧力は、ミスター・トレイシー、あなたやオヴァートン高校を窮地に陥れることになります」

「それで」

「その必要があるとはほとんど思えませんせん」

「なるほど。それから」

「わたしは……時代遅れかもしれません。しかし愚かでも、不注意な人間でもありません。あなたとミス・ボンドとの関係をたまたま知り……」

オウエン・トレイシーの忍耐は解き放たれた獣のようにたちまち消え失せた。そのこめかみに沿って青筋が立った。「わかっている」

二人はしばらく睨み合った。それから校長はきびすを返すと、反対の方向に歩き出した。彼の眼から輝きが消えていた。数歩行ってからふり向くといった。「ミス・ボンドとわたしが学期末に結婚するつもりだと知ったら興味をもつかね」

「何をいまさらと思います」ミス・メイプルはそう言い捨てると、血のように赤い夕焼けに佇んでいるのっぽ男に背を向けた。

アパートの階段を上がりながら、彼女は勝ち誇った歓喜の大波に浸っていた。もちろん二人の事情は何も知らず単なる当て推量だった。しかし最悪の事態を考えておけば、めったに失望することはない。結局それは事実だった。そしていまや彼女の立場は絶対にゆるぎないものだった。

彼女は缶詰と瓶と包みを開けて、いつもの夕食の支度をした。やがて食器をかたづけると、午後九時までリチャードの『実践的批評』を読んだ。九時半、ドアが安全にロックされているかをたしかめ、カーテンを引くと窓を閉め衣類を整理して、小さなクロゼットに注意深く掛けた。

彼女が選んだナイトガウンは白のコットンで、顎からくるぶしまで隠れ、小さな白百合の花がかすかに彩っていた。一瞬裸身をさらけ出したが、それをすぐに頭から被って身体を包みこんだ。

ミス・メイプルは心に何のわだかまりもなくベッドに横たわった。

しかし眠りはやってこなかった。

しばらくして起き上がるとミルクを温めた。まだ眠れなかった。あれこれ雑念が沸いてきて脳裏をかすめ、じゃまをした。異常な感じだった。不釣り合いな感覚が……

そのとき音楽が聞こえた。

あの午後聞いたハイピッチの、踊り出すような笛の音が、いまかなり遠くから聞こえてきた。気のせいかなと感じたが、あまりにリアルなのでそうではないと思った。現実だった。音楽が止まなかったので、彼女は怯えた。そして電話に手を伸ばした。でもだれに電話するの？　それに何というつもり？

ミス・メイプルはその音を無視しようと決めた。すると熱い奇妙な感覚がベッドで独りぼっちの彼女に忍び寄ってきた。

枕をしっかりと耳に押しつけてそのままにした。しかし自分の脚が意思に反してゆっくりと開いていくのを見たとき、危うく悲鳴を上げるところだった。

体内の熱がぐんぐん上がった。それはまるで炎か高熱病の熱で、湿って内部にこもり温かさとは異質のものだった。

決して和らぐことはなかった。

毛布をはねのけると、両手を握りしめ部屋を歩き出した。音楽はロックした窓から侵入してきた。

ミス・メイプル！

あれこれを思い出すともなく思い出した。

しばらく激しく闘った。やがて降参した。わけもわからずクロゼットに走り、グレイのコートを取り出すと、ナイトガウンの上にはおる。それから整理タンスの引き出しを開けると、鍵束をポケットに入れ、ドアをとび出して廊下を走る。裸足なので厚いカーペットは音を立てなかった。真っ暗なガレージにとびこんだ。音楽の演奏は速くなり、彼女の心臓の鼓動も速まる。めったに使わない車は冷たく、エンジンがすぐかからないので、彼女はかすかにうめいた。

諦めなければと考えたとき、やっとエンジンがかかる。空咳《からせき》のような音と激しいダッシュ、黒い爆発に、彼女は身震いした。

すぐさま彼女は町を出ており、いままでにないスピードで、湾のワイン・ダークの海をめざした。ハイウェイが彼女の下でぼやけ、カーヴに入るとタイヤがショックで悲鳴をあげるのが聞こえ、車が横滑りするのを感じる。しかし問題ではなかった。音楽以外は何も問題にならなかった。

彼女の眼は盲目同然だったが、それでもハイウェイの出口を見つけた。まもなく白い貝殻道を横切って疾走する。あまりの速さに背後に車跡が残った。やがてたえまのない水の流れからわずかに地面に出ると、ブレーキペダルを強く踏む。車は躍り上がって停まった。

ミス・メイプルは車からとび出した。いまや笛の音は身体の中で聞こえている。走って小径を横切り野原に出ると、そこも突っ切って林を走り抜けた。こけつまろびつ、また起き上がった。藪の冷たく鋭い小枝が身を裂き、伸びた草の露がぐっしょりと身体を濡らし、無数の小石が皮膚に食い入ったが、それらをものともせず、心臓の鼓動と音楽の呼びかけだけを感じていた。

あそこだわ！　小川は冷たかった。しかし彼女は渡って行った。そして厚い葉叢《はむら》をすぎた。そこだわ！　銀色の月光に輝く木立が待っていた。

ミス・メイプルは一息入れようとした。しかし音楽は彼女を休ませてはくれない。熱気に押し包まれた。コートを脱いだがまだ暑い。ナイトガウンはなかなか脱げず、小さな真珠のボタンをひきちぎり、頭から剝ぐと地面に投げ捨てた。

それでもさっぱりしなかった。礼儀正しくミス・リディア・メイプルはそこに立っていた。風は髪の毛を巻き上げ、コハク色のシルクの断片のようにうねる。彼女は燃えるような熱気を感じながら笛の音を聞いていた。

踊れ！　彼女は呼びかけられた。今宵は踊るんだ、ミス・メイプル。さあ、簡単だ。憶えているだろう、踊るんだ！

すると身体が揺れ出し脚が動いた。すぐに高い草をとびこえ、ぐるぐると先が旋回をはじめた。

こんな風に？

そんな調子だ、ミス・メイプル。そう、それでいい！

彼女は精根尽きるまで踊り抜いた。やがて木立の端にある木のそばで立ち止まる。そうなるのを知っているかのように音楽が止むのを待った。

森は沈黙した。

ミス・メイプルは山羊らしき動物の臭いを感じ、それが近寄ってくるのを知った。木にもたれかかり眼を細める。しかし影以外に何も見えなかった。

彼女は待った。

笑い声、狂気の甲高い歓声。雄牛のように重々しく男性的なものだった。しかし人間の男性の笑い声にしては野性的すぎる。それから汗まみれの毛皮の臭いが彼女に迫った。強い力で抱きしめられるのを感じる。顔に蒸気のような熱い息を覚えた。

「いいわ」彼女はいった。手が彼女に触れ、鋭い痛みを覚えた。

「すてき！」彼女の指はたくましい筋肉を感じた。重いものがのしかかってくる。毛深い黄褐色の重量のあるものは、幽霊でも、人間でも、動物でもなかった。しかしかなりの熱気があり、彼女の体内に燃える火のように熱かった。

「さあ」ミス・メイプルの唇が開いた。「どうぞ！　もっと！」


その時からのリディア・メイプルの変化は、一部では注目されたが、うまく隠していたので、それほど目立たなかった。オウエン・トレイシーはときおり彼女を観察していた。同僚の教師たちも、彼女がいつも疲れているように見えるのはどういうわけかと、首をかしげていた。しかし彼女は沈黙を守っていたし、特に変わったそぶりをするわけでもないので、それは小さな謎として残った。

年長の男子生徒の幾人かは、夜中の二時にミス・メイプルが地獄の蝙蝠《こうもり》なみのスピードで車を、湾岸ハイウェイにとばして行くのを目撃したが、すぐに口を閉ざした。このようなことは表向きは考えるだけでもばかばかしかった。

彼女のクラスの女生徒たちは、ミス・メイプルが以前よりも幸せそうに見えるという意見だった。しかしこれは性教育に関する新聞や校長の要望を、彼女が見事にはねつけたせいにされた。

ミスター・オウエン・トレイシーとしては、さまざまに取り沙汰されることが不愉快の極みだった。オヴァートン高校の発展はミス・メイプルを解雇したときにのみはじまる、という学校理事会の意見に諸手を挙げて賛成だった。しかし彼女の免職を発令させるには、それなりの口実が必要だった。自分とローレイン・ボンドの情事を処理するためにも十分な理由が……

ミス・メイプルはどうかといえば、その現実ばなれした才能を発揮していた。一週間がすぎると、笛の音の呼び出しにも慌てず対応していた――さらにきちんとした態度で接していたが――足に跳ね返った泥、服についた草の染み、木の葉や新しい小枝の断片などを漠然と疑っていたが、それが現実に起こっていることだとは頭から本気にしていなかった。それはあくまで想像上の産物であり、夢想はミス・メイプルの現実生活につけ入る余地がなかった。

そのくせ毎朝目覚めると非現実的な夢に浸っていたことに満足していた。それからそのことはすっかり忘れて自分の仕事に取りかかった。

ある月曜日——その夜、生徒のウィリー・ハマッチャーとロザリア・フォーブスが、一緒に授業をさぼり抜け出してドーフィン公園に出かけた、はっきりした証拠を彼女はつかんだ。これをウィリーとロザリアにつきつけて、学校を退学になるわよと脅した——そのくせ夜になると、ミス・メイプルは身体に香水を漂わせて横になり、ふたたびあの音楽が聞こえるのを待っていた。

いつものように震えながら待っていた。ありあわせのシーツの下で身体がうずいていた。しかしあたりは静かだった。

今夜は遅いのねと思い、眠ろうとした。しかしそれを耳にしたような気がして何度も起き上がった。一度は部屋を横切りクロゼットの途中まで行きかけた。とても眠れなかった。

午前三時まで天井を見つめ、聞き耳を立てていた。

やがて起き上がると服を着て車に乗った。

彼女はあの木立に行った。

傷ついた空の下、三日月の下に佇んだ。

そして風と心臓の鼓動を耳にした。木の高みのフクロウの声。小川のせせらぎ。小川の石の擦れ合う音。そして森の静けさ。

おずおずと衣服を脱ぎ、きちんと積み重ねた。

両腕を上げて少し踊りかけた。それはぎこちなかった。彼女はもじもじして立ち止まった。

「どこにいるの?」彼女は小声で尋ねた。

沈黙。

「わたしはここよ」彼女はささやいた。

そのときくすくす笑う声を聞いた。それは冷酷で激しく、楽しげだった。

〈こっちへおいで、ミス・メイプル〉

彼女は微笑むと木立の中央に走って行った。ここなの？

〈違う、ミス・メイプル、こっちだ！　今夜はきれいだよ。それに情熱に溢れているじゃないか。なぜ踊らないの？〉

笑い声が右手の林から起こった。彼女はそちらに走った。それは消えた。こんどは林の左側から聞こえた。

〈何を追いかけているのかね、マダム？　その姿はあまり格好よくないね、ミス・メイプル。きみの衣服はどこにいった？〉

両手で乳房を覆うと恐怖を覚えた。「やめて。お願い、いじめないで」体内が恐ろしい熱気で燃えていた。「出てきて！　欲しいのよ――」

〈何が欲しい――？〉

ミス・メイプルは木から木へとあてもなく辿って行った。脚が痛みで耐えられなくなるまで走り続け、陰になった小さな谷のそばで疲れ果ててへたりこんだ。

もういちど音がした。それは笑い声で、すぐ消えた。

そして唐突にあたりはまったく静かになった。

ミス・メイプルは自分を見下ろすと素裸だった。ショックだった。自分はリディア・メイプル、三十七歳、オヴァートン高校の生物学の教師だったと気づいて、さらにショックを受けた。「どこにいるの?」彼女は叫んだ。

風が肌に冷たく感じた。両脚は草むらのあいだで冷たかった。耐えがたい欲望とあこがれが身に浸みた。「わたしのところにきて」叫んでみたが、その声は弱々しく絶望的だった。いまや森の中で独りぼっちだった。

これが現実だった。

粗い樹皮に顔を押しつけ人生で初めてむせび泣いた。そこにはもう彼女のための音楽はないし、二度とそれを聞けないと知ったからである。

ミス・メイプルはその後もなんどか深夜にあの木立に行ってみた。あれが事実ではなかったことを必死で願っていた。しかし身体はそうは考えていなかった。あの木立で甘美な笛を吹いていたものが何ものであろうと、それはもはや笛を吹くことはないだろう。それはたしかだった。その理由は彼女にはわからなかった。そのことに長いあいだ彼女は苦しみ不眠症にかかった。しかしどうすることもできなかった。

彼女の肉体はうずいて町の男を誘おうと考えたが、結局その気まぐれを退けた。神に愛された自分が、どうして人間の男に満足できるか?

そのうち彼女はすべてを忘れた。忘れなければならなかったからだ。

音楽、ダンス、火、抱かれた強い腕の感覚、すべてを。

そして彼女は静かに暮らし、純潔を褒めたたえ、堕落と闘い、サンド・ヒルの門から世俗的な動物を永久に締め出したかもしれない——もしもふしぎなことが起こらなかったら。

ささやかなことが起こった。

ある晩の食事時に、ミス・メイプルは食欲が異常に高ぶっているのに気づいた。それは英語教師のミスター・エトリンの噂が事実である証拠を見つけたよい日だった——彼はたしかにあのいやらしい雑誌を購読していた。一方でオウエン・トレイシーは他校への転任を考えていた。

しかし彼女はアパートに独りで座りながら飢えを感じていた。

最初はアイスクリームだった。大盛りのストロベリー・アイスクリームにマシュマロ・ソースをかけたものだった。

それからワイン。

つぎにミス・メイプルはしきりと草が食べたくなった……

なぜ突然に彼女がサンド・ヒルから出て行ったのかはだれにもわからなかったし、その行き先や、何が起こったのかも知らなかった。

しかし、そのうちだれも気にかけなくなった。

お得意先

The Customers

部屋は静かだった。室内には老女が腰を下ろして窓の外を見ており、戸外は鉄灰色の午後だった。凩は細いチェダーチーズを思わす小さな指先で、草木の凍った葉先と戯れている。弱々しい日光は灰色の大地に投げかけられていた。濡れた草や枯れている松葉のかすかだが清々しい香り。灰色の凩、灰色の日光。

膝で寝ている褐色の雄猫の首筋を逆なでしながら、彼女はじっと見つめていた。それから屈みこむと眼を細め、窓の霜《しも》を手で払い落とした。

「ヘンリー」老女は呼んだ。

老人の手が椅子の腕木から落ち、小さな音を立てた。

「ヘンリー」

彼の頭はこきざみに上下した。唇が動いた。

「起きなさい」

老人の眼は開いた。「わかったよ」彼はいった。「少し待ってくれ」

「待たないわよ。さあ起きて」

「ああ、どうしたんだ？　何かあるのか？」

老女の声は怯えに充ちていた。「彼よ。彼がくるのよ」彼女はいった。

老人は起き上がるとあくびをして顔からねむけを払った。そして微笑んだ。「あのいまいましい窓の外を眺めるのをやめなさいといわなかったかい？　おまえが妄想に走るといけないからと聞かなかったかい？」

「あなたったら、何も妄想などしていないわ。そこから立って見にきてよ」

ミスター・ルードローは椅子をつかんだ指に力を入れて立った。歩いて窓辺に行くと、妻の手首を軽く叩きカーテンを開いた。そして眼を凝らした。

「うむ！」ミスター・ルードローはうめいた。

「知ったかぶりさん。見えるの、見えないの？」

「見えるとも」老人はふたたびカーテンを閉めながらいった。「しかし確かめられない、マートル。はっきりとはな」

ミセス・ルードローはふり返った。「一見すればわかるわ。このあたりであれほどエレガントな人はいままで見たことあって？　黒いスーツ、ブリーフケース、わずかな口ひげもよ。いまいったいあんな人が他にいるかしら？」

ミスター・ルードローは鼻に沿って指をおき、首をふった。「彼がそのようには見えないとはいっていない」

「もちろん、あれは彼よ」ミセス・ルードローはたもとからレースのハンカチを取り出した。

「おまえは他の人間も彼だといった、忘れたのかい。あの最後の男、彼は何者だった？　国勢調査員か何かだった。すぐ結論にとびつきたがるなといっているだけだ」

「とびつく、とびつくですって――まあ！　だれでもはじめは幾度か勘違いすると、ルシア伯母様はいわなかったかしら？　彼は至るところ内にも外にもいて、空中にも彼の存在を感じるっていってたわね。わたしたちはこれまでしっかりと確かめることもしなかった――多少の希望や恐怖をこめてね。その上、まだ日の明るいうちだった。それにわたしの骨もまったく痛まなかったわ」

ミスター・ルードローはヘラジカの歯のような形をした小さなお守りを軽く撫でた。「マートル、おまえの骨は――いまそれほど痛まないのかい？」

「ものすごく痛むわ。痛みは感じるけど、それがふつうになるのよ。彼の歩き方を見て――地面に触れないように気取って歩いているわ」

ミスター・ルードローはため息をついた。「さて」彼はいった。「さて――こんどはおまえが正しいかも。そのことを考えてみれば、わしにはわしの意見がある」

老女はいきなり夫の腕をつかみ顔を改めた。「あなたは考えていない――と思うわ。彼はわたしたちのどちらかに用事があるわけではないでしょう？　そんなことはありえないわ」

「しいっ静かに、いまはな。おまえは一文なしでめそめそしたところを彼に見せたいか？」

ミスター・ルードローは一息ついた。「どちらにしろそれは長いことではない」

褐色の雄猫は頭を片方に曲げると、立ったまま背を丸め聞き耳を立てた。外のポーチに活発な足音を立てて行き、それから立ち止まった。

ミセス・ルードローは夫の手を握った。

「ヘンリー――ああ、嫌ね！　あのいまいましいドアに行ってきてよ。わたしはこんなことに関わりたくないのよ、嫌だっていったでしょう。さあ、行って」

ミスター・ルードローは靴を磨いて履くと廊下に出た。窓のそばに座っている妻を確認し、一息入れてからドアの掛け金を外した。

黒服の男が笑顔を浮かべて立っていた。「お初にお目にかかります。ミスター・ヘンリー・L・ルードローとお見受けしますが？」

ミスター・ルードローは唇を湿して男を見つめた。仕立て下ろしのスーツ、グレーのフェルト製中折れ帽、ブリーフケース、ワックスで整えられた口ひげ。「いかにも、ご用件は」

「光栄です。ところで、ぼくの名前は――」

「お入りなさい」

男は足取りも軽やかに廊下に入ると、ひとすじの毛も乱さぬよう慎重に帽子をぬいだ。

「ありがとうございます。ほんとうに感謝しています。まあ、これはすばらしいご邸宅ですな！　それに人目につかない静かなところで――こちらを見つけるには大変時間がかかりました。ほんとうです」男は木製の帽子掛けをちょっと改めたあと、そこにホンブルグ帽を掛けた。

「とても優雅なお住まいで」彼は付け加えた。

ミスター・ルードローは興味深げに見た。「ここを見つけるのは大変だったろうね？」

「ええ、いささか手間はかかりました。そうですね、一、二度ちょっと間違えました」

「間違えた？」

「そうです。実際に二軒ばかり間違えて、別のお宅を訪ねてしまいました」

「そうだ、それはマートルに話してやりたい！　二度も家を間違えるとは！」

男は羊のようにおとなしく見えた。「ところで」彼はいった。「ぼくが何者なのか、なぜここにきたのかとお考えと存じますが」

「まあ、必ずしもそうとはいえないいな」

「そうとはいえない？」男は眉をひそめた。「そうでした、ブリーフケースには印刷物があります。まあ、かなり洞察力のある方ですな、ご主人は。お年の割にはという意味です――ぼくが申し上げたいのは――」

「遠慮なく。かまわんよ」

「老年を迎えなんとなく暮らしている多くの人たちは」男はいった。「どうして弊社のことをまったく考え直してもらえないのでしょうか。それを信じないかも知れません。しかしかれらは最期の瞬間までずっと待っています。それではあまりに手遅れです」

「わしに説教するつもりか！」

男は悲しげに見えた。「ええ。驚かれていますね。現実の認識のないところには、現実の容認もありません。御夫妻が弊社のことを考えられていたのを知っていたら、こんな方法で煩《わずら》わすことは決してありませんでした。多くの人々は、ご存じのように、どういうわけかそこまで考えてもらえません。ご主人はそれを大目に見られますか。七十歳以上の八十七パーセントの方々は弊社が探し出しているんです！」

「ふーん！」

「ええ、そうなんです。このような訪問や、他人に駆り立てられることで、ごく普通にその気になるのです。そのためによろしければ、ご主人をお祝いでもしたいですね、ミスター・ルードドロー、その現実的で常識的な態度にです」

ミスター・ルードドローは思い悩んで頭をかいた。

黒服の男は何枚かの書類を取り出した。「さあ、ごらん下さい。弊社の記録では奥様がいらっしゃいますね——マートル・ルイザ・ルードドロー。奥様はご在宅ですか？」

「家内にも用事かね？」

「もちろんです、ご主人、ぜひお会いしたいです！　これはわれわれみんなで話し合うことです。ぼくは——つまり、おふたりの心に明確なものをお渡ししたいのです」

「明確なもの……」

「ぼくの言いたいのは、弊社のことを考えていたとのお話しから推測したことです」

「ああ、そうか——わしらは確かにきみのことを念頭に置いていた。ほんのしばらくだが。それ以来マートルは——家内だが——そう、およそ四、五カ月は心臓発作に悩まされた。きみのいうように、わしらは何もしないで待っていた」

「結構です！　うれしくて言葉もありません。ぼく自身と同様にあなた方にとっても。ご主人は単純には信じられないでしょうが。ぼくはいつも皆様には懇請《こんせい》や嘆願しなくてはなりませんので」

「ほんとうかね？」

「はい、その通りです。どなたも頑固ですから」

「うむ」ミスター・ルードローはいった。「きみが拒絶されることはないと思うがね」

黒服の男は晴れやかな顔になり口ひげを撫でつけた。「はい、まだそういうことがないのがうれしいです。じっさいプライドをもっていますから」

「そうだろうな」

「ええ、そうです。それはどなたにも時間通りにめぐってきます。しかしぼくはいつもいっています。どうしてそれを長引かせるのかと——詳細についてはいつかの午後でも取り扱いできますが？」

ミスター・ルードローは親指をヴェストにひっかけ、広いリヴィングルームのドアの方に歩きだした。「家内はここにいる」彼はいった。「おそらくわしらが何を企んでいるのか考えているだろう」

かれらは部屋に入った。

ミセス・ルードローは眼を上げると深いため息をついた。「ヘンリー、わたしを脅かすのね。わたしは怯えて動きも取れないわ」

「ほんの下準備の話し合いだよ、マートル。これはここだけの——」

「その人だれだかわかるわ。初めまして、お若い方？」

ミセス・ルードローは男を見つめると、薄い頬にほのかな紅が散った。彼女は夫に眼を移すとささやいた。

「ヘンリー、あなたが廊下で話しているあいだに何かがあったのね。もうそのことは間違いはないわ。わたしは――聞いたわ」

ミスター・ルードローは深く感嘆した大声で答えた。

「幻覚だろう？　おまえは幻覚を見たんだ。ルシア伯母がいったようにか？」

「小川の水みたいにすっきりしているわ。その点伯母は足で拍子を取り笑ってすごしたのよ。『あれがあの男だ』といってね。『あれがあの男だ』と」

若い男は頼りなげに頭を下げ、腰を下ろした。「お会いできてとても幸せです、ミセス・ルードロー」彼は挨拶した。

「頼りにしているわ」

黒服の男は口を開き、それから閉じた。彼はブリーフケースを膝に置いた。「さて、それでは仕事に取りかかりましょうか？」

ミスター・ルードローは彼女の喉に手を当てた。彼女の顔が厳しくなった。「そんなすぐに？」彼女は部屋を見まわし、絵画、壁、大きな雄猫に眼をくれた。夫を見つめた。

「あら、構いませんよ。それではどうぞ」

「ありがとうございます！」男の顔から心配げな困惑の表情が消えた。「ご夫妻一緒にお取り引きすることはこの上ない喜びです。ぼくの仕事は人が考えるほど楽なものではありません」

「そう」ミスタ・ルードローはいった。「きみと替わりたいとはいえないな」

「なまやさしい仕事ではありません」男はいった。「けれどそれだけの報酬はあります。ぼくは――いや弊社は――こういうべきだと考えます。弊社は多くの人々に多くの幸福を与えているのだと。たとえそのときはそれを認めない人がいてもです」

「あなたはかなり若く見えますね」ミセス・ルードローはいった。「ここでこの仕事に就いてどのくらいになりますの？」

「実は――少なくともこの特殊な部門ではあまり経験はありません。ぼくはマーティンバーグでは、そう、ほんの二年です。その前は軍隊にいました」

ミセス・ルードローは息を呑んだ。「道理で――多くの兵士が死んだのね――聞いた、ヘンリー？」

「いや」ミスター・ルードローは答えた。「きみと立場を代えたいとはいえないね」

若者はすばやく几帳面に指を書類に走らせた。「ご主人に申し上げているように、ミセス・ルードロー、もしあなた方ご夫妻が特別な考えをお持ちなら――？」

「そうね、実をいえば、わたしたちはそのことをあまり考えていません。それについて話しておくべきことがあったとはまったく知らなかったわ」

「まさか、話すべきことはたくさんお持ちのはずです！」

「わたしたちが？」

「たしかです！　間違いありません。そうすべきです！」

窓辺にしっとりと霜が降りてきていた。部屋は暗くなってきた。

ら？」

「さあ、ヘンリー」ミセス・ルードローはいった。「そういうことを考えた方がよくないかしら？」

ミスター・ルードローは聞いていないように見えた。「ここですぐにもはっきりさせておきたいことがある。これはわしら二人、家内とわしに適用されるのか？」

「ミスター・ルードロー、『マーマリング・エヴァーグレーズ』には数え切れないすばらしい特典があります。しかしおそらく最高なのはこの方針です。お二人のためになることは確かです」

ミスター・ルードローは妻のところに歩いて行き頭を撫でた。彼はしばらく間をおいてからいった。「この『マーマリング・エヴァーグレーズ』はきみのいうようによい場所だ」

若い男は一瞬困惑したように見えた。「よい場所？　そうですね、ぼくにいわせてもらえれば最高です。あなたがたがたまたま別の墓地をお持ちであれば――ノーですが。しかしもちろんお持ちでないですね」

ミセス・ルードローはうなずいた。褐色の雄猫は彼女の膝にとび乗り、ごろごろ喉を鳴らし伸びをした。

「好都合です。さあ、それでは仕事に入りましょう。お二人は地下納体室での一般的な霊廟《れいびょう》か、あるいはもう少しお安い墓所をお望みですか？」

ミスター・ルードローは葉巻の端を噛みちぎった。「きみのところはあらゆるものを扱っているのか？」

「ええ、その通りです」

「ふーん、こいつは参った。おまえの考えはどうだ、マートル？　そう——わしとしては、六フィートの地下に埋めてもらいたいとしかいえん」

ミセス・ルードローは身体を震わせ窓の外を見た。

「しかしそれではやり方に大きな違いがあるとは思えない。どう思う、おまえ？」

「あなたが考えて、ヘンリー。わたしの場所ではないわ」

黒服の男は一枚の書類を取り出し、彼の眼の前に置いた。「地下納体室が高価すぎるとお考えでしたら、それは間違っていると申し上げたい。そうです、たしかに。すばらしい地下納体室はえりぬきの財産で、出費もあなたにはわずかなものです——他の会社の価格と比べてもです。たとえば——ミスター・ルードロー、この地下納体室は——縦横十二×十八フィートあり、完璧な密封型で、保証付イタリア産大理石と輸入花崗岩でできています——永眠安息地——わずか千ドルの支払いで済みます——あなたがた何歳だといわれましたか？」

「八十四歳だ」

「そして奥様は？」

「同い歳です」

「持病は——肺結核とか？」

「わしはまったくない。マートルの心臓発作だけだ」

「ああ、そうですか。もちろん——それは」若者は一枚の書類に書き留め計算表を参照した。

「そうですね」彼はやっといった。「分割払いなら千二百ドルになります。そんな格安な話を聞かれたことがありますか?」

「わしにはまったく理解できない」ミスター・ルードローはいった。

「それはマーマリング・エヴァーグレーズが、あなたが差額支払いに必要な二年間、生存されていることに賭けるという意味です」

「それはだれにもそうさせているのか?」

「お断りしておきますが」若者はいった。「マーマリング・エヴァーグレーズは保証書を準備しています。それでたとえあなたに何か起こった場合にも、地下納体室はそのままあなたのものです。そちら様にはリスクはありません。すべてが万全であるのが確認されると思います」

「わたしには結構なように聞こえるわ」ミセス・ルードローはいった。「ヘンリー?」

老人はうなずいた。

「それでは地下納体室になさいますか?」黒服の男は尋ねた。

「そうとも、地下納体室だ」

「結構です。すばらしいご選択です。かなり多くの方々は――そう、ご存じのように、自分の平安を求めるのにあまり気を配りません。インテリは――あなた方のような――常に充分な準備を怠りません。さて、永眠休息地は一エーカー半あり、町を見下ろせます。写真がありま す――ごらんになりますか?」

ルードロー夫妻は鮮明な色彩の写真を考え深げに見つめた。小さな丘の頂上の中央に位置した、漂白したような真っ白な大地下墓地で、その周囲の色彩とはくっきりと一線をひき厳粛だった。「ご推察のように」男は話を続けた。「建築は特級です。原爆でも直下でない限り完全に堅牢です。ところで傍立像はロダンの『接吻』の完全な複製です」

ミスター・ルードローは写真をもういちど妻に見せた。

「そうね」彼女はいった。「たしかにすばらしいわ。でも昔もっとすばらしいものを見たことがあったけど。それでいいわ――あなたがそういうなら」

黒服の男はにこやかに微笑んだ。彼は二つの別の形を抜き取ると、そこに何か書き入れた。「はい、いかにも」彼は笑った。「ご一緒に仕事ができるのはこの上ない喜びです。このように気持ちが通じ合うことなどめったにありません」

ミスター・ルードローは妻の肩に触れた。「そういわれるとうれしいよ、きみ」

「はっ！」若者はせわしなかった。「物事の暗い面ばかりに眼がいく方が多いですが、それはよいとはいえません。だれしも直面するのは現実です。しかしそれはなかなか理解してもらえません」

ミセス・ルードローは急いで椅子を引くと窓の霜を見つめた。声も会話も書類も灰色の静寂の中に消えていった。時間が走馬灯のようにまわりはじめた。時と思い出とさまざまな人々。老婦人は褐色の雄猫の背中を掻き、その眼にレースのハンカチをふわりとかけた。何も聞こえない数分がすぎた。

ミセス・ルードローはやわらかな圧力にぴくっとした。彼女は眼を上げて笑うと、細い指でペンを取り上げ、五本の黒い線上に名前をサインした。

それから黒服の若者はすべての書類を取り集めて、ブリーフケースに戻した。彼は立ち上がると微笑んだ。「お二人におめでとうをいわせてください。あなた方は心の大きな重荷をかたづけられました。この人生のたそがれどきに最善のことを成し遂げられました。最後の安息のために最良の休息場所を選択されました。もうトラブルはありません。悩むこともありません――すべてが準備されてお二人をお待ちしています」

ミセス・ルードローは椅子の腕木に腕を置いた。「どのくらい――どのくらいかかるの？」彼女は尋ねた。

「どのくらい？ 以前は――」若者はスーツをきちんとした。「そうですね、マーマリング・エヴァーグレーズは来週までにすべての準備を整えておきます。お約束します」

「わずか――一週間？」

「急ぐよう努力します」

ミセス・ルードローは椅子につかまった。「たったの一週間で……」

「はい、たしかに。その古い地下納体室は十年間、空いているかもしれません」

ミスター・ルードローはヘラジカの歯から手をはなした。「それはどういうことなんだ？」

「えっ？ ああ、ただご自分の墓所の内部を見られない方がよいでしょう――もちろん決められた検査は別ですが――十年かそこいらは。まったく安全です。弊社は現実を見ているからで、悲観論者だという意味ではありませんし、絶対にそうはなりません。お二人の前にはまだ多くのすばらしい歳月があります。それは美しいものです！　後生は心配や不安もなくすごせます」

ミスター・ルードローは若い男を見つめた。「わしには理解できん」

「どなたができるでしょうか？」若い男はいった。「だれにもできません。たとえば、一年半前に九十二歳の紳士をお訪ねしました。墓所を購入されました──質素なものでしたが、教会もごく近い野中なので、すばらしいお買物でした──それ以来わたしはお会いしていません。あらゆることを考えて健康状態は良好だと理解しています──少し弱っておられますが、医師は特に異状はないとのことです」

「そうかね？」ミスター・ルードローは口を開いた。「きみは本気で──きみはすべて本気でいっているかね？」

黒服の男は廊下の方に歩いて行った。「たしかです。間違いありません」

「それできみはここにきた──後日の準備をするためだけに？」

「その通りです」

「そして──」ミスター・ルードローは息を切らせた。「そしてわしらはここに留まることができる。十年間はここですごせるんだな？　きみを待ったり、探したりして、いつも怯えていたり、きみのくるのを恐れたりすることはないんだな？」

「あなたの墓所に何か問題が起こらなければです。しかしそうとはあまり思えませんが。お二人は健康そうに見えますし、十年間の見積もりで不充分だと信じるには、何であれ根拠が乏しいと思います」男は笑った。「とりわけ、ご存じのように、わがマーマリング・エヴァーグレーズは安全を請け合っています」

ミセス・ルードローは雄猫をつまみあげると自分の胸に押しつけた。彼女の身体がわずかにゆれた。

若い男は黙って立ったまま二人の老人を見つめていた。「もちろん問題が持ち上がったり、ぼくを必要とすることがありましたら、遠慮なくお電話ください。間違いなく参ります」

ミスター・ルードローは妻の頰に当てた手をそっと取った。彼の顔は輝いていた。彼は明かりを消した。「わしらはまだきみを必要とすることは考えられないよ、お若いの」

「結構です」若い男は廊下をすたすた歩いて行った。「どうぞおかまいなく」彼は叫んだ。「これで失礼します」

小ぎれいな階段を降りて男は消え、それから静かになった。

ミスター・ルードローは表のドアまで行くと、男がツインゲートを出て小径を歩いて行くのを見つめていた。男はふり返ると硫黄色の空を背景に立って手をふっていた。彼はドアを閉じ、しばらくそこに寄りかかり、それからリヴィングルームに戻った。

「ヘンリー、いま空に何かあったのかしら？　急に暖かくならない？　蜜みたいに暖かいわ！」

ミスター・ルードローはジャケットを脱ぎタイピンを外し、それらをクロゼットに戻した。彼は椅子に座ると妻のそばに寄せた。

「空を見て」ミセス・ルードローはいった。「霜が消えていくわ。溶けていく」

ミスター・ルードローは椅子にもたれかかった。

「ヘンリー、ほら！　月が出たわ！」

「そうかい？」

「大きな黄色い月。庭全体を照らしている。樹木が一本一本見えるわ！」

老人は笑うと首を傾けた。

すぐに彼は眠ってしまい妻も眠った。そしてそこには喉をごろごろ鳴らす褐色の猫の声だけがした。

昨夜は雨

Last Night the Rain

ぼくらは墓地を掃除しに出かけた。丘を登るともう暗くなりかけていた——あるいはそう見えた。朝からずっと灰色だったし、それに湿っぽかった——しかしエイミーにはそう見えた。彼女は「ジョシュ」と静かにいった。ぼくは彼女の望んでいることが読めた。

ぼくはいった。「家に帰ろう」

彼女は首をふった。ぼくらがいるのは町から六マイル、川から一マイル離れたリンダムード農場のそばの道路だった。農場の向こう側に土手に通じる藪が見え、野生のラズベリーの密生した藪とイラクサや雑草が腰の高さまで茂っている。エイミーは微笑みながらそちらを見ていた。「もう遅いよ」ぼくはいった。

「いいえ、まだ遅くないわ」彼女はそういうとまた首をふった。「ジョシュ、聞いて!」

ぼくはそうした。しかし何も聞こえなかった。牛たちは固く凍りついていて、鳴き声は立てなかった。いうまでもなく風もなかった。

「あれが聞こえないの?」彼女はいった。

「いや」ぼくはいった。「何が聞こえるんだい?」

しかしぼくは知っていた。自宅の屋根裏部屋で一度あった。それは雨降りのときで、どのくらいの時間かぼくにも思い出せないほど長く——数時間——彼女は窓辺に座っていた。そして同じいたずらを仕掛けた。そのとき彼女に何を聞いているのか尋ねてみた。彼女は草が水を飲んでいるのを聞いているのだと答えた。

ぼくはバイクのホーンを強く押していった。「エイミー、ねえ、うちに帰ろうよ」しかし彼女は答えなかったし、聞こえているはずなのに知らん顔で動かなかった。

「川よ」彼女はやっと小声でいった。

ぼくはバイクを急ターンさせ、ペダルを数フィート踏んでから停まった。「エイミー、ねえ、その辺はぐっしょり濡れて泥だらけだ。おれたちはきれいな服を着ているんだぜ」

彼女は頭を動かすとぼくを見た。ときどき彼女はぼくにこんな表情をする。「ベックマンに会いたいわ」彼女はいった。

ぼくは驚かなかった。それは一日中彼女の心にあり、ぼくらがこんな道端にいるのもそれが理由だった。

「彼が自宅にいるとどうしてわかる？　どこにでも出かけられるんだぞ」

「彼は自宅にいるわ」彼女はいった。「あなたは彼を恐れて行きたがらないのね」

「そんなことはない」ぼくはいった。しかしそうでもなかった。ベックマンはいつもちょっぴりぼくの恐怖の種だった。それは檻《おり》の中にいる野獣を恐れるようなもので、ときには眼をくれるくらいで攻撃はできない。しかしそれはぼく一人ではなかった。認めようが、認めまいが、町の大半の人々は多少とも彼を恐れていた。彼は老いたインディアンで、ほとんど無力の状態だった。しかし彼にはまともでない何かがあった。ボロをまとっているのではないし、悪臭がするわけでもない、人につきまとうこともしない。ただ見つめているだけだった。そこには当然何かがあった。

エイミーはいった。「とにかくベックマンのところではないの。わたしは川に行きたい」

「ちぇっ。エイミー、おれは行かないぜ」

彼女の顔はゆるんだ。「じゃあわたしを待っていてね、ジョシュ」彼女はとても十四歳の少女のようには見えなかった。あらゆることをものともせず、自分のやり方を通す大人の女性に近かった。ぼくはどういってよいのかわからなかった。わかっているのは彼女にやりたいようにやらせることだった。ぼくにはあまり選択の余地がなかった。

「いいとも」ぼくは叫んだ。「しかしきみがそこに行ったことを、きみのパパには知らせるよ」

「どうかわたしを待っていてね」

ぼくはどうするか考えた。一緒に川に行くのも悪くはなかった。ただぼくは怖かった。その朝ちょうどベックマンに会ったことを思い出した。そう考えると首筋が寒くなった。浮浪者キャンプを出た浮浪者の群れを一掃しようとする鉄道員の一人を、ベックマンは見つめていた。線路の向こう側に一人で立ち、鉄道員を見張る姿は虫よりも汚かった。あとでぼくが食料雑貨店から戻ってくると、また彼を見かけた。今度は彼は道路に一つの大きな岩の塊を見つけ、それを道路から引きずり降ろしていた。岩の塊はどれも同じような普通の岩だった。そこでまずその岩の塊が塔を形成している川の方に降りて行かなくては話にならなかった。岩を積む行為は原罪のためだといま思い当たった。鉄道員はかなり手荒なやりかたをしていたからだ。ぼくは知らなかったが、ベックマンはその問題に自分の考えをもっていた。

それもまた彼がいままでずっとしていたことで——町をうろついては人間を勉強してきた。ランド伯父はぼくにこういった。ベックマンの二つの塔は砂上にある。あの老人はただエホヴァ・コンプレックスをもっていただけなのに、その上変人として馬鹿にされ、そして同情されてきた。しかしそんなに簡単に同情できなかった。ともかくぼくにとっては。あるいは他の連中にとっても、そのことについては、エイミー以外は……彼女はどうかと思うものまですべてを憐《あわ》れんだ。犬、猫、蛇も気にしなかった。

それでもぼくは彼女が好きだった。彼女の父を含めすべての関係者は、彼女を変人だと思っていた。ぼくも多少はそう思っていたが——それでも彼女が好きだった。少なくともぼくには彼女を正常と呼べるときがあった。そしてそんなときぼくは彼女といて、その声に耳を傾けてやった。それは少女のもつ、もっともやさしい声だったし、彼女の眼はとびぬけて大きかった。

ぼくは父親のことで彼女を気の毒だと感じていた。父親は抜け目なく、ぼくは詳しくは知らなかったが、噂では極めて不誠実で、性悪な血筋であるとされた。しかしエイミーには特別だった。彼女がどんなに変わっていようとぼくは構わなかったが、父親が続けざまに何日間も、彼女をまったく相手にしないのはどうかと思われた。だれもがそのことを話題にした。ベックマンはそれが理由で、独りで百個からの石を川に引きずっていかなければならなかった——しかしそれが何を表すのかは誰にもわからなかった。彼によれば、かつてぼくがしたようにたくさんの子猫を袋に入れ、沼地に投げ込むのは罪深いことだった。そのためぼくはいつも丸石をもって行った。

しかしエイミーはまったくベックマンを恐れなかった。彼が何かひどい悪臭を放っていても、彼女は通りで彼を追いかけ、ファイヴ・ポインツ（ニューヨークのスラム街）までも彼と歩いて行くつもりだった。そしてときおり彼の運ぶ岩を一緒に引きずってやったりしていた。それは一幅の絵だった。ぼくには彼女がいつもの饒舌騒ぎをはじめたときに感じる怖さを思い起こさせた。ぼくらがバイクに乗っていたり、学校からの帰り道など、何かしているときに、突然彼女はしゃべり出すのだ。犬が寝ているときに夢を見るのをどう思う？　月にじっさいに人がいたとは思わない？　木はどのくらい生きていられる？　ぼくは何と答えてよいかわからなかった。しかしそれはエイミーを怒らせ、知らん顔しているとさらに機嫌が悪くなるので、ぼくは答えをひねくり出した。それでも彼女の態度はさして変わらなかった。とにかくぼくの話など聞いてもいなかった。

ぼくらがつき合い続けることを、彼女がぼくにいくらか用心させるのはおかしなことだと思った。彼女が大の男を二人合わせた以上の勇気をもって以来、ランド伯父が〝超バカ〟と呼んだのもうなずける。しかし同時に彼女を野放しにしたら、暴れまわるか、切れてしまったろう。

彼女が独りで川に下りて行ったとき、ぼくが腹を立てたわけはそれだった。彼女が自分の自転車を降りて、こちらをふり返りもせず藪の中に入って行くのを、ぼくは見守っていた。ぼくはそこに座って怯え、怒っていた。

とうとうぼくは彼女のあとを追うことを決めた。

バイクで行けるところまで行き、彼女の自転車の隣に置いた。それから藪の中に入って行った。静寂が重みを増し、いまやすべてがどっぷり濡れて重かった。湿気の大部分は露や雨の名残りで、それをふるい落とす風もなく、そのため露として溜まっていた。陽が当たればきれいになったろう。エイミーとぼくは数週間前に砂州の一つに降りて行った。そのとき陽が射してきて、彼女は藪の露をダイアモンドになぞらえた。蜘蛛の巣はジュエリーの寄り糸で、そのすばらしさで、自分たちが小さく見えた。そのときぼくらはシャンデリアに取り囲まれているのだと、彼女は考え、その想像はだれにも止められなかった。

さて、ぼくは川のせせらぎを聞くためにかなり近づいたが、耳を傾けなければならないほどのかすかな音だった。エイミーの足音も道路を外れてからずっと聞き取れなかった。ぼくは一本道を行き百フィートぐらいは足音を立てまいとした。藪は少しまばらになり下に川岸が見えてきた。それからぼくは神経質になり、足を速めてまっすぐ川岸に向かった。

はじめに見えたのはベックマンのハウスボートだった。それはまさしく古い薪小屋のようで、窓も何もなく箱みたいに四角形だった。

ぼくはベックマンを探した。なぜだかはいえないが、彼を軽蔑しはじめていた。とりわけ彼はエイミーの調子の悪くなる原因となることが多かった。彼を見かけるたびに、彼女は愚かなことをはじめる。そのくせ彼女はいつもそのあと元通りになった。そのときどきで状態が変わり、ぼくは見知らぬ他人になっていた。

かれらは砂州のどこにもいなかった。右の方にほとんどまっすぐ降りると岩の塔が並んでいる。

ぼくがこの前に見たときよりもかなり塔は大きくなっていた。子供のころこっそり見に行ったときから長い歳月が経っていた。いまや塔は普通の要塞や城郭のように見えた――少なくとも左側の塔はそうだった。それはベックマンの罪の塔だった。高さが十五フィートかそれ以上あり、すべての岩石の重みで礎石《そせき》は砂の中に見えなくなるまで押しこまれていた。彼がどのようにして建てたのか、ぼくには到底答えられない疑問だった。すべて大きさもばらばらのでこぼこの岩石を使い、それらをきちんと積み上げてあった。クレーンや適当な機材などもっていないことはわかっていたし、石の積み重ねに梯子を使っているのも見たことがなかった。深呼吸すれば全体がぐらつきそうな感じなのだ。

ぼくが見たところでは罪の塔は左に傾いていた。その下に三分の一の大きさの善意の塔があった。それはみすぼらしく見えた。正確には塔ですらなかった。ベックマンの考えるわが町を表したものだということは、極めてはっきりしていると思った。

湿気がぼくの胸にも浸みこんできたので立ち上がった。そのときに笑い声を聞いた。それはエイミーのものだった。エイミーの笑い声を聞き間違えることはない。

それはハウスボートの中から聞こえてきた。

ぼくは悪態をつきながらけもの道の横を下りて行った。跳んだときもしゃべることを考えており、塔の周囲を斜めに歩いて行った。ドアは開いていたが外からは中が見えなかった。声がよく聞こえるところまで接近した。

エイミーの声が聞こえた。まじめな口調だった。「パパからもらうことはできるわ」彼女はしゃべり続けた。「ポケットにすごくたくさんのお金があるんですもの。わたしは全部もらえるわ」

次の声はベックマンだった。乾き切った、絞り出すような声で、遠くのほうからだれかによしよしをしているような声だった。ぼくの知っている話を彼から聞いたことがある者はいなかった。ランド伯父は彼を唖だと思っていた。「そんなことをするな」彼はいった。

「どうして?」エイミーはいった。

「どうしても、いまそれはよくない。それだけだ」

「わたしは構わないわ」エイミーはいった。「川の終わりがどこであろうと、やがて海に入ろうと、インドであろうと、わたしたちはずっと行けるのよ。あんたは地球が実はすべて水とは知らなかったでしょう」

ベックマンは何かいって笑ったらしい。ぼくは指の皮を少しかみ切った。それは歯のない人々が大量の空気を吸ったり吐いたりする音に似ていた。

ぼくはじりじりと接近し、うずくまってかれらに見られないようにした。

「エイミー、いまは——」

「逃げないで」

「むりだ」

「大丈夫よ、ベックマン。好きなところにわたしたちだけで航海できるわ。からかうものはだれもいないわ。昼間は寝て夜はずっと起きていられる。もしわたしたちが同じ意見ならね。トビウオをつかまえて食料にするわ」彼女の声はひどく落ち着いた口調だった。「パパからお金を取ってくるからね。それで船を買えば出航できるわ」

やっとかれらが見えた。ベックマンは部屋の床にあぐらをかいて座っていた。至るところごみだらけだった。衣服は長年の汗と脂でほとんどぼろぼろだった。それを見ていると、かつてはショーウインドウにあった普通の衣服とは想像もできなかった。ひげは普通より白く太くて短い、フォックステリアのコートみたいだった。わりとこざっぱりしており、それもまた唯一彼と結びつけて考えられるものだった。顔は全面がしわだらけで深い溝になり垢が筋をなしていた。眼は夜のように漆黒で大理石みたいに堅そうだった。

「勉強しなさい」彼はしばらくしていった。「ここにきてはいけない」

エイミーは手をうしろに置いて壁に寄りかかっていた。二人の違いは見ものだった！　彼女のフロックはかなり乾いていて、早朝に着替えたように新しくきれいに見えた。髪の毛はトウモロコシの毛みたいに美しい金色をして肩にかかり、彼女は足下を見つめていた。

ベックマンは自分はここに留まり、塔を作り続ける気だといった。全能の神の命令を受けており、全能の神の命令には逆らうことはできないと。

エイミーは一言もいわなかった。彼女はじっさいに失望し傷ついていたといえる。

ベックマンはいった。「すぐ家に帰りなさい。ここにくるべきではない」

エイミーがそのときいったことは、ぼくの心に火を点けた。彼女はこういった。「わたしにはくる必要があったの。だれにも理解できないわ。あんただけよ、わかってくれのは、ベックマン。わたしたちは同類よ。世間はわたしたちには何の役にも立たないわ、笑うだけ、でも――それでいいの。風が歌うとき、あんたには聞えるでしょう。わたしもそうなの」

彼はそこに座っていた。

「それにわたしがすることは何もかも知っているでしょう。わたしは川は女性であることに気づいたの。でもそれはあなたにとって変わったことではなかった。たとえ鳥たちを理解できなくても、かれらがたがいに話しているのは聞いているのよ。そうじゃない?」

彼はため息をついた。それからいった。「あんたは頭がおかしい」そして言葉を切った。「家に帰りなさい」彼はいった。

エイミーの声は震えていた。「いやです。わたしは怖いわ、ベックマン」

「何が?」ベックマンは彼女を見ながらいった。

「わからない。そう思うの」

「どのように?」

「はっきりしないの」エイミーはいった。「わたしにはいま正しいと思えるものは何もないわ。パパはわたしが態度を改めなければ町に追い払うというの。パパはほとんど口も利いてくれないわ。いらいらするからだというの。赤い夕陽が落ちる夕方になると、わたしは泣きたくなるの」

ベックマンは黙っていた。

「昨日、家を抜け出して、昔のようにミスター・ジャクスンの庭を歩いたわ。でも前と同じではなかった――かなり静かだった。わたしはテントウムシを見るために座った。虫たちがやってくることなく静かだった。わたしはその草にずっと座り続けていたかった。もし去ったら戻ってこられないと思ったの。すべてのものがさよならよ！」彼女は床に崩れ落ち、それからベックマンの手をにぎり、頬に当てた。「お願い、追い出さないで、今夜は。お願い」

ベックマンは彼女の頭を二度撫で、それから彼女から離れた。「わしにはすべき仕事があるんだ」それから彼はどなった。「くそっ、さあ、わしは働くんだ。わしらはどこにも行けないんだ。あんたもわしもな。行くところなどどこにもない。なぜかわからん。さあ、家に帰れ、戻ってくるな」

彼女が動かないので彼は叩いた。彼女が身を震わせているのが見えた。眼を疑う狂った光景だった。ぼくは思いもよらなかったものを見つめているような気がした。そして心音が乱れるのを聞き、胸に穴が空いた。ぼくは動こうとした。頭の中はエイミーを殴っているこの汚い老人の映像だけだった。それがすべてを物語っていた。

ぼくは立ち上がると戸口に立った。「エイミー！」と叫んだ。おそらくそれ以上言葉はなかった。ぼくはそこに立ち尽くしていた。

エイミーは跳び上がって走り、ぼくに腕を投げかけてきた。

ぼくは彼女を堅く抱きしめた。ベックマンはまだ床に座ったまま、こちらを睨みつけ口を開けていた。

「おいで、エイミー」ぼくはいった。

彼女は動かなかった。すがりついたまま泣いていた。そのときぼくはどうしてよいかわからなかったが、彼女にキスしたかったのだと思う。彼女が壊れるまでぎゅっと抱きしめて一体になり、それで彼女の安全を確かめる。ぼくはそんなたわごとを考えた。

それで彼女は泣くのをやめた。藪の奥の鳥の鳴き声以外はまったく静かだった。

エイミーは身体を離した。

彼女のそのような顔を見るのははじめてだった。白く濡れており、眼は皿のように大きかった。

「どうしたんだい?」ぼくは尋ねた。

彼女は三歩下がり走りだそうとした。

ぼくは彼女のあとを追った。しかし彼女はぼくより早かった。まるで砂上を滑っている調子で、足はほとんど地に触れていなかった。駆けながらふり返り肩越しにぼくを見た。おそらくおかしい印象を与えるだろうが、このときの彼女ほどひどく怯えた顔を見たことがなかった。

彼女の向かう先が見えたとたん、ぼくは走るのをやめた。

ぼくは手をさし出した。「エイミー!」くり返し呼びかけた。しかし彼女はなおも走り続けた。

彼女はけもの道のそばの岩石を高く積んだ柱にまっすぐ駆けて行った。

すべてが非常にゆっくり進んだので、ぼくにはその一つ一つが見えた。眼を閉じるといまでもその光景が浮かぶ。彼女は罪の塔の基部に走りこんでぶつかった。頂上の石が傾いて倒れ落ち、そして全体が崩れ出した。

「エイミー！」

彼女は完全に埋まったわけではなかった。しかし巨石が八個か九個、彼女の上に落ちたのだ。ぼくは半狂乱になったが結局は何もできなかった。そこに棒立ちになったままだった。ぼくは流れる血を眼にし、動かなくなった彼女を見ても、そのときは何もできなかった。

ベックマンがゆっくりと砂の上を横切ってきた。

彼は壊れた塔に近づき、エイミーから岩石を取り除き、彼女の胸にしばらく耳を当てていた。それからぼくをふり返った。

ぼくは神に泣き叫びたかった。ぼくには限りない望みがあった。それで立ち尽くしていた。ベックマンは深く膝まずき、エイミーの身体の下に腕を差し伸べた。彼はやさしかった。彼女を助け上げると、何とか足下までひっぱってきたが後ずさりしてしまった。エイミーの頭は彼の汚い袖に乗せられていた。風が髪の毛を吹き散らした。ぼくはあることを注目した。リボンがまだそこについていたことだ。

ぼくはそれを見守っていた。それはぼくには理解できないだけで道理に叶うようなことだった。ベックマンはまっすぐ歩いて行った。彼はけもの道の端をすぎたが、まったくこちらをふり返らなかった。

頭の中はあらゆることで混乱した。エイミーは死んだと思った——しかしだれが彼女を殺したのか?

「エイミーを殺したのはだれだ?」ぼくはベックマンに叫んだ。「この老いぼれめ、小汚い気狂い野郎め!」

岩石が殺したのだと思った。それに町の連中が殺したのだ。そしてぼくが殺したのだ。ぼくにもたしかに責任があった。彼女はぼくから逃げだしたのではないか?

ぼくはめまいがした。自分が病気になりそうな気がした。ベックマンをつかまえて殴ってやりたかった。しかしそのかわりにあの塔について考え続けた。もしそれが小さく、他の塔が大きかったら、そのときはエイミーはまだ生きていたろう。

「ぼくがやったのか?」ぼくは泣きだした。

彼は川のそばにいた。彼とエイミーにはまるで骨がないみたいだった。ベックマンもエイミーも重みがなかった。彼女は彼の腕の中でも軽かったし、彼の腕も軽かった。二人が離れて行ったとき、ぼくはすでに暗くなっていたことに気づいた。それはかれらが影になり、川の方に動いて行き、だんだんと薄れていったからだ。

ぼくはそのときパニックにかられた。自分の行動も憶えていない、ぼくはけもの道に走り戻って――そうしなければならなかった――バイクに乗ると帰宅した。

母は最初ぼくの話を信じなかった。しかしやがて信じるようになった。それから母はエイミーの父をオフィスに訪ね一件を話した。父親はぼくを同行させるように母に話し、それで行き先がどこかを知った。ぼくらが川岸まで行ったときには、そこには何も見えなかった。とにかくベックマンもエイミーもいなかった。崩壊した岩石の塔と、その隣に立つ小塔だけだった。そして川だった。

かれらはまる一カ月間川をさらった。それから掲示を出し、電話をあちこちに掛け、捜査隊を組織し、郡中の警察に連絡したが、一つとして役に立たず、最後にはかれらもさじを投げた。しばらくすると事態はおさまり平常に戻った。だれもその事故——そう呼ばれた——について語ることはほとんどなくなった。

かれらは正しかった思う。頭のおかしな二人が一緒にどこかへ行ってしまった単純なケースだと、ランド伯父はいう。そういうことが起こるのはいつであれ、そこには必ずトラブルやもっと悪いことがあるに違いないし、それはだれも責められないという。ぼくもその言い分は正しいと思う。

しかし夜、あたりが静まるとき、ぼくはいまでも首筋のあたりにおかしな感じがする。そしてときどき夢を見て眼が覚める。

そしてときには、雨が降ると、ぼくは屋根裏部屋に行き、エイミーが聞いたのはほんとうは何だったかを耳を澄まし考える。

ぼくにはただの雨の音にしか聞こえないが。

変態者

The Crooked Man

己が知恵を誇る人間は愚者となる……神の真理を虚偽に変える者……その女たちさえも本能を自然に反するものに変える。そして男たちもまた同様に女の本能を放置し、同性への色欲を燃やす。男同士が接触するのは見苦しく……

聖パウロ著　ロマ書、第一章

彼は踊っている人々から離れた隅のボックス席に滑りこんだ。そこはまったく静かで麝香《じゃこう》と夾竹桃《きょうちくとう》の香りが空中ほのかに漂っている。ほっそりしたランプがボックス席をやさしく照らしている。その光を弱めて暗くすると頭上のクラブの青い光だけが、ビーズのカーテン越しに洩れて分散される。彼の優美なほっそりしたハンサムさが、鏡貼りの壁に広がりぼんやりと写し出された。

「いらっしゃいませ、サー?」バーのボーイはビーズ・カーテンをくぐって入ってくると笑顔を向けた。金色のスパンコールで飾り立てたトランクス姿で、油を塗った筋肉は素肌の下で大蛇みたいに、勝手にうごめいているように見える。

「ウィスキー」ジェッシはいった。その若者の顔に浮かんだ無頓着な笑い、三日月形の白い歯並びを眼にとめた。ジェッシは顔をそむけ、頬が血の流れに染まるのを抑えようとした。

「はい、承知しました。サー」バーボーイはそういうと、日焼けした太い指をみぞおちに走らせ、軽く叩いてしなやかな指ダンスをはじめる。彼はもじもじしながらまだ笑っていた。こんどは疑問と期待をこめ、感嘆と欲求で濡れそぼった深い笑い。受け入れの合図の指ダンスがやむと、ずんぐりした褐色の指は怒りのこぶしに変わる。「ただいますぐに、サー」

ジェッシは彼が身をひるがえすのを見守った。ビーズ・カーテンが一緒にチリンチリン鳴って閉じる前に、そのハンサムなアスリートのボーイが横柄に人混みをかきわけ、テーブルに独りでいる男たちがおずおず差し出さす手を払いのけ、自分に向けられる多くの欲望の合図を無視しているのを、ジェッシはちらっと見た。

あれは手違いだった。いまやつは気を悪くした。あまりかっとなって余計なことを考えたら——すべてがぶち壊れることになる。いや、あいつをうまくなだめなくては。

ジェッシはミーナのことを考えた。美しいミーナを——とんだへまをやった。うまくやるべきだったのに！

「ウィスキーです。サー」若者はいった。その顔は大きく悲しげで犬の顔に似ている。唇は不機嫌にふくれた一本の皺だった。

ジェッシはポケットの小銭を探った。そして何か気の利いたことを言おうとした。

「代金はいただきました」バーボーイはそういうと顔をしかめ、テーブルに名刺を置いて立ち去った。

名刺にはＥ・Ｊ・ツー・ホバートとラヴェンダー色のインクで書かれ浮き出ていた。ジェッシはカーテンがチリンチリン鳴るのを聞いた。

「やあ、こんな風にノックなしで入りこんだことを許してくれ。でも——あんたは独りだったようなんでね……」

その男はチビでデブでハゲていた。顔には不精ひげを生やしており、膨らんだコンタクト・レンズに収まった小さな眼で見つめている。上半身は裸で毛のない生白い胸はたるみ、胃のところで二重の襞《ひだ》になっていた。バーボーイよりもやさしく、さらに抜け目がなく、太く短い指で思わせぶりなリズムを取った。

ジェッシは笑った。「ウィスキーをありがとう。でもじつは人を待っているんだ」

「へえ?」男はいった。「その人は——特別な?」

「とびきり特別だ」ジェッシはすらすらしゃべった。もう言葉は滑らかに口から出た。「彼はフィアンセなんだ」

「なるほど」男は一瞬眉をひそめたが、すぐに顔を輝かせた。「ところで、わたしは内心ひそかに考え、自分にこう言って聞かせたんだ。E・J、あんな美男子に特定の恋人のいないはずはないとね。でも——そう、試してみる価値はたしかにあった。失礼」

「いや、どういたしまして」ジェッシはいった。肉食性の小さな眼をくるくるさせ、指は最後の試みを見せて踊っていた。「さようなら、ミスター・ホバート」

青い静脈がまるで女性の乳房なみの男の白い胸に浮いていた。ジェッシは今度はちょっぴり楽しげだった。別種の意図的にユーモアを解さない連中——バーボーイのような——には反発し気分を悪くして、ナイフを手にして自分の滑らかな禁欲的な顔を、口には出せないほど醜く切り刻みたくなるのだ。

男は背を向けるとよたよたカニの横這いで出て行った。クラブはかなり混雑してきた。夜が更けるにつれアルコールの回った連中の頭は、宵の口みたいな抑制が利かなくなった。ジェッシは見ようともしなかったし、自分の魅力を排除することはとうの昔に諦めていた。それで彼は男同士のカップルを見守っていた。向こう隅のカップルはたがいに身体を寄せ合いダンスをしているが、その足はまったく動かさず、音楽に合わせてゆっくりとしなやかに身体を反らせ、たがいに舌先を縮めて誘うように丸め、触れそうになるとひっこめ、まるでピンクの蛇もどきだった。舌ダンス……そのカップルはカウンターのそばに座っていた。一人は獲物《ビースト》、一人は狩人《ハンター》。獲物は老いており、頬は白粉《おしろい》とクリームでケーキのようにしっかり塗り固めているがひび割れし、香水は身体から湯気のように立ち上っている。ハンターは若いがハンサムではなく、眼にはこんな獲物では我慢できないという明らかな憤怒《ふんぬ》、傷ついた怒りが浮かんでいた——ときどき彼はあたりを見まわし、恥ずかしげに唇をなめる……そしてちょうど入ってきた二人は、マザーの制服を着て、日焼けし口ひげを生やし、身分を誇らしげに……

ジェッシはビーズ・カーテンを開けたままにしておいた。ミーナはもうじきやってくるはずだ。彼はこの場所から戸外に走り出て、闇と静寂の中に逃げ出したくなった。

そう。彼はミーナが欲しいだけだった。彼女を目の当たりにして触れ、その音楽のような声を聞きたい……

二人の女性が腕を組んで入ってくる。ハンターとビーストで、二人とも酔っていた。彼女たちは戸口で制止された。怒りと歯ぎしりの捨てぜりふ。マネージャーはジェッシのブーツのそばをさっとすぎ、彼女たちに文句を並べていた。あんたたちはこの『ファラス』の名誉に泥を塗るためにきたのか、さっさと自分たちの居場所、クラブに戻れ——

ジェッシは頭をひっこめた。もうライトには慣れた。それで眼を閉じ、鏡に映る自分のさまざまな姿を閉め出した。愛を交わす乱れた嬌声《きょうせい》がさらに高まり、太く低い声、喉声、バリトン、裏声など、単調で甘ったるいシロップみたいな嬌声の波。いまクラブは満員だった。まもなく乱痴気さわぎがはじまり、カップルたちは個室に姿を消していく。彼はこの店が嫌いだった。しかし無礼講《オージータイム》の時間が近づくと、だれもここを気にしなくなった——それに他に行く場所があるか？　戸外の舗道は一インチといえどもコンピューターで管理され、会話の一言一句もすべての行動も、記録され分類されファイルされているではないか？

ヌードソンのやつ！　くそっ、あのチビめ！　あいつのせいで、あの上院議員のおかげで、ジェッシはいまや犯罪者にされた。以前は状況はそれほど悪くなかった——とにかくこれほどひどくなかった。それがいまや彼は嘲笑され、爪弾きにされ、仕事を馘《くび》になった。ときにはガキに石をぶつけられたが、少なくとも逮捕されることはなかった。いまは——それが犯罪になった。こんなことは病気だ。

ヌードソンが支配権を得たときを思い出した。それはあのチビの最初のテレビ演説の一席だった。じつはそれが大衆票を得た施政方針演説だったのだ。

町には悪徳が急激な増加傾向にある。各ユニットの片隅の暗がりでは、性的倒錯が悪の華のように花盛りである。子供たちはその悪臭にさらされている。かれらは——子供たちは怪しんでいる——どうしてこの堕落を止められないのか。われわれはそれを長すぎるほど無視し続けてきた！　もはや口先だけでなく行動を起こすときがやってきたのだ。この地にはびこる性的倒錯者たちは駆逐され、完全に排除されるべきである。それは公衆道徳ばかりか一般社会への脅威である。病める人々を治療して正常に戻すべきである。この病は男女の別なく恐ろしい異常な関係に陥しいれ、退化の行為に導くものである——退化は、それを早急に止めなければ、われわれを必ずや動物の状態に戻してしまうだろう——これは他の病気と同様に考えるべきである。心臓病、ガン、ポリオ、精神病、パラノイアなどのすでに根絶した病気のように根絶されなければならない……

女性上院議員はヌードソンの指導に賛同し、同様の宣言文を発行し、それを法案化し、法律として施行した。

ジェッシはウィスキーをすすりながら、あの人狩りを思い出した。熱狂した群衆はまず町を行進してわめき叫び、スローガンのプラカードを掲げた。『異性愛者を一掃しろ！』『変態者を殺せ！』『われらの町をふたたび清潔に！』。そして熱気がしだいに弱まったあと、つまり熱狂が醒め目新しさがなくなると、大衆はとどのつまり興味を失った。しかし多くの人々が殺され、さらに多くの人々が病院に送られた……

逃げたり隠れたり、喉が渇き息を詰まらせたり、心臓がドキドキした夜々を忘れなかった。彼は幸運だった。異性愛者のようには見えなかった。異性愛者は歩き方を見ればわかるといわれ――ジェッシは歩き方に気をつけた。連中を欺けた。そのぶん幸運だった。

そして彼は犯罪者になった。彼、ジェッシ・フォア・マーティンは他の人々と同じだった。試験管で生まれ、機械で育てられ、同じキャラクター・スクールに通った――しかし他人とはまったく変わっていた。

それが起こったのは――恐ろしい疑惑が具体的になったのは――彼の最初の正式なデートのときだった。相手の男は超エリートのロケット・パイロットで、ハンター階級の出身だった。マザーが注意深く手配してくれた。まずダンス・パーティだった。それから宇宙橇《ぞり》に乗った。大柄な男で、片手でジェッシを抱いてくれた――そしてジェッシは知ったのである。それがはっきりとわかると、彼は無性に腹立たしく悲しくなった。

それを知ったあとの日々を思い出した。最悪の日々で、邪悪な黒い欲望、骨の髄までの欲求不満に陥った毎日だった。彼はそのころ繁盛していた『変態クラブ』で友だちを見つけようとしたがむだな努力だった。この連中には煽り立てる意図と威勢のよさがあり、彼にはなじめなかった。また男女の親密な光景にも、彼のかたくなな部分はショックを受け、寄せつけなかった。やがて風紀取締まり班がやってきてクラブは閉鎖され、異性愛者たちは地下に追いやられた。彼はふたたびかれらを探すことはなかったし、見かけることもなかった。彼は独りぼっちになった。

ビーズ・カーテンがチリンチリンと鳴った。

「ジェッシ――」彼はぎくりとし、急いで顔を上げる。ミーナだった。彼女はだぶだぶの男物のシャツを着ており、金髪を隠す古い帽子をかぶっている。その顔は立てた襟で陰になっていた。シャツを通して胸の隆起がわずかに感じられる。彼女は神経質そうに一度だけ笑った。

ジェッシはカーテン越しに店内を探った。何もいわずその柔らかな細い肩に両手をおき、しばらくじっと抱きしめていた。

「ミーナ」彼女は顔を反らせた。彼はその顎を正面に向かせ、唇に沿って指を走らせた。それから彼女の身体をしっかりと抱き寄せた。首筋や背中に触れ、額に、眼に、そして唇にキスした。二人は腰を下ろした。

かれらは言葉をまさぐった。カーテンが開かれた。

「ビール」ジェッシはボーイにそういうと、このほっそりしたハンサムな男の恋人を見ようと近づいたボーイを眼で制した。

「かしこまりました、サー」

ボーイはミーナをしげしげと観察したが、彼女は顔をそむけたので背中しか見えなかった。ジェッシは息を殺した。ボーイは軽蔑するように笑いを浮かべた。その笑いはこう語っていた。『頭がおかしいぜ、あんたは――おれは美しさを買われてここに雇われている。この胸を見ろよ、理想的な胸だ。このたくましい腕。唇は――ほら、こんなに肉感的なのがあるか？　こんな骨皮筋右衛門のために、このおれをはねつけるのかよ……』

ジェッシはまた目配せすると、意味ありげに肩をすくめ指をダンスさせた。〈明日だ、友よ、今夜は動きがつかない。どうにもならないんだ。明日な〉

バーボーイはにやにや笑うと立ち去った。しばらくして彼はビールをもってきた。「店のおごりです」ミーナへの嫌味《いやみ》だった。ジェッシがやさしく話しかけたとき、ようやく彼女はふり向いた。

「大丈夫だ。彼はもう行ってしまった」

ジェッシは彼女を見た。それから手を伸ばして帽子を取った。金髪がとび出してラフなシャツを覆った。

彼女は帽子を取り返そうとした。「だめよ。お願い——だれかが入ってきたらどうするの？」

「だれもくるもんか。そういったろう」

「でも入ってきたら？　知らないわよ——ここでは困るわ。戸口にいるあの男——彼に正体を見破られるところだったわ」

「でも気づかれなかった」

「危ないところよ。それにそうなったらどうするの？」

「忘れるんだ、ミーナ、頼むよ。喧嘩はごめんだ」

彼女は落ち着いた。「ごめんなさい、ジェッシ。この店にいると——どうしてもわたしは感じるの——」

「――何を?」

「不潔さよ」彼女は喧嘩腰でいった。

「まさか、本気じゃないだろう?」

「ううん、わたしにはわからない。あなたと二人になりたいだけなの」

ジェッシはタバコを取り出し、ライターに火を点けようとした。それから悪態をついて、下品な形をしたライターをテーブルの下に投げ、タバコをもみくしゃにした。「そんなことむりなのは知っての通りだ」彼はいった。ユニットを住宅に分ける構想は消えてしまい、巨大な共同住宅に変わっていた。そこにはもはや公園もなく、田舎道もなかった。いまは隠れる場所もまったくなかった。ヌードスン上院議員、社会学の新しい波に便乗したこのハゲ頭の小男のせいだ。「ぼくらにはこれしかない」ジェッシはそういうと、ボックス席の周囲を冷笑的な眼で見まわした。そこに彫られたシンボルや額入り写真の芸能スターたちは――すべて裸で流し眼をくれている。

二人はしばらくは沈黙しテーブルに両手を握り合っていた。それから娘は泣きはじめた。

「わたし――わたしはこんなこと続けられないわ」

「わかっている。しんどいよ。でもほかにどうすればいいんだ?」ジェッシは自分の声が投げやりにならないように努めた。

「そうね」娘はいった。「残りの連中といっしょに地下にもぐることだわ」

「そしてネズミみたいに隠れるのか?」ジェッシはいった。

「ここに隠れているじゃないの、ネズミみたいにさ」とミーナ。

「それにパーナーは厳しく取り締まるための準備をしているんだ。おれはな、ミーナ――結局セントラルドームで働くよ。まもなく地下社会はなくなるんだ」

「愛しているわ」彼女はそういうと身を乗り出しキスを求めて唇を開いた。「ジェッシ、キスして」彼女は眼を閉じた。「ねえ、どうして二人だけにしてくれないのかしら？　なぜなの？　わたしたちは変態――」

「ミーナ！　話したはずだ――そんな言葉を使うな。正確じゃない！　おれたちは変態なんかじゃないんだ。それだけは信じてくれ。昔は男と女が愛し合うのは正常だった。男女は結婚し、たがいの子供をもった。それが人間の道だった。おれが話したことを忘れてしまったのか？」

娘はめそめそ泣いた。「もちろん憶えているわ。忘れない。でもね、ダーリン、それは大昔のことでしょう」

「そんなに大昔じゃない！　おれが働いているところに――いいかい――書物がある。本のことは話したな？　それを読んでみたんだ、ミーナ。他の書物で当時の言葉を学んだんだ。そうなったのは人工授精の採用以来だから――まだ五百年も経っていない」

「いいえ」娘はいった。「そんなことないわ」

「ミーナ、やめろ！　おれたちは異常な人間じゃないし、世間の噂は問題じゃない。おれにもどうしてそうなったのか、はっきりとわからない――ひょっとすると、女性があらゆる点で男性と肩を並べるようになったせいかもしれない——あるいは単におれたちの生殖方法のためなのか——おれは知らないんだ。しかし大事な点はね、ダーリン、世界中がかつてはおれたちみたいだったことだ。いまでも、動物たちを見ろ——」

「ジェッシ！　あさましい犬猫のたぐいと一緒にしないでよ！」

ジェッシはため息をついた。なんども彼女に話してみせたのに。しかし彼女の考えがやっとわかった。彼女は当局が話したことをうのみにしている——ちくしょう、おそらくそれはだれしもが思っていることで、世間全体も、変態者全員も、すべての〝異常な〟連中も……

娘の手は彼の腕を軽く撫でた。その感触が突然おぞましい感じを与えた。異常だ、恐ろしく不自然だ。

ジェッシは首をふった。そんなこと忘れてしまえと思った。気にするな。彼女は女性で、おれは彼女を愛している。それは何もまちがったことじゃない。まったく悪いことじゃない……それともおれは、その昔のままの狂気な人間なのか、狂気でありながら狂気でないと信じて——

「くそ、むかつく！」

それはあのデブのチビの色事師Ｅ・Ｊ・ツー・ホバートだった。しかし彼はもう笑っていなかった。

ジェッシは急いで立ち上がると、ミーナの前に出てかばった。「何の用だ？　話したはずだ——」

その男は自分のトランクスからメタル・ディスクをひっぱりだした。「風紀取締まり班だ」

彼はいった。「まず座れ」ディスクはジェッシの腹を狙った。

男の腕がカーテンから突き出され、もう二人の男がディスクをもって入ってきた。

「かなり前から監視していたんだ、ミスター」男はいった。「しばらくな」

「おい」ジェッシはいった。「何のことだかわからないね。おれはセントラルドームで働いている。仕事の用件でミス・スミスと会っているんだ」

「どんな仕事かすっかり承知の上だ」男はいった。

「わかった――正直にいおう。おれがむりに呼んだんだ。おれは――」

「ミスター――おれの話を聞いていなかったか？　あんたを見張っていたんだぞ。一晩中な。さあ、行こう」

男たちの一人が乱暴にミーナの腕をつかんだ。残る二人がジェッシをクラブから押し出しはじめた。客たちがふり向いた。もつれあった身体がばつが悪そうに動いた。

「何でもない」デブの小男は生白い肌を汗で光らせていった。「そのままでいいんだ、兄弟たち。好きなことを続けてくれ」彼はにやりとしてジェッシの腕をきつく握った。

ミーナはあらがわなかった。その眼には何かが宿っていた――それがジェッシにはなかなか読み取れなかった。やがてわかった。彼女が今夜何を話しにきたかを知った。たとえ二人が捕まえられなくとも――彼女は〝治療〟に身を委ねるつもりだったのだ。そうすれば、もうこれ以上心配することはないし、罪にもならない。恥を忍んで不潔感を覚えながら、真夜中の安酒場で会うこともない……

ミーナは街路に連れ出されるまで、ジェッシとは眼を合わさなかった。

「これで問題ない」デブはそう言いながらワゴン車のドアを開けた。「最近はうまくやってくれるぞ——病棟で二日間、医師たちによる短い立ち会いが一度、数本の腺切除と注射、頭にワイヤを付着して機械を動かす。意外や意外！　きっとびっくりするぞ」

デブの刑事は身体を傾けた。そのソーセージのような指はジェッシの鼻先でダンスした。

「新しい人間に生まれ変わるんだな」彼はいった。

それから車のドアを閉めロックした。

子守唄

Nursery Rhyme

「あの子の声が聞こえるわ」老女は身を乗り出した。「カーリーの声よ」彼女は指の動きを止め、静かに座ったまま耳をそばだてた。

老人は新聞から眼を上げた。「わしはそうは思わんが」そういうとため息をついた。「わしに見に行かせたいのか?」

「いいえ!」老女の頬が震えた。「あの子はわたしに呼びかけているのよ。あなたには聞こえないの? 母親のわたしを呼んでいるのよ」

彼女は自分が鉤針《かぎばり》で刺繍《ししゅう》した敷物を取り出すと前に広げた。そこには赤い屋根の褐色の納屋、微笑んでいる太陽、牛一頭と駒鳥らしき鳥が一羽。その鳥だけはとまっている納屋よりも数倍も大きく織られていた。彼女はその敷物を床に落とした。

「あの子が病気だと思わないのね」彼女はいった。「そうでしょう?」

「だれが――カーリーか? わしらのカーリーが?」

「でもあの子はかなり悲しげに泣いているわ――ねえ、聞いてみてよ。あれが元気な子の泣き声かしら?」

「きっと水を飲みたがっているんだ」

「それならもっていきますわ」

彼女が台所に入って行くと、その杖先の被覆《ひふく》ゴムのせいで床に黒くあばたのような跡がついていた。ホーローの欠けた流しからグラスに水を注いだ。

「ランドルフ！」彼女は呼んだ。

老人はやってきた。

「手伝ってちょうだい」

彼はグラスを受け取ると、杖をつき足を引きずって歩く老妻のあとを歩いて行った。黒いマホガニーの木片がうず高く積んであるリヴィングルームを抜け、文字盤が腐食した大時計をすぎ、ヴェニスとピサを織りこんだタペストリーを通って行った。

「ねえ」彼女は頭をドアに向けていった。

「何も聞こえん。もうこの時間では寝ている。おそらく寝返りを打った音だろう」

「いいえ、聞いて」

家中は静寂に満ちていた。板材がきしまないほど老朽化し、時計はすべて止まり、空気は澄んで、戸外は物音もしない、そういったときの静寂さだった。

「わたしにはあの子の声が聞こえるわ」老女はそういうと夫をふり返った。

彼はうなずいた。

二人はドアを静かに開けると部屋に入って行った。

「カーリー？」老女はそういうと片手をさし伸べた。「カーリーちゃん、気分はいかが？」

四月の月光の中に部屋はやわらかに輝き、涼しい銀光が開いた窓を通して射しこんでいた。

影はすっかり取り払われ、すべてがおぼろで、かなり遠くからものを見るかのようだった。

「カーリー、お母さんと話したくないの？」

「眠っているよ、アグネス。起こすことはない」

「眠ってなんかいないわ。口を利かないだけよ」

老女は前に進むとベッドの端に腰かけた。心痛でため息をついた。

「それじゃ」彼女はいった。「おいしい水は飲みたくない？　ねえ――お父さんがもってきたのよ。気分が悪いの？」

音もなく突風が起こった。強くはなかったが、派手な色合いのカーテンをゆすり、部屋の月光をかき乱した。

「お父さん、ぼくちゃんにお水を」

老人はナイトスタンドにグラスを置いた。手が震えていたので水が象の絵にこぼれた。

部屋にはたくさんの象がいた。赤い象、黄色い象、紫色の象。そしてオレンジと黒い縞《しま》の虎が壁沿いに象を追っていた。紙の代わりにリンネルで作られた本、床には横たわる鶏や羊や猿の絵が描かれていた。

床には玩具もあった。木製の手塗りイースター卵、中が燭台《しょくだい》になっている小さなボート、馬には見えない赤い馬、人形は――たくさんあった。大部分は綿を詰めた人形で、おんぼろアン、ハンプティ・ダンプティ、靴に棲む老婆。道化者パンチは窓の敷居に座っているが、頭の縫い目が裂けて、染みになった綿が縫われた笑顔に垂れ下がっていた。

向こうの壁には一枚の絵が掛けられ、分厚い金で縁取りされているが、夜の闇で黒ずんではっきり見えなかった。

「ほら――また寝てしまった」老人はいった。

「静かに！　ランドルフ、そんなにどならないで！」老女は屈むと手をゆっくりさし出した。「まあ、熱はないわ。ありがたいことね」

「独りにしておくんだ。寝かせておこう」

「わかったわ」女性はそういうとベッド・スプリングがきしまないように注意深く立ち上がった。「でもあの子がまた目覚めたら、ドクターを電話で呼ぶことにするわ」

老人はただ眺めていた。弱々しく疲れたまなざしだった。

かれらは部屋を出て行った。それでまた静かになった。

静けさで以前のようにがらんとしていた。


彼は水浸しの野原を駆け抜け、つまずいて倒れたが、泥の中から身を起こすと走り続けた。若者はストラップつきのオーヴァーオールと色あせたシャツを着て、グレーのアンダーウェアの上に袖口をまくり上げている。長身でハンサムにはほど遠く、鼻は大きすぎ顔に押しつけられたように曲がっている。眼は小さく間隔が離れすぎて小さく灰色だった。口はねじ曲がり唇は薄かった。髪の毛はズールー族のように黒く縮れている。しかし一週間も伸ばした薄いひげの下の皮膚はきれいで、魚の腹のように生白くすべすべしていた。

彼は走った。

サイロまできたとき、彼はそのそばで倒れ、横になってあえぎながら空気を肺に送りこんでいた。息遣いが元に戻るまでそこに横たわっていた。それからうずくまると座って動かなかった。

あたりに濡れた干し草の臭いがする。大草原の奥深くから、小さな虫が重苦しい鳴き声を夜の静かな土地に伝えている。月光の白い輝きに照らされた、若い草木の森やただ流れる小川、暗く静かなサイロや沈黙した家畜囲い、寝静まった農家にも聞こえてくる。

しかしそこにもうひとつの音が聞こえた。それを耳にすると青年は身をこわばらせる。犬の鳴き声だ——遠くからだが、だんだんと近くなった。鋭く吠え立てる犬たちと、沼地をずぶずぶと歩く重いブーツの音。そして人声。

若者は立ち上がるとまた走りだした。

なんども立ち止まるっては聞き耳を立てる。

腐った橋を渡る靴音はがたがたと鳴り、その騒音に彼は叫び声を上げた。橋を渡ったあともなおも長く叫び続けたので、何かがぷっつりと切れた。息がとても続かなかったので、彼は叫びを止めた。

地面に倒れると転がりながら隠れ場所を探した。どこにもなかった。かれらに見つからない場所などなかった。

彼は走り続けた。

郵便ポストと、もはや字が読めない古看板の埃っぽい小道に出たとき、彼は立ち止まった。道沿いに立つ家屋には明かりが点いていなかった。

若者は笑い出した。そして突然やめた。よろめきながら道を進み、その家のドアにもたれかかると、両手で顔を隠すそぶりをした。

何かいおうとしたが、そのつど言葉はとぎれとぎれになった。

「開けてくれ」彼はやっと叫んだ。「おれだ。カーリーだ」

家の中で老人は眼を見張った。夜着とナイトキャップをつけていた。ドアに作った割れ目を通して外の暗闇をのぞいた。

「静かにしろ」彼はいった。「だれだ？」

するとドアが押し開けられた。若者が入ってきて、再びドアをばたんと閉めた。

「出て行け」老人は肩越しに廊下を見ながらいった。「ここから出て行け。かあさんに聞こえるぞ！」

「かまうもんか」若者はいった。彼は壁にもたれかかり、顔に手を当てていた。「かあさんに見られても、おれはかまわない」

老人は懐中電灯を左手にもち替えた。右手で若者の首のうしろを殴った。

若者は床に崩れ落ちた。「おやじ、ちくしょう。なんてことをするんだ」

老人は玄関に歩いて行きドアに掛け金をかけた。それからゆっくりと戻ると、若者のそばでためらったが、窓辺に行ってシェイドを降ろした。

「何をしでかしたんだ？」老人は尋ねた。

若者は首をふった。

「何のトラブルも起こさない男は追われることはない。何をしたんだ？」

若者は手でオーヴァオールの膝をこすった。「くそ、おれはあんな小娘を知るはずもない」

老人は腰を下ろした。

「おれの知らないことを、おやじは聞かされたんだ。草原で少女が見つかった、死んでいたんだ。ねえ、おれを信じて――」

「どうしてわしが？」

若者は縮れた髪を手で梳いた。「いいかい――あれはジョーイの仕業なんだ。いまほんとうのことを話すよ、とうさん。あれはジョーイ・ナイセンなんだ。おれはそんなことしたいとも思わない。だけどジョーイは年上だし、おれにビールなんか飲ませて――おれをかくまってくれよ？　お願い、今夜はとうさんとここにいたといってくれないか？」

「だめだ」老人はいった。

「ねえ、とうさん。みんながおれを探しているんだ。お願いだからそういって。頼むからかれらにそう説明して。そうしてくれれば、おれは神に誓って真人間になる。助けて、とうさん」

彼は言葉を切った。「やつらが何をするか知っているだろう？　おれを吊るすんだ」

老人は何もいわなかった。ただ前を見つめていた。

「おれは自分のしていることがわからなかったんだ、とうさんならわかってくれる。おれはそれほど性悪じゃない。正直だ。おれの首にロープを掛けさせないで。お願い、とうさん」

犬の声が急に部屋にひびいた。その狂った叫び声がはっきりと聞こえた。

犬たちが近づいてきた。人間たちもどんどんやってくる。

「かあさんの眼を覚ましたら」老人はゆっくりといった。「おまえが捕まる前に、わしが殺してやるからな」

青年はドアに歩いて行き、聞き耳を立てた。それから唇を動かし、円を描いて歩きまわった。そして静かにいった。「あれはウィザーの娘だったんだ、とうさん。知っているだろう。浮気女さ。いつもおれの気を引いていた――それは知っているだろう。そう、あの女はおれを酔わせておいて、すぐさま一緒に野原に出た。するとあの女はいかにも高貴なレディを装った。野原に着いたあと、どうしたと思う？　だれだっておれみたいに興奮するよ。かなり興奮して何をしているのかわからなくなるさ」彼の息遣いは激しく速くなった。「おそらく――たぶん――女を殴ったか何かしたんだ。気がついたときにはおれはもう走っていた。あの女はくたばっていたんだ」

老人は粘土細工の人形みたいに動かなかった。

「とうさん、聞こえるだろう？」

老人はうなずいた。

「とうさんは何もしないで、おれを引き渡す気かい？」

若者はいきなり背筋を伸ばした。その顔は紅潮した。部屋を跳ぶように横切ると両手で老人の夜着をつかんだ。「さあ、話を聞いてくれ。あんなつまらない売女《ばいた》のために吊るされるなんてまっぴらだ。おれは家にいたといっておいてよ。わかった？　そう話した方が身のためだよ」

「おまえはどうなんだ、ぼうず？」老人は尋ねた。

「おれは——そう、息子の話も聞いてくれよ。聞きづらいだろうけど」若者は握っていた手をゆるめて激しく咳をした。

老人はしばらくして懐中電灯を床に置いた。困惑した表情だった。「なぜ家を出たのだ、カーリー？」彼は尋ねた。

「なぜって？」若者は笑った。「おかしいんじゃない？　かあさんがおれの顔を見たくもないというのに、この辺をうろつけるかい？　まるでおれが生きていないかのように、かあさんはおれを見向きもしないし、口を利いてもくれない——実の母親なのにさ？　話してよ——そのわけを。どうしておれがそんなにかあさんと喧嘩をしたり、憎まれなきゃならないのか？」

老人は肩をすくめた。「おまえが——大人になったからだ、ぼうず」

「それが何か罪深いものなの？　かあさんはおれを生涯、赤ん坊にしておきたいのは、どうしてなんだい？」

「おまえのかあさんは病気なんだ。それをいおうと思っていたんだ！　四人の子供を失ったことがかあさんにとってどんなことなのか——わしにはわからない。わかるわけないだろう？わしは女じゃない。ともかくおまえを失いたくないだけだ。絶対にな」

「それがまともだと思っているんだね、とうさんは？　正しいと？」

老人は気色ばんだ。「かあさんは病人なんだ。病気——それが頭で理解できないのか！」

若者は笑った。「それはとうさんのせいじゃないか？　とうさんの望むようにおれはふるまい、それは早ければ早いほどいいと？　いまさらおれがこの家を出たわけを知りたがっている。それこそまったくのお笑いだ。正真正銘のお笑い種《ぐさ》だ」

犬の咆哮《ほうこう》があたり空気を裂いた。

「やめさせてほしいね」老人はつぶやいた。「アグネスを起こしてしまう。かあさんは今夜ひどく動転している。おまえの泣き声を聞いたといってな」

「やめてくれ！　とうさん、かあさんと同じように狂いかけているんだ！　いいかい——」

青年はシャツの下を探ってコルト四五口径を取り出した。それを胸元で構えた。「おれは今晩ずっとここに一緒にいたといってくれ」

「そう話しておく」老人はいった。興奮した蛍みたいに、その眼を困惑の色が覆った。口はわずかに開いていた。

老人も息子も口を利くまで母親が近くにきたことに気づかなかった。

「だれに何をしゃべろうというの、ランドルフ？」

彼女は廊下に立ってドアのノブをつかんでいた。「この人はだれ？」彼女は尋ねた。

老人は彼女に眼を向け、それから息子を見た。

「あなたはどなた、お若い方？」彼女はそういうと杖をついて進み出た。犬の鋭く吠え立てる声が遠い牛小屋の方向から聞こえてきた。

若者の口が歪んだ。

「カーリーだ！」彼は叫んだ。「カーリー、カーリー、カーリーだよ。眼がまったく見えなくなったのか？」

老女は疑わしげに夫を見た。

犬たちはもうポーチにいた。その爪が激しくドアを引っ掻いている。

ドアをやさしく叩く音がした。

「かあさんにどういえばいいのか話してやって、とうさん」息子はささやいた。「さあ、話して」彼は銃を構えた。

老人はしゃべろうとした。口が動いた。

「はい、どなた？」老女はドア越しに叫んだ。「どなたですか？　お願い、静かにして。さもないと赤ちゃんが眼を覚ましてしまうわ」

「ジョー・バートンだ」ドアの向こうから声がした。「よかったら入れてくれ。重要なことなんだ」

「かあさん！」

ノックはだんだんと大きく早くなった。犬たちは足をばたばたさせ、ひっかき、キャンキャン鳴いた。

若者は老女の肩をつかんだ。彼女をわずかに揺すったが強くはなかった。「おれを見て！

ねえ、ねえ、かあさん」

「ランドルフ、ドアに行ってだれなのか確かめてきて。騒々しすぎるわ。ランドルフ——」

若者は母親の冷たい緑色の眼をのぞきこんだ。その眼は彼の心を見透かしているようだった。

それから彼はふり返るといちど叫んだ。

ドアノブが回りはじめ、外側からカタカタ鳴った。

「ミスター・フィリップス！　そこに息子がいるのはわかっている。どうしてあんたは——」

若者は銃をドアに向けて引き金を引いた。

ギザギザの大穴がドアに空いた。外で叫び声、苦痛のうめき声、何か重いものが倒れる音がした。

「ランドルフ、静かにするようにいってちょうだい。あの騒ぎが聞こえないの？　何をそんなに騒ぎ立てているのかしら？」

若者はリヴィングルームから走り出て廊下を抜けた。そうしていると玄関のドアがいきなり内側に押し開けられた。

窓から顔がのぞいていた。

若者は広間で立ち止まった。それから一つのドアをつかむと急いで開けて中に入った。

部屋は暗く静かだった。

床には玩具、壁には絵画、正方形の金メッキの額縁に入れた楕円形の肖像画もあった。幼児を抱いた女性の肖像だった。幼児も女性も微笑んでいた。彼女は黒いドレスを着て——それは油絵具の効果で青く光っていた——髪はすばらしいカールをしていた。子供は遊び着を着ていた。色彩の点描効果をもたせ、ショートパンツとシャツは一体のように見えるよう修正してあった。子供は小さな丸帽子をかぶって、黒い縮れ毛を見せるためにわざと首を傾げていた。広間の若者はその肖像画に眼をくれた。片手に拳銃をにぎり、それに近づくと額縁の端を強くにぎった。

それから手を放した。

家中にはまだ大声がとび交っている。

彼は絵に狙いを定めて発射した。肖像画の大きな弾穴から硝煙が渦を巻いている。もういちど撃った。そしてまた。その顔がまったくわからなくなるまで撃ちまくった。

やがて弾丸が尽きたピストルをドアに投げつけた。

一人の女性の声が他の声を圧倒した。「わたしを入れてちょうだい。あの子に会わせて。わたしのカーリーならわかるわ」

そしてその声は穏やかなつぶやきに変わった。

若者は窓から外を見て急いで首をひっこめた。外には三人の男が立っていた。

彼の足に何かが当たった。それは本だった。大きな本だ。月光が明るく文字が読めた。その文字が最初のページに書いてあった。

〈カーリー・リー・フィリップス蔵書〉

彼は本を抱きかかえると部屋の隅に行った。

ドアが開き、明かりが溢れた。

老女が戸口に立って杖で身体を支えていた。

その背後には男たちがいた。

かれらは銃をもっていた。

「カーリー」老女は声をかけた。

隅にいた若者はいぶかしげに立ち上がった。

「カーリー」老女はまたそういうと部屋の中に歩み寄った。

「気をつけて……」

若者は見つめた。

「母親は何をしているんだ?」声がした。「どこに行く気だ?」

老女は歩いてベッドに行くと、そこに眼を据え腰を下ろした。「カーリー」彼女はいった。

「おまえはびっくりしているのかい? 何かかあさんにしてもらいたいことはないのかい?」

若者はベッドの母親を、彼女が空っぽの空間を手で撫でているのを、その表情を見守っていた。

そのとき全員が部屋に入ってきた。

書物や玩具のボートや象をまたぎ、赤い馬や頭から血を流している人形を越えていった。

かれらは若者のところに行くと部屋の外にひき出し、家から連れ去った。

人を殺そうとする者は

The Murderers

まばゆく赤いヴェストを着た青白い青年はそっくり返り、ロシアのあめ玉をしゃぶりながら思いをめぐらせていた――中には本物のジャマイカ・ラム酒が入っている――そしてあくびをしながらいった。「今晩、だれかを殺ろうぜ」

「ハービー、いいかげんにしろ！」もう一人の男がいった。彼は大きなギターの弦を指で再調整し、ゆるい弦を締め直して歌い出した。

さあ聴け、男の子も女の子もみんな、
おれはタッキーフーからきたばかり
聴かせやろうか、ささやかな歌を
おれの名前はジム・クロウ。
あっちこっち行ったりするとこの通り、
いつでもあっという間にジム・クロウ。
ああ、そうなりゃおれは――

「やめろ！」ハーバート・フォスは両手で耳を覆った。「気がめいるよ。それに調子外れだし

――まったく、救いようがない」

「いいかげんなことをいうな！」ロナルド・ラファエルはギターをあっさり部屋の隅に放り投げた。「あんたを軽蔑するよ」彼はいった。「わかってるよな、もちろん？」

「もちろんだ」

かれらはしばらく黙って腰を下ろしていた。座っているのはハーバートで、年下の友人ロナルドは絨毯に腹ばいになり、黄緑色のズボンを履いた両脚を広げたまま、足の指をゆっくりと動かした。それは小さな蛇が麦わら草履の中でくねくねしているようだ。

部屋はもう暗くなっていた。わずかな月光が庭の深い繁みや、どっしりした鉛色のフランス窓からふるいを通すように落ち、壁に掛けたアフリカの仮面や、縮んだ首のイミテーションに陰を作っていた。バスルームからは顔のない緑色の裸婦のフラスコ画が輝いている。その他の点では部屋は暗かった。

ハーバートは椅子から立ち上がると、多くの書棚のひとつに歩み寄った。『悪の華』の上には彩色された粘土の髑髏が置かれ、髑髏の頭上は燭台になっていた。ハーバートは蠟燭に火を灯した。炎がゆらめいた。

「どうなんだ？」彼はいった。

「何がどうなんだ？」

「だれかを殺すことさ」

ロナルドは手足を丸めしゃがみこんだ。「特にだれか心あたりは？」

「ばかいうな。いないよ――考えてみたことがあるが、じっさいにまったくばかげたことだった。おまえに警告しておくが、それには勇気が必要だぞ」

「なんと、とんだ推理小説だな。しかしハービー、本気なのか？」

「大まじめだ。おまえはどうだ？」

「さしつかえないね。で、いつ？」

ハーバートは高い天井の大広間の中央に歩いて行き、モービル彫刻（天井から吊るした金属片の装飾）を吹いて動かした。「今夜だ」彼は声を低めた。「とどのつまり、一丁どうだ？」

ロナルドは無造作に着たボタン留めシャツからとびだした、巻ひげのようなフリーズをつまみ上げ、なぞめいた笑いを見せた。蓄音機の方に行くとバルトークの短調曲をかけた。それから身をひるがえすと、月光の窓辺にひどくやせた姿で立ち、黒く厚い角縁のメガネを外した。

「それで」と促した。

ハーバートはしばらく手彫りパイプにタバコを詰めていた。「そうさな、おれの考えた方法は手順を踏んでやることだ」彼はいった。「多くの犯罪は慎重さや優雅さや配慮もなく、無造作に行われていると思わないか？　情痴犯罪の場合はいつも単なる警察沙汰だ。計画殺人では犯人が最後にパニックにかられ、すべてがおじゃんになる。ロニーの例は気の毒な手合いさ。その動機はかなり利己的で耐えがたい俗物根性だ。そう思わないか？」

「百パーセントね」

「では、おれたちはその範疇《はんちゅう》に陥ることはない。情痴犯罪を犯すこともない。それで計画犯罪としては――そう、まだ犠牲者の身元さえ知らないんだ！」

ロナルドはいったん両手を叩くと台所にとびこみ、ボトルと細長いグラスを二個もって戻った。

「乾杯だ！」彼はうれしそうにいった。「当てもなく名もなき相手に乾杯だ」

かれらはしかつめらしく黙りこんでグラスを傾け、飲み干すとグラスを暖炉に放り投げた。

ハーバートの短く刈りこまれた金髪に、明滅する燭光の中で後光が射した。「腕が鳴るぞ！」彼は叫んだ。「退屈が解消するのは三カ月ぶりだな。あのジャワ女以来ずっと飽きあきしていた――名前は何といったっけ？　忘れたな。たいしたことじゃない。とにかくあの女は退屈だった。しかしこれは――」

ロナルドは興奮にかなり武者震いしていた。「あんたはえらい。いままで死ぬほど退屈だった――退屈、退屈」

蠟燭は開いた窓からの微風にゆらめいた。

「それで」ハーバートはいった。「やり通すだろうな？」

「もう待てない」

「今夜か？」

「すぐにだ！」

「わかった。多少の予定を立ててある。行動計画だ。よく聞いてくれ」

ハーバートは友人の耳に口を寄せ、ささやきはじめた。そっと陰謀に満ちた口調で……

バグハウス・スクエアは時間が遅いのであまり人もいなかった。おしゃべりをしている連中も、寄り集まっているグループもいなかった。老人と老女たちが堅いベンチにつくねんと座っている。若い娘が水兵にぴったりとくっつき腰をふりながら、芝生を所在なく歩いていた。ボロ絹のドレス、スカーフ、ハンカチなどを継ぎ合わせた服装の女が、よろよろ歩きながら唇を動かしている。しなやかな身体の黒人が石造の噴水の縁を跳ねまわっていた。他にひとけもなく、夜には人々の物音はなく、遠くに車や町の雑音が聞こえるだけだった。

ロナルドは居心地悪そうに位置を変えた。「どうするんだい」彼はもう一本のタバコをもみ消しながらいった。「なんとかすべきじゃないか？　これじゃ家にいたときみたいだ？　くそっ、寒くて死にそうだよ――もう二時間ここにじっとしているんだぜ」ロナルドはこれまで履いていた黄緑色のスラックスを、色褪せたリーヴァイスに履き替えていた。安物のウインドブレーカーを着ており顔は汚れていた。

ハーバートはウールのダブルコートを着て、かなりいかがわしく見えた。髪は靴クリームをつけたように黒々とし、メガネはかけていなかった。「めそめそ、めそめそ、泣き言か」彼はいった。「結局このありさまだ。もうやめたいのか？」

「でもよう、ここに二時間もいるんだぜ。ここの連中の一人を殺すのは何か都合が悪いか？」

「大声を出すな！　やつらは気にくわない。だから具合が悪い。その上、やつらはこの辺にたむろしている連中のようだ。見逃そう。だれかまったく見も知らぬ人間がいい――ごくありふれた人間で、何もなく、友人も縁戚もないやつ。そういう計画だった」

ロナルドは大きくため息をついた。「わかった。しかし時間が遅すぎたな」

「静かにしろ。嫌ならおれを残して去れ。去って臆病な人生を送るんだな。さもなきゃ、黙ってここにいろ」

「そんなに邪険にするなよ」

かれらは座ってバグハウス・スクエアを見守った。人々はぼつぼつ去って行き、ベンチに残ったのは老人だけだった。

「結構なことだ」ハーバートはとうとういった。「おそらく今夜は不漁なんだ。おれはもう十分ほど居てみる」

十分が経った。夜はしだいに更けて寒くなり、二人の若者はいらいらしてきた。

やがてかれらは立ち上がった。すると噴水越しにこちらに向かってくる人影が見えた。

「うむ、待て！」ハーバートはいった。

人影はだんだんと近づいてきた。それは男で老人だった。しかしベンチを暖めているような老人ではなかった。眼はいきいきとし、ひげはジョージアの泥みたいに赤黒かった。ラベルを剝がした葉巻の吸い差しをふかしており、その赤い火がしわだらけの皮膚を照らしていた。そして衣服はぼろぼろだった。

ハーバートはすばやくあたりを見まわし、他に人がいないのを確かめた。

「今晩は」彼は穏やかに声をかけた。老人は眼を上げた。

「今晩は」応答があった。

「更けてきましたね?」

「そうさな」老人はそういうと鼻をつまんだ。「遅いか早いかは人によってじゃないかね?」

「はっはっ、そいつはいい」ハーバートは答えた。

老人は首を傾げ、思いがけず緊張して、二人の若者に探りを入れた。「あのな、できれば宿賃を恵んでもらえんかな?」

ハーバートは驚いてみせた。「何ですって、まさか今夜眠るところがないのではないでしょうね?」

「歩道に寝るのは健康によくないんでね。どうかね――二ドルもあれば寝心地のよいねぐらが見つかるんだが」

「お友だちはいないんですか?」ロナルドは尋ねた。

「いない」老人はいった。「もうみんな土の下だよ。それなりのねぐらは見つけたんだ」

ハーバートは老人の腕を取った。「これはひどい! われわれ社会の恥だ!」

「あんた方が責任を口にしたので、ずっと昔に死んだ一人の金髪の女を思い出したよ……」

「ご親戚ですか?」ロナルドは急いでいった。

「いや、家内、少なくともそれに近い女だった。わしは旅回りのセールスマンで、そのときは愛するおふくろを養っていた。それは――古く長い話で。ところで二ドルだが――」

ハーバートとロナルドはすばやく、かなり意味ありげな目くばせを交わした。

「いいですか」ハーバートはいった。「いま持ち合わせがありません。ですが今晩われわれの住まいにきてもらえれば、喜んでお泊めしましょう。まずはお名前から、ミスター——」

かれらは当然のように車の方向に歩きはじめ、暗いひとけのない通りに向かった。

「フォガーティだ」老人はいった。「ジェイムズ・オリヴァー・フォガーティ」彼は自分の名前を正確に思い出せたのに驚いたような口ぶりだった。

ハーバートはいった。「ぼくはアーサー・ショウペンハウアーです。こちらは親友のフレッド・ニーチェです」

「知り合えて光栄だよ、お若いの」

かれらは暗い商店、汚い灰色煉瓦のアパート、下見板張りのホテルをだいぶ通りすぎたが、まったく人には出会わなかった。

「冷たい夜をさまよっているあなたを考えると、とても眠る気にはなりません、ミスター・フォガーティ。世界中の孤独な人、失意の人、ホームレスなどに、すべて願いを叶えてあげられなくてまことに残念です」ハーバートはそういうとロナルドを肘で突っついた。

「それこそがキリスト教徒の考えだ」老人はいった。「いままでわしの聞いた、もっともすばらしいキリスト教徒の考えだ。ところで、お宅で食事はできるかね？」

「ええ、できます」ロナルドはいった。「すばらしい食事を準備しましょう。楽しみに待っててください！」

かれらは暗闇のもっとも暗い地域を歩き、やがて車——ロング・ボディーで車高の低い外国車を見つけたとき——ロナルドは立ち止まっていった。「すみませんが、ミスター・フォガーティ、友人とちょっと相談がありますので」

老人はいささか当惑したように見えた。「いいとも」彼はいった。

「ふと思いついたんだが」ロナルドは香りのよいドア口に足を踏み入れながらささやいた。「だれかに車中の老人を見られたらどうする？」

ハーバートは考え深げに顎をかいた。「いまやるべきだというのか。ここですぐにか？」

「いや。そうじゃない」

かれらはしばらく考えた。「車のカーテンを降ろしておこう」ハーバートは晴れやかにいった。「おれたちのあいだにあの老いぼれを座らせる。脇道を行くからな。いいか？」

「うむ……」

「まあまあ。こんな格好の獲物に会ったことあるか？　友人もなし、縁戚もなし——まさに好都合じゃないか！」

老人は町角からかれらに笑顔を向けていた。

ハーバートは笑顔を返した。「老いぼれを自宅に連れて行き、少しばかり飲ませて、それから……」

「ところで、どちらがそれをやる？」

「それが問題か？」

かれらは町角に戻り、おんぼろの老人を車に乗せた。車のカーテンを降ろすと、あたりを見まわし轟音を立てて走り去った。

「ほう、これはたしかに変わった場所だ」老人は曲がりくねった傾斜路を上りながらいった。小さな通路は両側に熱帯植物が並び、強烈な香りと針のような鋭い厚い葉で仕切られていた。

「気に入りましたか?」ハーバートは尋ねた。「昔はある宗教集団に属していましたが――もう廃《すた》れました――ここは〝死の通路〟として知られています。連中は死んだ身内を甦らせるために連れてきたんです」

「そんな話は聞きたくもない!」

「われわれの控えめな望みにぴったりです」

曲がりくねった坂道を上ると大きな樫の扉に行き当たる。上部は奇妙なシンボルを着色した八角形の窓ガラスである。この高台からは町の小さな明かりがくっきり見える。かれらは扉を抜けて玄関に出ると、いくつかの小さなドアを通り、何の変哲もない部屋に行った。ただ、ドアは真っ赤に塗られていた。

「わが家です」ロナルドはいった。

「ほほう!」老人はそういうと一緒に入って行った。

溢れる光は人目をひく金色の壁や黒い天井をむしろ和らいで見せた。しかし魚網のようなオレンジ色の厚手のカーテンには大胆なレリーフが浮き出ていた。老人は部屋を調べているように見えた。彼は巧みに目当てのものに眼を走らせていた。

「いかがですか?」ロナルドはダブルコートと帽子を脱いだ。「マティーニ? マンハッタン? スコッチ・オンザロック?」

「いや、どれもかなりいけそうだが――まずは――サンドイッチか何かあれば――」

「もちろんです」ハーバートはロナルドを促して台所に入った。

「だれかに見られなかったか?」ハーバートは小声で訊いた。

「いや」

「おれが駐車したときに――窓の中とか、何かをだれかが――」

「いや。だれにも見られなかった。ずっと見張っていた」

「ぞくぞくしてこないか! 完全犯罪がかなり現実味を帯びてきた。ここで――きみはサンドイッチを作ってくれ。飲みものをたっぷり勧めてくるよ」

老人は手を胸のあたりで組んで静かに椅子に座っていた。何かむかつくような臭いがした。

「ありがとう」彼は飲みものを取ると一気に飲み干した。「うまい!」

「もう一杯? いかがですか?」

「ありがとう!」

ロナルドは盆に盛ったサンドイッチを、老人の椅子の前にある紫色のクッション台に置いた。

「これでお腹を満たしてください、ミスター・フォガーティ」彼はいった。

老人が食べはじめるとハーバートはいった。「よろしければ、しばらく台所でかたづけをしていますので」かれらは台所に戻りドアを閉めた。

「まず、もういちど乾杯を！」ロナルドはいった。カップボードから一瓶取り出した。「ジェイムズ・オリヴァー・フォガーティのために、やすらかに眠れ！」

ハーバートは微笑んだ。かれらはジンを一気飲みした。

「ところで」ロナルドは顔をしかめていった。「どうやってかたづけるのか、まだ聞いていないぞ」

いくぶんうつろな態度で、ハーバートは食器の水切り台に座りグラスを取り替えた。「さて、少し考えてみようか。方法はじっさいあり余って困るほどだ。射殺という方法もある」

「いや、ハービー、今日びあまりにありふれた方法だ。それに大きな物音がする。つまりミセス・フィッツシモンズのことはわかっているだろうな」

「もっともだ。親愛なるミセス・フィッツシモンズか。しかしあのミセス・フィッツシモンズね！　そう……毒殺はどうだ？　静かですばやく効果満点で、叙情的にも叙事的にも称賛に値する……おれは毒殺を好むね。このアパートで他に手があるか？」

「おれはそうは思わん。あんたが昨日買ったワインを使いたいのでなければね」

「こんなときに軽はずみな行動は滑稽すぎて場ちがいだよ、ロニー。落ち着け、ばかなことをするな」

「すまん」

「さて、ええと。変な話だが、この部分をきちんと決めておかなかった……そうだ！　いい考えが浮かんだ！　まったく申し分ない！」ハーバートは引き出しを開け、ところどころにケーキ滓《かす》のついている大きな肉切りナイフを取り出した。

ロナルドは少し震えた。

「どうだ？」

「いいと思う。だけど――」

「だけど？　だけど何だ？」

「血の処理を考えている。洗い流すのは難しいだろう。警察はその中に物証を見つける」

ハーバートは顔をしかめてナイフを置き、グラスに二杯目を注いだ。しばらくリヴィングルームから聞こえる、ものを食べる音に耳をすました。

「ハービー！　おれも思いついた！」

「静かに！　何だ？」

ロナルドはいたずらっぽく笑った。「数カ月前に手に入れた彫像を憶えているか？」

「どれだ？　『禁じられた抱擁』か？」

「それにあれがとても重かったのを……？」

ハーバートの顔は笑み割れた。「もちろん憶えているさ！　あれで殴るんだな！」

ロナルドの顔が紅潮した。「美術品で殴り殺すのか――なんてことだ！」

かれらはまじめくさった顔で握手して、それからリヴィングルームに戻って行った。

「ああ、うまかった！」老人は軽くゲップをして椅子にもたれた。「ここはあんた方、立派な白人の住まいにふさわしいな。老いぼれのささやかな感謝を受けてくれ。――そう、ぶったまげたよ、何ともすばらしい酒だ」

「結構！」

「ここにいるのは熱血のアメリカン・ボーイたちだ！」

かれらは飲んだ。

「ういーっ」老人はグラスにお代わりをして、また話しはじめた。「こんなにうまい酒を飲んだのは久しぶりだ。まったく、ここはすばらしい場所だ！　絵も家具も厚いカーテンもどれもこれも――かなり高価なものだ」

ハーバートは鼻を鳴らした。「舞台に立っているときは」彼はゆっくりとしゃべった。「それなりの役を演じるんだ。おれの両親はアメリカ資本主義盲信の典型だった。堕落した金持ち、その他もろもろだ。ときどきおれにも骨を投げてくれる」

「なんだって！　でもそのために両親が大好きなのはもちろんだな？」

「彼は両親が大嫌いなんだ」ロナルドはオリーヴを嚙みながら口をはさんだ。

老人は酒を飲み干すと、眼の偏った禿げた男の絵を指さした「ばかげた絵だ！」

「ピカソの絵です。もちろん原画。数週間前に取り外すはずでした。ピカソは飽きますね。もう一杯いかが」

かれらはふたたび飲んだ。グラスはまた満たされた。もう一瓶、カップボードからもってきた。

「ミスター・フォガーティ」ハーバートはそういうと、押し潰された蕪《かぶ》もどきの重い影像に眼をやった。「話のついでに、あんたの人生観を話してくれませんか？ 実をいえば、われわれはＹＭＣＡのソーシャル・ディレクターなんです」

「いくらかあんた方がわかってきたよ」老人は含み笑いをしながらいった。「人生、ね？ そう、人生とはかなり苛酷なものだ。悲喜こもごもさ。人生を正しく送ったことは決してなかったね」

「考えてみると」ロナルドはいった。「あんたのように長い歳月をすごすと、人生にまったく退屈しきってしまうでしょう」

「いや、そんなこともない」老人はいった。

「それでは——あんたは死を恐れますか？」

「恐れない者がいるかね？」

ハーバートはハイボールをすすった。「『それこそ心より願う極致なり』ですか」彼はいった。

「もういちど席をはずのを勘弁してください。食器を洗う用があるんで。いや、いや——どうかここにいてください。すぐ戻ります。それからベッドに案内しましょう」

台所に戻るとハーバートは小声でいった。「どうだ？」

「どうって、何が？」

「つまり、何をぐずぐずしているんだ？」

「ああ」ロナルドは震える手で三杯目のジンを注いだ。「いまやりたいか?」

「いけないか?」ハーバートは水切り台にとび乗ろうとしたが、しゃっくりが出たのでうまくいかなかった。「もう酔っぱらってる」彼はひそかにいった。「何が起こっても決してわかるまい」

リヴィングルームから老人の声が聞こえてきた。はっきりしないだみ声で『母のまとった古びた赤いショール』を調子外れに歌っていた。

「オーケーだ」ロナルドはいった。「しかしもう一回乾杯したい」

「もう一回か。ジェイムズ・オリヴァー・カーウッドの差し迫った死のために。いや、フォーガティだったな」

ジンはもう空になっていた。しかしながらスコッチを頼みの綱にしていた。

「上機嫌のようですな、ミスター・フォガーティ?」ハーバートは声をかけた。

「……もうぼろぼろでずたずたなのさ。着ているとは名ばかりの……」老人は歌っていた。

「哀れなまぬけ老いぼれだ。自分がどうなるかもわかっちゃいない、へっ!」

「ロニー、下品なくすくす笑いはやめろ。とりわけ人を殺そうとしているときにはな」

ロナルドは笑いを止めた。「だれがやる?」彼は弱々しくいった。

「もちろん、おまえがだ」

若者はわずかによろめき、グラスからスコッチを飲み下した。「まあ待て、ちょっと——」

「何だ? 何なんだ? まさか臆病風に吹かれたんじゃないだろうな!」

「冗談じゃない！」

「静かにしないと彼に筒抜けだぞ、この阿呆な猿め！　おまえがこの仕事をやるのが公平だ。どうあろうとおれが下地をすっかり作ったんだからな？　旅は道連れじゃないのか？　つまり公平にやるのか、やらないのか？」

「もちろんやるさ。でも違うぜ」

「じゃあ何だよ？」

「もうしばらく待つ方がいいと思わないか？」

「むりだ。もう朝の四時だぞ。死体を始末する時間がかかるんだぞ」

「わかった、わかった。もう一杯飲ましてくれ！」

ハーバートはもう一杯スコッチを注ぎ、リヴィングルームに入ると、老人の酒をつぎ足した。ロナルドは少し千鳥足になっており、グラスは空っぽだった。「いったいどうしたんだ？」彼はいきなりいった。「歌が聞こえないぞ」

ハーバートは笑った。『禁じられた抱擁』像を手にしていた。「酔い潰れたよ。こんなことっ《シセ・トランシ・》てそうそうあるもんか《グロリア・ムンデ》」

「やったのか——それでやったのか？」

「ロニー、おれがおまえを欺くような人間か？」

「ハーバート、あんたに話したいことがある」

「何だい？」

「あんたの体験の機会を無駄にしたくない——そう、そう言いたいんだ。あんたが殺すべきだ」

「そんな自己犠牲はまっぴらだ。なあ、おたがいに公平にやろうぜ。ここで完全にけりをつけよう——彫像があるからな。おまえが一撃すれば、それでおしまいだ」

ロナルドはごくりと唾を飲みこんだ。「それでは乾杯！」

「すばらしい経験の泉に！」

「すばらしい経験の泉に！」

ボトルのスコッチは数インチ減った。

ロナルドは『禁じられた抱擁』像を握り、試みに空中で二回ほどふりまわした。バランスが崩れ、台所の床に尻もちついた。「ハービー、ふと思いついたんだが、おれには殺せないよ」

「どういう意味だ？」

「まだ二十一歳になっていない」

「臆病者！」ハーバートは歯ぎしりすると彫像をつかみあげた。「めそめそした哀れっぽいブルジョアのガキめ！」

彼はドアからリヴィングルームにとびこんで老人に詰め寄った。老人の息遣いはもう正常に戻っていた。「あばよだ！」ハーバートは彫像を持ち上げると叫んだ。

それから彫像をふりおろした。しかしそこには老人の頭はなかった。

『禁じられた抱擁』像はバッククラム造りの奥義本や秘儀書の間に、ものすごい音を立ててぶつかり床に落ちた。ハーバートも一緒にこけた。

彼は特にだれにともなく「しーっ」といって、まだ安眠しているジェイムズ・オリヴァー・フォガーティを見ると、這うようにして台所に戻った。ロナルドはロゼワインの瓶の栓を抜こうとしていた。

「急に疑念に襲われたんだ」ハーバートはそういうと、グラスに半分入れたスコッチにワインを垂らし、ぐいっと飲み干し顔をしかめた。「ある考えにな。説明しようか？　危険は極めて少ない、むしろないも同然だが、もっとこの問題には頭を働かすべきだ」

ロナルドは気乗り薄にうなずいた。

「おれはもう成年に達している。そのためこの野蛮で不信心な社会から与えられる罰の対象になる――おまえはそうでないが。でもお互いに庇《かば》い合うべきだ」

「絶対にな」

「よし、おまえが犠牲者に武力行使をするべきだ。それなら水も漏らさない。万一何か手違いがあっても、単なる少年犯罪として弁護されるよ」

ロナルドはしばらくハーバートを見つめた。彼はワインをもう少しパシャパシャとグラスに注いだ。「いやだ」彼はいった。

「いやだ？　ああそうか、わかりはじめたぞ。長いつきあいの親友ハービーが電気椅子でフライになるのを見ておきたいんだな！　それが望むところだろう」

「いや、ハービー、そんなつもりじゃないよ、正直いって」

かれらは沈黙したが、ロナルドのしゃっくりがだんだんひどくなった。ハーバートは激しく頭をかきむしった。「いいか、おれたちは子供っぽくふるまいすぎている。まるでガキだ！　もっと大人になろうぜ。おれたちは人生観をもっているのか、いないのか？　大衆の安っぽい道徳性に悩まされるのか、されないのか？」

「その通りだ」

「よし！　なあ、ロニー、おれたちは考える人間として成長のある転機に達した。いわば袋小路だ。いまくじけたら使命は達せられない——考えてみろ！——どうやって自分と向き合うか？　どうやって恐ろしい知識と共存するか？」

「どうやって？」

「おれたちはブルジョア以下になる。平凡な人間になってしまう。批判にくじけず信念に従って行動しなければならない！　片方には知的な自由があり、もう片方は永久の服従だ」

「服従か」

「そう——四年間の友人としてどちらを取るか？　その釣り合いは老人の頭蓋《ずがい》を叩き割るかどうかにかかっているんだ。おまえはどちらを取るか、自由か服従か？」

「もっとワインをくれ」ロナルドはいった。

「決めるんだ！　時間が遅くなる。早く決めろ！」

「そうだな。わかった。でも——あんたがやってくれ、ハービー。おれは臆病だ」

ハーバート・フォスは深い軽蔑の一瞥をくれた。「弱虫め！」彼は叫んだ。「おれたちの友情は終わりだと思え。おれは自分でやる。捕まったらそのときはな、ロナルド・ラファエル、おまえよりもはるかに解放された人間として電気椅子に座れる。そしておれは死ぬだろう。おれの仲間と、解放感と満足感に浸るんだ。おまえは汚れたワインでも飲め！」

ハーバートの顔は激しく燃えるように赤くなり、小さな汗の玉が額にまだらに浮かんだ。そして靴墨のようなものが、頭髪から薄く汚れた筋になって血色の悪い頬に流れた。彼の眼は大きく、瞳はふくれて黒かった。ロナルドの鼻の下を指で弾きながら震えていた。それから老人が寝ているリヴィングルームに戻ると、はじめて震えが完全に止まった。

落ちた彫像の方に歩いて行くと、拾い上げて手のひらで重みを計った。かなりの重さだった。この重さなら充分に人間の頭蓋骨は砕ける。その上、分厚いから砕いた骨のかけらは深く脳髄に食いこむだろう。即座に殺すのに格好の重さだ。

ハーバートの震えはおさまった。いびきをかいている老人をまわり、それから白いキャンペーン椅子に座りグラスに手を伸ばした。中身のスコッチは生粋の明るい金色をした危険な気品を保っていた。

ハーバートはあえいで咳こんだ。半ば開いたドアからロナルドが見えた。彼はそぼ濡れた木綿人形みたいに床に座りこんでいた。

ハーバートは冷たい滴《しずく》のついたグラスを額に当てて転がし、老人をじっと見つめていた……

弱々しい日光が大きな部屋に射しこみ薄く照らした。金色の壁、黒い天井、書籍とレコードの山、広く高い天井梁を組み、ブルジョワにふさわしい部屋は、冷たい朝日を浴びてひどく違って見えた。

べとつくグラスが汚れた絨毯に転がり、数本のボトルがひっくりかえって空になっていた。甘ったるい匂いが広がり、厚い白カビのようにあたりに充満していた。

「眼が見えなくなった!」ハーバート・フォスは叫んだ。しかしそうではなかった。彼の両眼は閉じたまま貼りついている。まぶたをこじ開けようとした。手の血がほとんど乾いていた。しかしすっかりではなかった。

「ああ、ちくしょう!」

ロナルドは倒れていたところに丸くなっていた。叫び声で頭を起こすと両手を耳に当てた。彼はそっとうめいた。

「ロニー――」ハーバートは鮮血に染まった手を上げると椅子からいきなり飛び起きた。衣服の白い部分は暗赤色の斑点で染まっていた。

彼は獣のように短く吠え続け、指をこめかみに当てて頭を反らし、まなじりを決して部屋中を二回、円を描いて歩きまわった。

「違う」ハーバートはいった。「違う、違う、違うんだ」

四回目の「違う」を発したとき、彼の足は暖炉のそばで割れたボトルにつまずいた。四角いスコッチ・ボトルで、空っぽのボトルの首は裂け、破片や割れ目は血で濡れて光っていた。

グラスの破片と血潮はキャンペーン椅子に続いていた。

「こいつは驚いた」ハーバートは叫んだ。「どこもかしこもだ！」

ロナルドは厚い詰めものをした大椅子を眺めていた。ときどき激しく短い痙攣に襲われた。

「ハビー――おれたちがやったのか？　それともあんたか？」

「知らん、どなるな。やったとしたら、おれたちでなくおまえだ。おれは眠っていた――はっきりと憶えている」

「あんたの身体中の血はどうした？」

ハーバートは震えた。それから割れたスコッチ・ボトルを見て、大いに安心してため息をもらした。手のひらの細かな傷を調べる。「あのグラスにつまずて倒れたんだ。思い出したぞ」

ロナルドは眼を覆った。「ああ、頭が！」泣き叫んだ。「わからないのか――おれの頭だ！あんたはまちがえて殴ったじゃないか？」

その言葉は酔いを覚ます効果があった。

そこに立っていた二人は部屋の中央に身を寄せ合ったので、ハーバートは規則正しく震え出した。「おまえは――やつを見たか？」

「だれを？」

「知っているだろう」

「いつ？」

「たったいま。おれはまだ眼がよく開かない。やつは――ここに、おれたちと――？」

「そうは思わない」

「では、見ろ」

「眼の焦点が合わないんだ――ハービー、見てくれ。あんたがリーダーだ。あんたは――」ハーバートはこぶしを作り、さりげなく唾を飲みこみ、片眼を開けると、同時に頭をめぐらした。

それからもう一方の眼を開いた。

「ロニー!」

ロナルドは突然の物音に跳び上がった。両眼を開けて見た。

それからかれらはベッドルームとして使っている二階の部屋に行き、棚、ベッドの上下、クロゼットの中を改めた。台所やパントリー、玄関クロゼットやバスルームを見てまわった。少し遅れてシャワーカーテンの中も調べた。

「ハービー、どうもあんたがやった、始末したとは思えない……」

ハーバートの顔はすでに蒼白だったが、さらに白くなった。「いや」彼はいった。「違う、そんなことない」

「車を見てこよう。さあ、車を――」

「そうか!　わかった」

裏ドアにとんでいくと庭を抜け、慌てながらシュロの背後を覗きガレージに達した。

見たところ、まずガレージが開いており、内部はきれいさっぱりとして、暗いが空っぽであるのに気づいた。たがいに顔を見合わせ、それからまたガレージに眼を戻した。

「おれのジャガーが」ハーバートはしごくあっさりといった。「失くなった」

かれらはアパートにとって返し、しばらく震えながら立ちすくんでいた。

「絵が！」ハーバートは叫んだ。「ピカソが！　マザーウェル（ロバート。アメリカの抽象画家）が！　モンドリアン（ピエット。オランダの抽象画家）が！」

「国芳（歌川。幕末の浮世絵師）も！」ロナルドはいった。

「どこへいった？」

「見ろ！」

整理タンスは取り散らかされ、引き出しは大部分が開いたまま空っぽで、いくつか床に放り出されていた。

「あっ、ママの銀食器もない！」ハーバートがいった。

それからゆっくりと夢遊病者のように、かれらはアパートの部屋を歩きまわった。

そして出てくる言葉は驚嘆と疑惑に満ちていた。

「おれたちの衣服――そっくり！」

「パパのスーツケース！」

「おれの指輪――エメラルドのカフスリンク！」

腹を広げた大仏は自己満足の笑いを浮かべていた。偽装された小型金庫は開かれて空っぽだった。

「ハービー、おれのショーツが！　ショーツも失くなった。カーメンシタがくれたものだ！」

やがてハーバート・フォスとロナルド・ラファエルは探すのをあきらめた。二人はリヴィングルーム、ひっそりと冷え冷えとしたリヴィングルームに、頭を抱えてずっとそのまま座っていた。

飢え

The Hunger

すでに太陽はほとんど没して、空はあたかも巨大な剃刀《かみそり》で深く切り裂かれたかのように傷ついていた。傷口からはかなり血が流れている。ハイ・マウンテンから吹きおろす風は雨のように冷たく、子供たちの泣き声みたいに聞こえる。めめしく不幸せな音は高くなったり低くなったりしていた。

何となくジュリアには恐ろしかった。かなり怖い。

彼女は足を急がせた。わたしばかだわ、空から眼を逸らして考える。どうしようもない阿呆だわ。それがいま怯えているわけだった。もしも何か起こったら――起こらないだろうし、起こるはずがないが――そのときは自分を責めるしかない。

食料品バッグを片方の腕にもち替え、こっそりとふり返ってみた。視界に入ったのは、なじみのミスター・ハナフォードがニューズスタンドをひっこめ、ドラッグストアを閉める用意をしているのと、ジェイク・スパイカーがビールを一杯ひっかけようと、道路を横切りかけ〈ブルー・ヘヴン〉に向かっているのだけだ。波形の赤煉瓦の通りは静かだった。

自宅にはまだ距離があるとはいえ、悲鳴を上げれば、だれかが聞きつけるだろう。人通りのある場所で、何かをするほどの愚か者はまずいないだろう、狂人でもなければ。それにまだ暗くはなかったし、少なくとも日暮れには早かった。

それでも肩まで伸びた雑草の空き地を通って行くと、ジュリアは考えざるをえなかった。いますぐそこに彼が隠れているかもしれない。それはありうるわ。そこに身をかがめ、隠れて待っているかもしれない。捕まったら悲鳴もあげられないのではないか。突然そのことに気づいた。その考えに怯える。ときには悲鳴をあげられないことも……

黄色い糸巻きを〈ヤンガー〉の店で買わなかったら、まだまぶしい陽光の明るく澄んだ時間だったろう。そうすれば――

ナンセンスだわ！　ここは町の中央だった。彼女は住民で溢れた家々に囲まれていた。あたりには人影。どこにでもいる。

〈彼は飢えだった。窮乏であり、暴力だった。暗い空虚で充たされていた。彼は動いた。暗くひそかに流れる川につかまった木の葉のように動いた。しかし彼はいまはほとんど眠りこけていた。獣のようにいつでもめざめ、とび起きて逃げる容易はできていたが……〉

影が生命を得て、ジュリアの歩く足下で踊っていた。いまや空は醜くただれている。風はさらに強く冷たくなった。彼女は歩道沿いに靴音を立てて歩き、真っすぐ前を見ながら考えている。どうしてわたしはとんでもないばか者なのだろう？　どうなろうと構わないではないか？

やがて彼女は帰宅し、それでおしまいになった。その外出は三十分もかかっていなかった。モードが走りよってくる。ジュリアはとびついてくる姉の腕を感じて抱きしめた。「まあ、よかった」

別の姉ルイーズの声がした。「ミックに電話してあなたを追いかけてもらおうとしていたのよ」

ジュリアは身体を離すと台所に行き、食料品のバッグを降ろした。

「いったいどこに行っていたの？」モードは尋ねた。

「ヤンガーの店で買い物をしていたの」ジュリアはコートを脱いだ。「品物がなかなか見つからなくて——時間が経つのを忘れてしまったの」

モードは首をふった。「もう知らないわ」彼女はうんざりしたようにいった。「あなたが生きて帰れたのは幸運だったわ。それだけよ」

「どうして——」

「ちょっと！　あの男はどこかそこいらにいるのよ。わからないの？　ほんとうよ。まだ彼の消息さえつかめていないのよ」

「捕まるわよ」ジュリアはわけも知らずにいう。そのくせまったく確信していなかった。

「もちろんそうでしょうよ。でもそのあいだにもう何人殺されるの？　それに答えられる？」

「コートをかたづけなくては」ジュリアは姉をすりぬけた。それからふり返っていった。「心配かけてごめんなさい。以後気をつけるわ」クロゼットの方に行くと奇妙に心が騒いだ。今夜はその話でもちきりだろう。姉たちは夜通し、分析したり、暗示したり、疑問をぶつけたりするだろう。そもそも他に話すことなど何もない。その楽しみを隠しきれないだろう。

「気の毒なエヴァ・シリングスのことを恐ろしいとは思わなかったの？」

違うわとジュリアは考えた。姉たちにとってそれはまったく恐ろしいものではなかった。それは驚くべきもので、とても面白いものだった。

それは新しい情報だった。

ジュリアの姉たち……ときには姉たちがネズミのようにジュリアには思える。巨大な灰色ネズミで、高い白襟をつけて、ブーブーわめいたり、ぜいぜい喘《あえ》いだりしながら、家の中を働きまわっている。いつまでも疲れはみせず、絵画を横眼で見て叩いて曲げ、それからまた真っすぐにしている。きれいなカーペットから見えない埃を払い出し、ピカピカの鍋から見えない埃を拭って、それを注意深く清潔なリンゴ籠に捨てる。ベッドの脇に立って、輝く真っ白な、ぱりぱりのシーツに、いささかむかついて舌打ちをし、他のシーツと替える。毎日、朝の六時からほとんど日暮れまで、いそしむ家事には決して疑いをもたず、迷いもしない。

彼女たちは古い家の中を動脈のように走りまくり、それでこの家は生き生きとしている。いまや家は彼女たちの一部になり、彼女たちも家の一部だった——それは広間にある手回しのマホガニー蓄音器《ヴィクトローラ》か、ライオン革のソファか、ブーテル・ピアノ（十年間弾く人もなく、鍵盤は黄ばみ朽ちたひどい有様で、老いぼれたラバの歯みたいだった）と同様だった。

毎晩、姉たちは原罪について話し合った。また古きよき時代のことも。モードとルイーズは——そこに座って旧式の頑丈なストーヴで温まりながら、敷物に刺繍をし、装飾ナプキンを編み、リネンを縫いながら、おしゃべりに果てがなかった。

ときおりジュリアは聞き耳を立てた。そこにいても所在なかったからである。しかしほとんどは聞き流していた。身体を動かしたり、うなずいたり、ぼんやりしているのは、至って簡単なことだった。そのあいだ姉たちは死んだ夫たちの夢を語り合ったり、いつも自分たちの後家暮らしを味わい――それを楽しんでいて！――亭主たちのはかない幽霊を道徳的な戦いに駆り立てていた。「アーニーは――神よ、彼を休ましめたまえ――立派な人だったからね」（そんなことをいえば、だれもかれも立派な人たちだわとジュリアは思う。しかしここでは暴君亭主を礼讃することはあっても、葬り去ることはない……）「トランクの蓋が頭に落ちてこなかったら、ジャックはいまでも元気だったでしょうに。あれがそもそものはじまりよ」可哀そうなアーニー！　哀れなジャック！

〈彼は夜陰《やいん》に乗じて鉄道の線路を歩いた。若くも老けても見えた。無精髭が顔や喉を覆い年齢を隠していた。着ている青いセーターはあちこち破けている。セーターの胸には『E』とフェルトの大文字が縫いこまれていた。またフットボールやコンパスを表す小さなデザインもあった。灰色のズボンは自分で汚したしみで黒ずんでいた。線路を歩きながら、はるか前方に点滅する光を見たり見なかったり、考えたり考えなかったりしていた。おそらくそこで見つかるだろう。たぶん捕まりはしない。たぶんもう飢えることはあるまい……〉

「マーガリンは忘れたのね」ルイーズは大きなバッグをひっくり返していった。

「あら、ごめんなさい」ジュリアはテーブルの居場所についた。料理にすぐさま気持ち悪くなった。見るのも嗅ぐのもいやだった。大きな器に山盛りの豆、ぱりぱりした皮の七面鳥の肉塊、マッシュ・ポテト。それを自分の皿に盛り、姉たちを見つめた。夢中で食べている。いまわけもなく彼女は動揺していた。

彼女は眼をそらした。どうしたのかしら？　何が悪かったの？

「ミックの話では、あの人は一命をとりとめたそうよ」モードは告げた。「ジュリア――」

「だれのこと？」

「精神病院で首を絞められた人、無事だったそうよ」

「それはよかったわ」

ルイーズは四角いトーストを裂きながらモードに話しかけた。「彼と話したとき、ほかのこともいわなかった？　捜査は進んでいるの？」

「ある程度ね。シアトルから警官隊がくるそうよ。数日中にその男を捕えられなかったら、州外からブラッドハウンド犬を連れてくるでしょうよ。もちろんミックの喜ぶ顔を想像できるわ！」

「そうね、あれは彼の落ち度よ。いやしくも保安官だったら、とっくにその男を捕まえていなくてわね。とりわけバーリントンはさほど大きな町ではないわ」ルイーズは七面鳥の足を切り離し、肉を細片に分けて口に入れた。

モードは首をふった。「そうかしら。ミックにいわせれば、当たり前の犯罪者を捕まえるようにはいかない。何をしているのか、どこにいるのか見当もつかない。たとえばどうやって生きているのか、だれにもわからない」

「おそらく」ルイーズはいった。「虫か何か食べているんじゃない」

ジュリアはすばやくナプキンをたたむと、それをテーブルに押しつけた。

モードはいった。「いいえ、たぶん野良犬や野良猫を食べているのよ」

彼女たちは黙って食事を終えた。話が途切れたのでないことをジュリアは知っていた。残りはリヴィングルームの暖炉のそばでゆっくりと味わうのだ。何事にもふさわしい場所だった。

彼女たちは台所を出た。ルイーズは皿をかたづけることを望み、モードはラジオをつけて地元ニュース番組を探す。しばらくして怒ってラジオのスイッチを切った。「少なくとも情報ぐらい流すべきだと思わない？　そんなこともできないのかしら？」

ルイーズはお気に入りの椅子に座っていた。台所は暗くなった。ストーヴはやかましい音を立てて熱しており、金属部分は波打っていた。

時間だった。

「彼はいまどこにいると思う？」モードが尋ねた。

ルイーズは肩をすくめた。「その辺のどこかよ。捕まったら、ミックが電話をかけてくるわ。彼はどこか外にいるのよ」

「そうね。わたしたちを笑っているかも。賭けてもいいわ。次はだれにしようか目星をつけているわ」

ジュリアは揺り椅子に座って、耳を傾けようともしなかった。外は風があった。身を切るような冷たい風。窓のパテを通して忍びこみガラス越しに感じられる。こんなに冷たい風がこれまで吹いたろうか？　彼女は思った。

ルイーズの声がこだました。「彼は外のどこかにいる……」

ジュリアは窓から眼をそらし、膝に当てたレースの編み物に興味を移そうとした。ルイーズはしゃべり続けている。指には長い銀針が光っていた。「……ミセス・シリングスと今日話したの」

「聞きたくもないわ」モードの眼は針のように光った。

「神のご加護をと。気も狂わんばかりよ。ほとんど口を利かなかったわ」

「神、神よね」

「もちろん慰めてやったわ。でも埋め合わせにはならなかったけど」

ジュリアはいまの会話に加わらなかったことにほっとした。考えるだけで身震いがする。ミセス・シリングスはエヴァの母親で、エヴァはまだ十七歳だった……考えないように誓ったのに、すぐに頭に浮かんでくる。死体についてミックが語った詳細やその説明を思い出した。「……彼女が電話局の仕事を終えて出たのは九時ごろだった。カール・ジャスパースンは自宅まで送ろうといったが、彼女はわずか数ブロック先だからと断ったそうだ。そいつは缶詰工場の裏に隠れていた。ちょうどエヴァが通ったときに襲いかかった。彼女はレイプされ、それから首を絞められた。犯人は体格のよい男のようだ。親指の跡がはっきり喉首に残っていた……」

二週間のうちに三人の女性が死んだ。最初はシャーロット・アダムズ、司書だった。彼女は午後九時十五分ごろ、いつものように学校の運動場を近道していた。滑り台のそばで発見された。衣服を剝ぎ取られ、喉は擦りむけ痣《あざ》になっていた。

ジュリアはそのことを極力考えまいと努めたが、頭が空になると姉たちのだらだらしゃべる低い声に引きこまれて、また深く考えさせられた。

町の反応がどんなものだったかを憶えている。それは十五年前、バーリントンで初めての殺人だった。それが最初の謎だった。色情狂の殺人者は何者だったのか？　シャーロット・アダムズに恐ろしい行為をやったのはだれだったのか？　友人の紳士の一人か、あるいは近くの収容施設からの浮浪者の一人か、あるいは……

ミック・ダニエルズと保安官代理たちはただちに捜索を開始した。町のだれしもが話題に取り上げ、たえまなく議論しているうちに、やがてその原型は完全に失われてしまった。あたりの空気は電気を帯びたように熱がこもった。残酷な大はしゃぎがバーリントンを覆い、ジュリアには笑いを禁じられたばか騒ぎを思わせた。

何事もなく数日がすぎた。浮浪者たちが逮捕されては釈放された。尋問を受けた人々もいた。数人が一時ブタ箱にぶちこまれた。

やがて、ほとぼりが冷めはじめたときに事件がふたたび起こった。ミセス・ドウィー・サミユエルスン、地元ＰＴＡのメンバーで二児の母、それなりに魅力的で若い人妻が、自宅の庭のシャクナゲの茂みに手足を広げた死体で発見された。裸にされており暴行を受けたことは明らかだった。殺人者はふたたび現れたが痕跡は残さなかった。

そして犯罪者収容の州立精神病院は、患者の一人――ロバート・オークス――が脱走したという情報を公開した。ミックや多くの関係者は最初からそれを知っていた。オークスはもともと従妹のパッシー・ブレアに対する暴行と殺人罪で精神病院に収監されていた。

彼は以前の自宅に押し入って古い学校服を盗んだあと、完全に姿をくらました。いまは野放しになっていた。

人口三千人のバーリントンは恐怖の虜《とりこ》になり忘我の状態だった。男たちは懐中電灯と武器をもって夜の町を捜しまわった。女性は金切り声を上げベッドの下をのぞき……おしゃべりに興じた。

しかし何の進展もなかった。狂人は巧みに数百人の追跡者を逃れた。彼が近くにいるのはわかっていた。ときには隠れた場所から数フィートのところまで追い詰めるのだが、いつも手ぶらで戻ってきた。

森、野原、川岸沿いを探した。ハイ・マウンテン――町の南端にある小さな丘――も探した。アリのように這いまわり、藪の茂みを突っつき、廃坑や水槽も探した。廃屋、物置、サイロ、干し草の山、木の上まで探した。至るところに眼を光らせた。しかし何も見つからなかった。

殺人者は遠くに逃げ、バーリントンから五十マイル以内には、おそらくいないとの結論に達したとき、第三の犯行が行われた。若いエヴァ・シリングスの死体が、自宅からわずか百ヤードのところで発見された。

それは三日前のことだった……

「……捕まえたら」ルイーズはしゃべっていた。「彼がやったように小刻みにして殺してやればいいんだわ」

モードはうなずいた。「そうよ。でもそうしないでしょうね」

「そりゃそうよ――」

「いいえ！　ちょっと待って。警察は彼の手をとり精神病院に戻して、まめまめしく世話を焼くわ――また脱走する気になるまでね」

「それじゃ世間が文句をいうわよ」

「とにかく」モードは編みものから眼を離さず続けた。「捕まる確かな証拠でもあるの？　六カ月ほど人目につかなかったら――」

「やめて！　捕まるわ。いくら狂人とはいえ人間ですもの」

「そうかしら。ただの人間にこんな恐ろしいことができるかしら」モードは鼻を鳴らした。いきなり小川のように、涙が彼女の雪のような頬を流れて、塗り固めた白粉を削り溶かして、青白い素顔を露わにした。髪は灰色で短く、ドレスは岩や蛾の色だった。しかし彼女は老いたり、ひ弱には見えなかった。モードにはどこも華奢《きゃしゃ》なところはなかった。

「彼は男なのよ」彼女はいった。唇はその言葉で歪んだように見えた。ルイーズはうなずき、彼女たちは静かになった。

〈彼のぼろテニス靴は砂利の上に足音を忍ばせていた。いまにも胸が張り裂け、心臓がとび出しそうだった。あの男たち、あの男たち……かれらは目と鼻の先まできていた。しかし彼は沈黙していた。かれらは通りすぎ、去って行った。懐中電灯の光が遠く背後に見える。そしてきらめく光がはるか前方にあった。四角い建物、駅だ。用心しなくては。なるべく物陰を歩き、物音を立てなかった。

激しい怒りに身体が燃えた。そしてそれと戦った。

もうすぐだ。

うまくいく、まもなく……〉

「……そのことを考えると、あの狂人はすべての男がやりたくともできないことをやっているだけなのかも」

「モード！」

「つまり、それは男の固有の本能――みんなが考えることだわ」モードは笑い眼を上げた。

「ジュリア、気分が悪そうね。隠してもわかるわ」

「元気よ」ジュリアは椅子の肘を握った手にわずかに力をこめた。彼女は考える。姉たちは結婚していたじゃない！　いつものこととはいえ、男をよくもあげつらえるものだわ。かつてはやさしい言葉をかけられ、逞しい腕に抱かれていたくせに……

モードは指で小さな輪を作った。「そうね、あなたの身体ですもの、無理強いはできないわ。でもまた入院することになれば、心配して夜も寝ないで看病するのは、だれだか知っているわね――いつものように」

「わたし……もう少ししたらベッドに行くわ」しかしなぜためらっていたのだろうか？　独りになることが嫌なのか？

どうして独りになりたくないのか？

ルイーズはドアを調べた。激しくノブをがちゃつかせて椅子に戻ってきた。

「いずれにしろ彼は何をしたいのかしら」モードはいった。「わたしたち二人のようなおしゃべり婆さんのところで」

「そんなに老いぼれていないわ」ルイーズは本気でいった。「歳を取っているのは確かだけど」

しかしそれは事実とはまったく異なっている。姉たちを見ているうちにジュリアはふと頭に浮かんだ。姉たちは自分たちに不可欠の魅力を恥じていた。二十代のヘアスタイル、乱用された化粧品、古風なドレス（いまだにセクシーな体型を隠しきれなかった）の下に、モードとルイーズは若さをみなぎらせ美しかった。シラカバの小枝の歯ブラシや、伝統的な嗅ぎタバコでさえそれを損なわせてはいない。

それなのに、ジュリアは考えた。わたしを羨んでいる。

わたしの飾り気なさを羨んでいる。

「こんな狂悪なことをするのはどんな男かしら?」ルイーズは凶悪をわざと狂悪と発音した。

ジュリアは考えたり口に出したりすることもなく、心の中に芽生えた答え、印象、感覚に気づいた。

どのような男か?

孤独な男。

それはさむけのように突き上げてくる。彼女は枕つき椅子からさっと立ち上がった。「もう部屋に戻るわ」

「部屋は大丈夫なの、よく閉めた?」

「ええ」

「確かめた方がいいわよ。排水管を昇ってきかねないわ」モードの表現は一風変わっていた。ほんとうはこう言いたかったのだ。「ほんの気休めよ。わたしたち三人の中で、あなたが選ばれるなんてありそうもないけど」

「わかったわ」ジュリアは廊下に歩いて行った。「おやすみなさい」

「ゆっくり眠りなさい」ルイーズは微笑んだ。「あの男のことなど考えてはだめよ、いい？わたしたちはまったく安全なんだから。入ろうとしても入れないわ。わたしは起きているわ」

〈彼は立ち止まると柱に寄りかかり、シーンとしたうっとうしい空を見上げた。黒い雲が動き、急ぎ、駆けていた。

彼は眼を閉じた。

月は羊飼い
雲は羊……

彼は言葉をつかもうとした。一所懸命だった。しかし言葉は撒き散らされ消えていった。

「だめだ」

彼は柱から離れ、ふりむいて砂利道に歩き戻った。

飢えは増大した。一歩ごとにひどくなった。それは死んだ、とうとう殺した、やっと休めると思っていた。しかしまだ死んではいなかった。彼の内部に、心の中に居座って苛《さいな》み、解放してくれと叫び吠える。それが前より強大になった。これまでなかったほど強くなった。

月は羊飼い……

寒風は周辺の野原を吹きすぎ、大地を暗緑色の重い海原に変えた。桜の枝にため息をつかせ

厚い葉を鳴らした。ときおりサクランボを吹きちぎり、疾風の中を転がして地に落下させ、裂

けた芳香で夜を充たした。空気は鉄、土壌、成長。

彼は歩きながら静寂と冷気を肺の中に取りこもうとした。

しかしだれかが彼の心の奥深くで悲鳴を上げる。だれかがしゃべっていた。

「おまえは何をしようとしているんだ——」

彼はこぶしを固めた。

「おれから去れ! 出て行け!」

「とんでもない——」

悲鳴は消えた。

娘の顔は残っていた。その唇、滑らかな白い肌、眼、彼女の眼は……

彼は面影をふり払った。

飢えは絶えず増大している。それは生きている炎のシーツで肉体を包んだ。心の中で生じた

熱い酸として沸騰し、彼を充たしに充たした。

彼はよろめき倒れ、両手を砂利の中に深く突っこんだ。砂利や砕石《さいせき》をいっぱいつかんだこぶしを引き抜くと、血潮が手首に伝わってくる。

彼はひそかにうめいた。

前方で明かりが光り、点滅してささやいた。ここだ、ここだ、ここだ、ここだ、ここだ。

彼は小石を捨て、風に向かって口を開けて進んだ……〉

ジュリアはドアを閉めて静かに錠をかけた。もはやささやき声は聞こえなかった。静かな微風のため息だけだった。

どのような男が……

彼女はじっとして心臓の動悸が治まるのを待った。しかし治まりそうもなかった。

ベッドに行き腰を下ろした。その眼は窓をさまよい、そこに釘付けになった。

「彼はどこか外に……」

ジュリアはドレスに沿って手を動かした。古いドレスで、かつては紫色だったが、いまは紫の花模様も褪せて灰色になってしまった。指がそれに触れ、喉元に上がって行った。襟のボタンを外した。

何となく身体が震える。さむけが熱っぽくなり、熱の小針のむしろとなって全身を突き刺した。

ドレスを脱ぐと椅子に投げ掛けて下着を脱いだ。それから衣装タンスに行き、フランネルのナイトドレスを上の引き出しから出すとふり返った。

縦長の鏡の中に映ったものを見て、立ち止まり、小さな声を立てた。

ジュリア・ランドンが磨き上げた鏡から見返している。

ジュリア・ランドン、三十八歳、若くもなければ老いてもいない、魅力的ではないが捨てたものでもない。かなり地味な女性でほとんど人眼につかなかった。全体に角張って尖り、かつては〝ミルクみたい〟と呼ばれていた肌も、いまでは単なる白、青白さだった。いささか背が高く痩せすぎ、そして萎びている。

眼だけはやさしかった。眼だけは生命と若さに溢れ、そして――

ジュリアは鏡から離れた。明かりを消し、窓のシェイドに触れると、軽く引き音を立てないように上げた。

それから窓の掛け金を外した。

夜気が部屋に入りこんで充ちた。外では巨大な雲が月の周辺を彷徨《ほうこう》し、隠したり現わしたり、また隠したりする。

寒かった。まもなく雨になりそうだった。

ジュリアは庭の向こうの駅の方向を見た。暗く静かだった。線路とその先には浮浪者のたまり場がある。

「彼にはわたしが見えるかしら」

彼女は町に恐怖と興奮を与えた男のことを考えた。初めて率直に彼のことを考え、その風貌を心に描いた。

おそらく数マイル向こうにいる。

あるいはすぐ近くかもしれない。あそこの木の陰、生け垣の下に……

「あなたが怖いわ、ロバート・オークス」彼女は夜にささやいた。「あなたは狂気の殺人者。わたしは度肝を抜かれるわ」

新鮮な匂いがジュリアの心の中に忍びこんできた。ほんのしばらくでも、その匂いに囲まれ、没入したかった。

ほんのしばらくのあいだ。

散歩。夕方の短い散歩。

彼女は衝動が強くなるのを感じる。

「あんたは汚らしい若者。血も涙もない――わたしを信じないなら、ミックに訊いて。あんたは人を殺すほど激しく愛に飢えていたの――でもそれにしては冷酷無残よ。わかるかしら？それにあまり頭もよくないとの噂よ。シェイクスピアのソネットを読んだことがある？ ヘリック（ロバート。イギリス詩人）は？ シェリー（パーシー。イギリス詩人）は？ ほらごらんなさい！ あんたを見たらぞっとするわ。自分の指の爪をごらんなさいよ！」

彼女は心の中でそっとつぶやいた。そうつぶやきながら脱いだ衣服を着ようとした。

しかしためらうとクロゼットに向きを変えた。

緑色のドレス。その方が暖かそうだった。

暖かなドレスで短い散歩――それは頭をすっきりさせてくれる。それから帰宅して眠る。まったく安全だった。

ドアに向かったが立ち止まると窓に戻った。モードとルイーズはまだ二階で話をしている。片足を窓の敷居に掛け、それからもう片足を置いた。

霜の置いた芝生にそっと跳び降りる。

門はきしまなかった。

彼女は暗闇に歩き出した。

うまくいった！　かなりうまくいったわ。きれいな空気を吸えるわ！

町は鎮まり返っている。前方にはいくつかの明かりが遠い家屋に灯っていた。背後は真っ暗闇だった。そして凪。

重い緑のフロックを着ても、まだ冷気を凌ぐには薄すぎた――でも彼女は寒くなかった。針を刺すような熱気だけで――彼女は家から出ると駅の方に歩いて行った。

そこにはランドン家のように長年変わらぬ小さな建物、バーリントンの家屋の大部分があった。その両側には線路が走っている。

いま駅はひとけがなかった。おそらくミスター・ガフィーは中にいて、無線で虫の鳴くような音を立てているだろう。いや、いないかも。

ジュリアは手前の線路に足を踏みこむと、そこに佇んで何が起こったのか、なぜ自分がここにいるのかを考えた。漠然と何かを理解した。すっかり遅くなり、そのためたそがれの中を帰宅せざるをえなかった、あの黄色い糸のことだった。そしてこのドレス——他の衣服より暖かそうなので選んだのか……あるいはきれいに見えるからか？

この地点の向こうは数マイルにわたる荒れ地で、湿原や野原は雑草や厚い群葉で覆われている。浮浪者のたまり場で、テントや焚火の跡、固型燃料の空き缶が転がっている。

彼女は二番目のレールをまたぎ、砂利の線路道を歩いて行った。熱に苛まれ両手をじっとしていられなかった。

おぼろげながら気づいた——頭の片隅で——なぜ今夜外出したのか。

だれかを探していた。

その名前がゆくりなくも心に浮かんだ。「ロバート・オークス、ねえ、聞いて。孤独なのはあんただけではないのよ。でもわたしたちの孤独感を盗むことはできない。力ずくで奪うことはできないのよ。それがわからないの？　まだ学んでいないのね？」

彼を説得してやるわと彼女は思った。わたしと同行させ警察に引き渡す……

そうじゃないわ。

それでは今夜、外出した意味がない。彼が自首しようがしまいがかまわない。自分は理解していることを知らせたいだけだ。そうじゃないかしら？

他の理由などなかった。

どんな理由でも狂人を捜し出すことなどありえない。

絶対に自分に触れてもらいたいわけではない。

彼に抱かれてキスなど絶対にしてもらいたくない。いくら男にそうしてもらった経験がなくてもよ——絶対に自信をもっていえる。

彼が望んでいるのは自分じゃない。愛じゃない。彼はジュリア・ランドンが欲しいわけではない。

「でもそうでないとしたら!」言葉は喉の詰まった小さな叫びとして漏れた。「わたしを見て逃げ出したら! いや、見つけられなかったら。他にも探している人がいたら。いったいわたしは何を考えて——」

いまや空気は生命の音で膨れ上がっていた。蛙や鳥や蝗《いなご》がうごめいている。樹木や葦や葉叢をものすごい速力で走り抜ける風は、甲高い音を立ててため息を洩らす。

至るところにこの騒々しさ、だれも知らない暗闇があった。月はまったく隠れていた。陰のない周囲の野原は黒い液体の大きな水たまりのようで、地平線の向こうまで延々と拡がっている。

胸にこみ上げてきた恐怖にぎゅっと捕まえられた。

彼女は悲鳴を上げようとした。

身体が痺《しび》れて身動きもできず、青白い恐怖が喉と心臓をからからにした。

やがて遠くの方からくぐもった物音が聞こえた。砂利を歩く足音のようだった。

ジュリアは聞き耳を立て、闇に眼を凝らした。その物音はしだいに大きくなっていった。線路上にだれかがいた。しだいに近づいてくる。

彼女は待った。時間がゆっくりと流れた。息が肺の中で膨張する氷の玉となった。見えてくる。ほんの少し。

男だった。黒い人影。おそらく――その考えが彼女の恐怖を助長した――浮浪者かも。浮浪者の一人ではないように。

いや、若い男だった。ミック！　ミックが話しかけようとやってくる。「おい、やつを捕まえたよ！」やっと尋ねる。「いったいここで何をしているんだ、ジュリア？」そうではないか？

彼女はセーターを見る。肺の氷玉はすこし溶けはじめた。セーター。そして靴はほとんど白かった。

浮浪者ではない。ミックでもなかった。顔見知りではなかった。

彼女はひと息入れる。それからふと疑いもなく若い男の正体に気づいた。

男も自分を見たのがわかった。

恐怖は去った。彼女は線路の中央に出た。

「あんたを探していたのよ」彼女は静かにいった。「毎晩あんたのことを考えていたわ」彼女は男に歩み寄った。「恐れないで、ミスター・オークス。どうか怖がらないで。わたしも怖がらないわ」

若者は立ち止まった。凍りついて見える。逃げかけた獣のように。

数秒間は動かなかった。

それから両手をズボンにこすりつけながら、軽くためらいがちにジュリアの方に歩きはじめた。

彼が目の前まで近寄ってくると、ジュリアはくつろいだ笑顔を見せた。

雨粒が顔に落ちてきた気がする。たぶん悲鳴を上げなければ殺されはしないだろう。

それはありがたいわ。

マドンナの涙

Tears of the Madonna

アメリカン・スーツを着こんだ男は微笑むと口ひげから汗を拭った。「うだる暑さだな」彼はいった。「死にそうだ。日陰でさえこの暑さだ」冷たく結露したビール瓶からハンカチを剥がすと、それを額に当てた。「雄牛どももさぞぐったりするだろうな」

「そんなことはないだろう」レイモンはいった。見知らぬ男は彼から金を巻き上げようと懸命だった。「おれを信じてくれ、若いの。勝負にならないだろう。きみは屠畜を見るためにこんな遠くまで旅をしてきたのか？」

レイモンは眉をひそめた。どうしてこんな見知らぬ男と同じテーブルに着く羽目になってしまったのか？　向こうへ行ってくれ、そう言いたかった。おれの楽しみの邪魔をする気か。これまで長いこと待っていたんだ。いまおまえはそれをぶち壊している。とっとと去れ！

「知っている者の言葉を信じることだ。おれは闘牛に行ってきたんだが、こんな暑さの毎日にうんざりして戻ってきた。雄牛どもも最初の槍を食らうまでいらいらしながら我慢しているんだ。そのあとは屠畜人の仕事だ」男はハンカチで褐色の顔の汗をすっかり拭った。

「せっかくのチャンスなんだ」レイモンはいった。

「チャンス？　そんなものはありゃしない。なあ、きみはこれがはじめてなのか？」

レイモンは悲しげにうなずいた。

「それでは頼みがある。折り入ってな。金はとっておくか、捨てるかで、こんなことに金をむだにしてはいけない。よい闘牛なら決して忘れることはないだろう。それはきみと生き、誇りで心を満たしてくれる。どんな本で見るよりもきみにすばらしいものを見せてくれる。そこには生きた動物がいるんだ。それに生きた男がな――」

そう、そうだ。レイモンは思った。ほんとうだ！

「――しかしおれが話しているのはよい闘牛のことだ。悪い闘牛――きみが今日見るような――は別だ。それは世の中でもっとも悲しいものだ！　魂がそこにないし、魂がなければこの美しさは減殺される。勇気も逃げてしまう。シンボルもなくなる。訓練された男に愚かな野獣がいきなり殺されるのを見せる、安っぽいショーに立ち会わされるだけだ。きみは恥じ入り、もう二度と闘牛を見る気にならないだろう」

「わかった。明日にする」レイモンはいった。

「明日？　だめだ。二週間は同じだ」

レイモンは男には答えずビールの残りを飲んだ。嘘をついていると彼は思った。おれは知っている。たとえあんたが正しくてもそれがどうした？　その闘牛がよくなくても、それが何だ？　たしかに今日は暑い。最強の雄牛でさえ汗を流すほど充分暑いものだった……「この娘の名前は何というんだ？」レイモンはいった。

男はため息をついた。彼は前かがみになると女のような指を広げた。「きみは利口だ。田舎からきた若い馬鹿者はろくでもない闘牛を見せられる。しかしカストロのレイモンはそうじゃない！　全メキシコ憧れの女性の好意を受けるほどの幸運などめったにはない」

「彼女の名前は何というんだ？」レイモンはまだ自分の金をつかんでいた。「どんなスタイルをしているんだ？」

男はにやりと笑った。「きみがいままで見たこともない容姿だ。彼女はこの世のものではない」

「もしそうなら、彼女にはおれの金は無駄だろう」レイモンはいった。

男は大声で笑った。「もう一杯」彼はそういってウエイターに金を払った。「彼女の特徴を聞かせろというのか、運のいいレイモン？　夢さえ超える完璧さを、貧しい不自然な言葉で述べろというのか？　彼女の優美さを説明すると――何かな？　白鳥？　白薔薇の花弁？　駒鳥の胸？　ああそうだ！　その髪は鮮やかな暗さの夜空よりも、ダイアモンドの光でさらに黒々と輝き、唇は闇が晴れ渡った空よりもなお赤い――」

「写真を見せてくれ、その娘の」レイモンはいった。

男はアメリカン・スーツのポケットから、光沢仕上げのスナップショットをひっぱり出した。

彼はしばらく写真を手のひらに乗せていた。

「どんな違いがあるのか、なあ、お若いの」彼は歌うようにいった。「愛と闘牛とのあいだには、どちらも満足がいき、魂が宿っているときにな？　どちらにも同じように勇気が含まれているんだ、レイモン。こう考えてみよう。今日きみは目的の闘牛場に入るだろう。しかしただ眺めているだけではあるまい。きみはきっとすばらしい闘牛士になれるはずだ。たとえ見場の悪い所からでも、じっさいに見ていられるだけましではないか?」男はウィンクした。

レイモンはまたビールを空けた。「しかしどうやって知る」彼は尋ねた。「その雄牛もまた疲れているとか、汗をかいているとか?　そこが暑いからとか、魂がこもっていないからなどといって、闘牛が嫌になり帰ってくるかどうかなんて、知る由もないだろう?」

「決して魂を失わない牛もいる」男はいった。「すばらしい牛たちだ。多くはないし金がかかる」

「いくらだ?」レイモンは尋ねた。

「うーん!」男はうなった。

「まずその写真を見よう」

男はそれをレイモンの前に注意深く置いた。「彼女の名はドロレスだ。お望みなら今夜彼女に会える」

「いくらかかる?」レイモンは尋ねた。

「豚を突き刺すのを見物するのに、見場の悪い席に払う料金と変わらない」

レイモンは写真を見た。彼よりもいくつか年上の女性だった。長い黒髪は肩に触れており、レイモンが見たこともない真っ白な肩だった。その眼は閉じている。口には大きく口紅が塗られ、胸はブラウスの柔らかな生地をひっぱっていた。彼女は美しかった。

「大事なのは」男はいった。「きみが特別の闘牛場のよしあしを見分け、よく考えて入ることだ。特にそれがはじめてのときはな」

「はじめてじゃない！」レイモンは嘘をついた。彼は口ひげ、頬ひげ、もみくしゃのピンストライプ・スーツに自信を感じていたのに、男が彼を十七歳と見て笑ったためだった。男は肩をすくめ笑っていた。

「それでもこれを最初と考えるんだ。ドロレスはきみに教えてくれる。それが彼女の価値のひとつだ。彼女はきみがいままで考えていた以上の男だったことを教えてくる。きみは自分にプライドをもって戻ってくるだろう。おれを信じてくれ」

「大きな鼻をしているな」

「それは写真のきずだ。彼女の鼻は完璧だ」

レイモンは写真を調べた。うん、これは夢に見たこともなかった……ない。〈レイモン、他人には嘘をついても、自分にはできない〉彼はそれを夢見ていたのだ。そう、どうしてこの男を座らせて、その話を注意深く聞かなかったのか？

彼女、ドロレスは非常に美しかった。雄牛より美しい。この世のどの女性よりもきれいだった。

「わかった」レイモンはうんざりしたようにいった。「どこで？　何時に？」

「前金が欲しい」男はいった。いきなりその声から美辞麗句が消えた。

レイモンは金を数えはじめた。男は笑い、手を伸ばすと半分を取った。「残りは今夜だ」彼はそういうとレイモンに指示した。「十一時だ。時間通りに」

「どうしてそんな遅くに？」

「ドロレスは他の場所で働いている。きみの思惑とは違う」男は身を起こし立ち去ろうとした。「きみがすばらしい青年だからそうするんだ、カストロのレイモン」

レイモンはテキーラを注文した。はじめてだった。しかしそれで気持ち悪くなったので、ウイスキーに代えた。

〈――レイモン、楽しんできたかい？

――うん、母さん。

――町は大きかった？　独りで怖かったかい？　恐ろしかった？

――町は大きかったよ、母さん。

――それで闘牛に行ったのかい、レイモン？

――うん、母さん。闘牛には行ったよ〉

レイモンは金を数え直し笑った。痛みは去ったが、変えようと思っても、心は変えられなかったし、牛が走るのを見るどころではなかった。

彼はその写真を見て怖くなりはじめた。

暗くなり太陽が静かな町を焦がすのをやめても、彼は恐れなかった。心配すらしなかった。床屋にも行ったし、よく風呂にも入ったし、腋の下に香水もつけていたせいだ。今夜は見栄えもするし、大人びて見えるんじゃないか？　あの小汚い嘘つきのマニュエルや、ジェサスよりも格好よく見えるだろう！

〈――幼いレイモン、おまえは雄牛の世話をしろ、おれたちを煩わすな。妹以外の女の裸を経験したら、またおいで。そうしたら話に乗ろう〉

彼は店のウィンドウには長身に映っている自分の姿を見た。これが有り金を工面して頼みこみ、町へ出かけて闘牛を見るのを許された、カストロ氏の最愛の息子、自分なのか？

彼はくすくす笑いながら時計を見た。まだ九時半だった。

美しい女たちを大きく描いた絵のあるバーに入り腰かけた。

「ウィスキー」

熱いおくびを出すと、くしゃくしゃで汗まみれになった写真を取り出した。蜘蛛の巣のような白い割れ目がメキシコの花の顔に走っていた。顔は月のように穏やかで明るかった。人を教えるほど成熟しており、理解させるやさしさも……

レイモンは背中に重いものがぶつかるのを感じた。「おい、坊や！」その声はいった。「もう酒が飲めるほどの歳になったのか！」

老人が寄りかかってきて、また背中を叩いた。

「わしがそれほど心配することはないな、おい！　もう立派な歳だ。なあ、彼女は可愛くないか！」

老人は唇をむき出しにして黄色い歯を見せた。バーの明かりで緑がかって見えた。その眼は棒切れで汚い粘土に描いた深い穴みたいだった。

「大口を開けてわしを見るな、坊や。わしらは兄弟だ」

「レディを知っているのか？」レイモンは自分に話しかけたアメリカン・スーツの男のことを考えた。

「知っているかだと？　ドロレスだろう？」老人はウィスキーにむせぶまで笑い続けた。「わしは……彼女と……話したことがあるかって、ああ、カルメンか？　ドロレスと話したことがあるかだと？」

カルメンと呼ばれた男は悲しげにうなずいた。

「今夜、彼女に会うんだ」レイモンは誇りで胸をふくらませていった。

「嘘だ！　あんたが？　わしの国の女と？　なんて幸せなやつだ。もう一杯やろう——わしはガルシアだ。わしのことを母親によろしくな？」

「ああ」レイモンは答えると、スツールにまっすぐ座りウィスキーを飲んだ。それからもう一杯追加注文し、やがてまっすぐ座っていられなくなりいらいらした。彼は立ち去ろうとした。

「待て」ガルシアは呼びかけた。「いつ彼女に会うんだ？」

「今夜十一時」

「そのときは彼女の演技を見守ることだ。彼女は最後に舞台にあがるから、まだ時間はある」

レイモンは足を止めた。

「何、何だって？　ドン・アルヴァラドは彼女の演技について話さなかったのか？」

「いや、聞いていない。あんたは何を話しているんだ？」

男たちの幾人かがふり向いた。バーテンダーは苦笑した。

ガルシアは歩いて行き、レイモンの肩に手を置いた。そして口臭のする低い声でささやいた。

「あんたはこれを見るのがはじめてだな。あとから知るよりましだということだ。舞台も見たし、彼女も抱いたわしがそういっているんだ。女たちが踊って、服を脱ぐショーを見たろう。ええ、坊や?」

レイモンは急いでうなずいた。

「ドロレスは由緒正しい雌馬だが、ロバ扱いされている。さらに悪いことは彼女のそばの連中はどれも豚だ。どうだい、みんな? わしは嘘をついているか?」

「そんなことはない」男たちは低くうなると忍び笑いした。

「こんな光景が見られるところは他にどこもないぞ、坊や。ドロレスのそぶりを見ればあとでわかる。そう、あとでな……」

「場所はどこだい?」レイモンは尋ねた。「彼女はどこに?」

「会えるのはその角だ——一ブロック先の右側。そこは劇場だ、わかるか? あまり高くない。外側に絵看板はないし、建物も小さくほとんどこの場所くらいの狭さだ。でもな、そこは劇場だ。明かりが見える」

老人は話を続け、レイモンは頭をゆすった。

「気をつけろよ、兄弟、さもないと床の上で血が煮えくりかえるぞ!」

レイモンは急いで冷静を保つと、深呼吸し早足で歩き去った。

笑い声も耳に入らなかった。

その劇場はガルシアの言葉通り小さなものだった。太陽の熱で膨れた板張りの建物は、かつてはけばけばしい色で塗られていた。看板だけはまじめに書かれている。「寓話の劇場」。

レイモンは料金を支払った。そして看板について考えながら館内に入って行った。「寓話」か、聞き馴れない言葉だ。田舎では見かけない——さもなければ、その言葉を見つけて意味を知っただろう。

観客の大部分は年寄りかごく若かった。レイモンの年齢の者は少ない。かなりの混雑ぶりで、息と汗の臭いが重く立ちこめている。胃を悪くするのに充分だった。

腰を下ろしたが、まだ舞台にはライトが点いていなかった。隣席の女性は肥っていた。子供っぽい大きく臆病な白眼で舞台を見つめながら、そっと独りごとをつぶやいている様子は、血が上ったときの自分のママみたいだった。

彼はスナップ写真をしまった。今夜のことだけを考えよう。今夜、時間通りに遅れることなく、ちょうどに！

レイモンはウィスキーを味わっていると、いきなりいままで忘れていたことが思い出されてこわくなった。膝はがくがくし、心臓は動悸が早くなった。この町は大きすぎ、彼は若すぎて、この女性は——

舞台は狭く、背景のどこかからスポットライトで照らし出されていた。何度も縫い合わされた粗い黄麻布のカーテンが下がっていたが、どの座席からも大きな縫い目がいくつも見える。

カーテンはまだ降りたままだった。そしていま老若男女の観客から拍手を受けている。

レイモンは落ち着いた。彼は背が高かったので、隣の太った女性みたいに身を乗り出す必要はない。

まもなくカーテンがゆっくりと持ち上がり、レイモンは裸の女を空想して身震いした。彼はガルシアに嘘をついていた。眼にするのも恥ずかしい骨と皮ばかりの老婆しか見たことがなかった。美女が服を脱ぐところなどはじめてだった。その類いのことにはまったく縁がなかった。舞台にはまだひとけがなかった。床はきれいに土ならしされていたが何もなく、観客は緊張し待機しているだけだった。

やがて人影が床に歩み出た。レイマンには見たこともない、重そうな白いローブを着ていた。その折り目には埃がついている。顔は隠していた。

背後のマイクロフォンから出る声は甲高く耳ざわりだった。「紳士淑女のみなさん、第十二番です。彼女は自分の子供たちを眺めて悲しんでいます！」

人影は舞台の中央に歩み出ると、身を翻して背後の黒いカーテンに向かい、それからまたふり向いた。

レイモンは眼をしばたたいた。

人影は顔を覆っていた頭巾を脱いだ。

レイモンは立ち上がろうとした。

いままで見たこともない美しい顔だった。しかしそれで椅子から浮き腰になったのではなかった。まるで雪のように白いその顔はベッドルームに掲げてあるマドンナの絵にそっくりだった。

ゆっくりと彼女は顔を上げ、閉じていた眼が開いた。その眼はスポットライトの光を見ていた。白熱したスポットライトは場内のタバコの煙と埃と悪臭で充ち、ぎらぎらした光はそちらを見なくともレイモンの眼を刺す。ローブ姿の女は胸に手を組み、直接ライトを見つめていた。レイモンは吐き気を催した。ガルシアの黄色い顔が目の前に浮かぶ。そのときまたうしろから手が伸び、彼はまた椅子に座らされた。舞台に眼をやると動きがあった。

メキシコ軍の制服を着て包帯を巻いた男が登場していた。額と胸の白い包帯は血で赤く染まっている。男は両足がないのか、あるいは失っているように見えた。

「あら、まあ、本物みたい！」肥えた女性はささやいた。

男は黄褐色の土塊のついた手押し車に乗り、手押し車はゆっくりと押され――ゆっくりと――押している男は包帯はないが、松葉杖をつき盲目だった。

「戦争を表しているんだ」だれかがいった。

「いや、ただの病気だ」別の声がした。

二人は夢の人間のように、極めてゆっくり舞台を横切っていった。鉄車の響きだけが流れていた。

「馬鹿者。戦争は悪だ！」

二人はローブ姿のマドンナの方に進んだ。そのときレイモンは見るのを恐れていた顔を眼にした。青白い頬からゆっくりと流れ落ちる輝く涙が、ローブの服に浸みこむのが見えた。人間の眼にこれほどの痛み、哀れみ、思いやりを見たことがなかった――

レイモンは身をこわばらせた。頭をふり心臓の止まるのを感じた。

スナップショットの娘だ！　白いマドンナ、子供たちの心の諸悪にさめざめと泣く苦痛の母――ドロレス。

〈彼女はほかのところで働いている……おまえが考えているような女ではない……おまえはよい子だ、カストロのレイモン、だからおまえにドロレスを紹介してやるんだ……〉

カーテンはまだ降りてなかった。レイモンは下唇をかみしめふり返ると、老若男女をわきに押しのけた。

「見ろ、彼女は悲しんでいるんだ！」

彼は夜気の中に走り出て立ち止まり、気分の悪さをふり払い通りに入った。

「おい、レイモン！　もっと飲めよ。そうすれば気分がよくなるぞ」

アメリカン・スーツを着た男はタバコに火をつけ煙を吐き出した。彼はレイモンを見て、それから劇場の方向に眼をやった。人々が退場してきていた。男は笑顔を見せた。

「彼女を見たろう？」彼は笑った。「そうか、それではおれは嘘をついたことになるな？　彼女はこの世の者だろうか？　メキシコの花と呼ばれると思うか？」

レイモンはビルディングに寄りかかり、喉元からおくびの出るのを待った。

「世界広しといえども、聖母マリアにそっくりの顔の女性は見つけることはできない。ドロレス以外にな。それはおれの仕事だった。おれが彼女をオーナーに紹介した。彼は顔立ちを見た。容貌だけをな。そして『やっと見つかった!』と。どこで彼女を見つけたか話さなかった」男は独りごとをいっているように見えた。「皮肉か？　おそらくな。しかしミケランジェロの『幼時のキリスト』のモデルになった者が、ある日戻ってきて、彼の『ユダ・イスカリオテ』像のモデルになったのではなかったか？　その方がはるかに皮肉だ」

男は財布を取り出すと、それを彼の手に置いた。

「観衆の中にきみを見たんだ、レイモン」彼はいった。「そこに座っているのを見かけたんだ。おれは彼女を見るために毎晩通っているんだぞ？　やがてあの寓話が終われば、劇場は閉鎖される——と聞いている。それで毎晩こうしてくるんだ!」男は幸せそうには見えなかった。彼は財布を叩き背伸びした。「さて、それはもう終わる。残念ながら劇場は彼女の美しさを保てる充分な金が支払えない。劇場というのは金がもうかるわけじゃない……何を話せば信じてくれるか？　おれが会う前、彼女は自分の恵みを富める者にも貧しき者にも与えて、金を請求しなかった!　彼女には教会でさえ金銭の負担を求めるんじゃないかと話したんだ!　ところできみは金はもっているか？」

レイモンはこぶしを突き出し、その中身を男の手中に落とした。

「彼女はとてもよくしてくれるだろうよ、坊や。しかし気をつけろよ。彼女は人の心から苦悩を取り除くが、別の苦悩を残していくんだ。それは最悪なものだ。わかるかね？」

カスタネットを鳴らす音が暗闇から聞こえた。褐色の大男は財布をしまうときびすを返した。

レイモンは背を向けた。

一人の女性が微笑みながらかれらの方にやってきた。彼女は薄い生地の白いブラウスを着て、豊満な胸は服に押しつけられていた。黒髪は青白い肩に映えていた。ストッキングを履き、高い黒のハイヒールは歩道にカチカチ高い音を立てた。顔は白粉で塗り固められていた。赤い頬と紫の唇の対比は暗闇の中でも輝いていた。

アメリカン・スーツの男はその女性に眉をひそめた。女性の笑みはまっすぐレイモンに向けられていた。彼は女性の唇の動きに、ブレスレットの音に、安物の麝香《じゃこう》の香りに眉をひそめた。しかし怒りもせず、しかめ面はうまく隠され、読み取られにくかった。

「ドロレス、愛しい人」男はいった。「きみをレイモンに会わせたかった。彼ははるばるとかなり遠くからやってきたんだ――はじめてだ。プライドを完全に満足させてやれば、おそらくまた戻ってくるだろう」

女性はウィンクし頭を動かした。

レイモンは近寄って彼女の眼を見た。

「かれらは彼女にスポットライトを見つめさせる」男はいった。「さもなければ彼女は泣き叫ぶこともできない。眼の赤さなど消えてしまうだろう」

女性の眼はふくらんで腫れぼったく、涙は青く重い瞼の下でまだ輝いていた。

レイモンはその男と女からおずおず退いた。吐き気で胃がむかつき息を殺した。

「どこに行くんだ、坊や？」

レイモンは縁石でよろめいたが、身体を立て直すと急ぎ足で暗い通りを歩いて行った。やがて駆け足になった。

背後でさらさら音を立てる柔らかな白いローブから、涙と明かりから、汗で死にかけている巨大な熱い雄牛たちの哄笑《こうしょう》から、彼は逃れた。

彼は長いあいだ駆け続けていた。

地獄のブイヤベース

The Infernal Bouillabaisse

「自分たちの胃袋のことを考えてみたい」ミスター・フレンチャボーイは結論としていった。「小さいが選り抜きのミュージアムとして、それに少なくとも日に一度は新しい宝を加えるべきである。われわれはみなミュージアムの館長であり、紳士である。できうるかぎり最良の味覚の中で、美食趣味を維持することに注意を払うのは当然だと信じている。安い偽物食品など断固拒絶する！　出所の疑わしい一山いくらの人工食品もだ！　その代わりにもっともすばらしい料理中の料理だけを諸君と分かち合うことだ」彼はエドマンド・ペスキンの方に鋭い一瞥を投げ、遠近両用メガネを調節した。「ご試食いただく料理自体は胃袋のミュージアムに長いこと残らないかもしれない。しかしその料理の記憶は長いあいだ楽しみとして残るだろう。ご清聴を感謝する」

ミスター・フレンチャボーイは気乗りのしない手袋での拍手にうなずくと、ディナー・テーブルに向かった。いったん彼が席に着くと、百余りのナプキンが大儀そうに、百人余りの膝に移された。ビロードのジャケットを着た無表情な七名の男たちが、大皿を手に手にホールに入ってきた。

料理は問題であろうがなかろうが逸品だった。ミスター・フレンチャボーイは五週間かけて準備をはじめ、材料の選択に神経けいれんが起こるほど気を使った。どうしてか？　彼はいえなかった。いつもの癖で、おそらくグルメ・クラブをこれ以上あてにならないと認めるのを頭から拒否した。まず考えたのはクレオール風の蜂巣胃《ハニーカム・トライプ》だった。その料理の専門論文《モノグラフ》を書いたのがペスキン——なんぞくそくらえ！——だったのを除けばグッド・アイデアだったといえる。それにとろ火焼き鳩のクルトン添えが続く、しかしこれはむしろ単調な選択だった。最近はキノコ和えの方がよいのではないか？ すぐに思いついたが却下した料理に、若い雄豚のロースト背肉、ママ風味の蒸し鶏の手羽先、ナポリ風の子牛の膵臓、ヴィンテージ・ワイン漬け雄鶏、生焼けの鶏、フレンチャボーイ風エスカルゴ。どれも値打ちがない。時期が迫るにつれ、彼は絶望的になった——ほとんど昔のペスキン時代以前の料理じゃないか！——半ばもうろうとして家の中をさまよい、大声でぶつぶつレシピを並べていた。生まれたてのアルマジロのソティ、蜥蜴の砂嚢のベアルネーズ・ソース味、雄牛の睾丸ミンチのパイ、ムスタファ風子牛の脳髄、子豚の鰻和え——しかし楽しませるものを思いつくたびに、ペスキンのブイヤベースを思い出してしまい、それから焼いていたロブスターの色を変えてみたりする。

いろいろ努力してみたが、うまくいかずうんざりした——食べることを軽視した料理を準備するために——彼は南米の友人に電報を打って、若くて生きのよいラマ二頭を急送してくれるように依頼した。ラマは到着すると、ミスター・フレンチャボーイの手で注意深く解体され、冷凍された。グルメ・クラブの半年ごとの会合のある日、会長だったミスター・フレンチャボーイは、メキシコ製の堅い編み枝細工のポットにラマ肉を入れ、五時間かけてとろ火でとろとろと煮ていた。

ラマ肉のフリカッセ、シャンベリのトリュフ、マラガのガスパチョ。シェフはたしかに骨の折れるものだ！　ミスター・フレンチャボーイは味をかきまぜ、鋭くあるいはまろやかにし、すばらしい画家のように食彩を混合させた。その結果は明暗が混じり合って交錯し、後期のゴヤのような圧倒感、ゴーギャンみたいなエキゾティシズム、ティントレットもどきのつつましさを醸し出した。しかしミスター・フレチャボーイ入魂の料理ではなく、すべて習慣的に調理したものだった。思い入れなど彼にも、料理の中にもなかった。

シャンパン・シャーベットの最後の一匙《ひとさじ》を、スプーンで慎重に掬い取ったまさにそのとき、彼は知ったのである。その認識はエンチラーダや瓶入り炭酸飲料を、終生の常食に命令されたよりも、さらに悲しいものだった。

「絶品だ、フレンチャボーイ」食事が終わったとき会員たちは絶賛した。「フレンチャボーイ、実にすばらしい、いつになく冴えていたな」しかしかれらの考えていることが、彼には読み取れた。

かれらが考えていることはこうだ。すべて非常にすばらしい、ご老人、だがペスキンのブイヤベースを味わったあとには、それ以上心を打つ料理などあるだろうか？　やきもきさせないでくれ。われわれの最上の料理のすべてを、彼は二流品に下げてしまったのだ。結局もっと人は進んでいかなければならない、その必要はないのか？

いや、そうじゃない。ミスター・フレンチャボーイはふと思い立った。そんな必要はない。なぜなら不可能だからだ。あのいまいましい料理が最初に食卓に出されてから二年間、わたしは彼を目標にしてきた。あの男のよきスポーツマンシップに訴え続けた。長いあいだ多くの言葉を連ねてレシピを問うてきた。そのとき彼はなんと誇らしげに歩いていたことか！　哀れな孔雀みたいに、にやにや笑い小踊りしながら、われわれみんなにブイヤベースを喰わせてやるんだということをはっきりと思い知らせた。そのときもし……くそいまいましい！　ミスター・フレンチャボーイはテーブルの端にいる大男を睨みつけ、静かに苛立っていた。ペスキンだ。アフリカだかどこかに行く前は、まったくのアマチュアの身分で、その上目立った才能もなかった。それがまるで魔法のように、たった一皿の料理でクラブのうるさ方を直撃し、全員をすっかり虜にして、魅了し、じらした挙句、意気ごみをぶち壊し……

もちろんミスター・フレンチャボーイは、ペスキンは人間の肉で、ある種のペテンに頼ったと即座にピンときた。それは——かなりの賭けで、ほとんど現実味はなかったが——死んだお抱え運転手のヒレ肉を使ったのではないか。しかし明白に答えにはならなかった。違う。秘密は使われた材料の中にまったく見つからなかった。しかしながら材料のいくつかは極めて珍しいものだったといってもよい。コンドルの胸肉、アルザス鼠の尻尾などを、彼は探り出した。それらは混ぜものの中に入っていた。あらゆる試行錯誤の作業を通じて見つけたのは、同じ味を作り出すのは不可能な仕事だということだった。ミスター・フレンチャボーイは知った。彼はすでに試みていた。シンプルなもので充分いける！　ペスキンはおそらく偶然に完璧な素材の組み合わせを見つけ、それを漠然とみんなの頭に植えつけようというつもりなのだ。それには会員は二流の味見人であり続けてほしいのが本音なのだ。ペスキン風ブイヤベース（それを考えるだけでよだれが出る）に対抗するものは何もなかった……「すばらしい味だ」最後の声は偽善的だった。「さすがのわしも帽子を脱ぐよ」

メンバーはぞろぞろとドアを出たが、あの赤ら顔の人物以外は、だれもがひどく憂鬱そうな行列だった。まもなくミスター・フレンチャボーイは、空っぽの倉庫に置かれた一本のダイナマイトみたいに、独りだけ取り残された。

彼は座って両腕で頭を抱えていた。

意気喪失していると彼は考えた。われわれが意気喪失しているのは、鼻もちならないペスキンの馬鹿のおかげだ。そうだ――クラブの特質である情熱や栄光や活気を取り戻すべく、何とかすべきだ！

彼は顔を上げた。「何を？」内心の小声が尋ねた。

ミスター・フレンチャボーイは無言で答えた。「何かだ」

「それで」内心の声が尋ねた。「何を待っているのか？」

ミスター・フレンチャボーイはため息をついた。「彼はあまりに有名だ。わしは捕まり、吊るされてしまう」

「いや、必ずしもそうではない」内心の声はいった。

ミスター・フレンチャボーイはその声に耳を貸した。それから帰宅すると、財布と三二口径の小さなレヴォルヴァを取り出し、エドマンド・ペスキン宅に車を走らせた。

彼はドアをノックした。

「はい？」

「ペスキン」ミスター・フレンチャボーイはそういうと中に踏みこんだ。「ざっくばらんにいおう。クラブはきみに満足していない」

「ええっ？」

「クラブは」ミスター・フレンチャボーイはさらに語気を強めた。「実をいえばまったくきみに不満なんだ」

「きみはいったい何の話をしているんだ」

「簡単にいえば、この二十年間、会員はすべてのレシピを公開すべきだという暗黙の了解があった。しかしきみはブイヤベースの秘密を公開しないと主張している。なぜだ？」

「それはだ」エドマンド・ペスキンはいった。「自分の問題だと考えるからだ。きみたちは自分のポットや鍋に気を配るべきだ。わしはわしのものに気を配る」

ミスター・フレンチャボーイは顔を紅潮させた。「きみは秘密の公開を拒否するのか？」

「その通りだ」

「結構。その場合はこれしか選択の余地がない」ミスター・フレンチャボーイは胸のポケットから大きな財布を抜き出した。「きみの言い値は？」

大男は財布に目をやると、自分の威厳を精一杯見せた。「きみの無神経な申し出にはまったく興味がない。ペスキン風ブイヤベースのレシピはただの一通しか存在しないし、それはわしの壁金庫にしまわれて――そのままになっている。きみは自分とわしの時間をむだにしている。

おやすみ」

ペスキンは身をひるがえすと書斎に向かった。

しかしそこには行き着かなかった。

レヴォルヴァの発射音で、ミスター・フレンチャボーイはしばらくはまったく耳が聞こえなかった。彼は震えていた。やがて耳がじんじんしてくると、絨毯の上の動かない身体に歩み寄り、引き金をもう二回ひいた。

金庫は意外にもろいことがわかった。比較的に少量の火薬で扉が吹きとんだ。

金庫の中にあったのは、折り畳まれ青いリボンで結ばれた一枚の紙片だった。ミスター・フレンチャボーイがその内容をかろうじて頭に入れ、レシピを焼き捨てたときにドアがノックされた。

「どうぞ、紳士諸君」彼は声をかけた。

彼はその場で捕らえられ、殺人容疑で刑務所送りになった。しかし犯罪の残酷性にもかかわらず、ミスター・フレンチャボーイは模範囚であり、看守には礼儀正しく自分の暗い境遇に不平をいわなかった。彼が断食したのは事実だが、それを騒ぎ立てるようなことはなかった。

ゆっくりと月日がすぎていった。裁判は有無をいわさぬ方法で進められ、ミスター・フレンチャボーイは告訴通り有罪とされ、絞首刑が宣告された。しかし彼は刑務所の歴史でも、匹敵する者のない鈍感力と上機嫌さで持ちこたえた。「まったく冷静そのもので、ロープを首にかけられても、まだ冗談をとばしているだろうな。不気味なやつだ」と噂された。

不気味にしろ、そうでないにしろ、この小男の沈着冷静さをゆるがすものは何もないように思えた。騒々しく口笛を吹き鳴らし、驚くべき冊数の料理本を読破し、屠畜前の羊みたいによく眠った。

訪ねてくるグルメ・クラブのメンバーに、彼はこういうだけだった。「よく食べることだよ、きみたち。脅威などどこかに行ってしまうさ！　心配するな。わしを絞首刑になどしないさ」

そして二カ月がすぎた。そのあいだミスター・フレンチャボーイは新しいパンを食べ、きれいな水を飲むだけだった。

三カ月目の第三火曜日の夜、陰気な一群の男たちが独房にやってきた。「フレンチャボーイ、そろそろ時がきた。明日だ」

「そうか」ミスター・フレンチャボーイは眼を輝かせていった。

「覚悟はできたか？」

「それはいささか的外れの質問ではないか？」

看守たちはたがいに顔を見合わせた。そのうちの一人が進み出た。「何か言い残すことはないか？」彼は尋ねた。

「何もない」ミスター・フレンチャボーイは答えた。「それできみたちはどうかね？」

看守は首をふった。「食欲があるのかどうか疑わしいが」彼は単調な声でいった。「あんたには当然今晩の食事のメニューを選ぶ権利がある」

ミスター・フレンチャボーイは身を乗り出した。「ほんとうか？」彼の声が突然明るくなった。「それはまちがいないだろうな？　食べたいものは、たとえ何でもか？」

「そうだ。その通りだ」看守は議論するのもうんざりするかのようにいった。「何でもござれだ」

「そうか、それでは！」ミスター・フレンチャボーイは脚を組み肘を立て反り返った。「最期の晩餐のために、ペスキン風ブイヤベースを注文したい」

一瞬の沈黙があった。

「それはなんだ？」

「ブイヤベースだ」ミスター・フレンチャボーイはくり返した。「ペスキン風のな」

「よかろう」看守はそういうと退出した。

まもなく看守が戻ってきた。

「監房のシェフによれば、そのような料理はないとのことだ」彼は報告した。

「そのシェフはまちがっている」ミスター・フレンチャボーイは断言した。「確認のためにグルメ・クラブのメンバーに電話してくれ。かれら全員が少なくとも一度はペスキン風ブイヤベースを味わっている」

「もしそうなら」看守はいった。「そのレシピを渡してくれ。それをシェフに回すから」

「できることならなあ！」ミスター・フレンチャボーイはため息をついた。「しかしそれは問題外だ。料理に使われる材料や量がまるでわからない」

看守は絶句し、口をぱくぱくしていたが、やがて立ち去った。

一時間後、彼は騙されたような表情で戻ってきた。

「ミスター・フレンチャボーイ」彼はいった。「ペスキン風ブイヤベースを提供することは不可能だ。まずレシピが存在しない」

「残念だな」ミスター・フレンチャボーイは深い悔恨でいった。「楽しみに待っていたのに。しかしながら朗報もある」

「えっ？」

「刑はもう執行できないということだ」

看守は眼をしばたたいた。「どうして？」

「そうさな」ミスター・フレンチャボーイはやせた両手をこすり合わせながらいった。「わしの法の理解では——そしてきみも確認しているが——囚人は処刑前に希望する食事を与えられる権利がある。わしが要請した食事は叶えられなかった。それゆえに」彼は笑った。「わしを処刑することはできない」

看守はしばし軽い恐慌にかられた。やがていった。「たしかめてみよう」

「いいとも」ミスター・フレンチャボーイはいった。「わしが正しいことに気づくはずだ」

去り行く靴音を聞きながら、彼はくすくす笑った。

残念なことには、ミスター・フレンチャボーイが正しいことに、看守は気づかなかった。ハンバーガーと麦芽乳を最期の食事に出し、とにかく彼を処刑することに決定した。

しかし翌朝、日の出直前に彼を連れに、看守が独房にやってきたとき、あの判決がまったく無効になったことを発見した。ミスター・フレンチャボーイはもはや処刑できる状況にはなかった。

彼は昨夜のうちにこの世を去っていた。急性の消化不良によるものだった。

ブラック・カントリー

Black Country

たしかにスプーフ・コリンズは文字通り頭脳を吹き飛ばした——頭の大事なところはそっくりもっていかれた。だが、それは銃によるものというよりは、むしろトランペットのせいだった。毎晩八時から午前一時ごろまで、ゆっくりと気楽に吹いていた。彼の死に方はそういうものだった。トランペットを使って音質の高みに登り、ハイになった。何のためだ？　「おい、スプーフ——いいか、それをつかんだら、もう降りてこい！」しかし彼は降りてこられず、その方法を知らなかった。高く高くひたすら登り続け、忘我の境地に入り、すとんと落ちた。あるいはジャンプした。とにかく、それは彼らしい終わり方だった。

弾丸が殺したわけではなかった。おれは彼の口から上を根こそぎにしたものの話をしている。すでに死んでいたものを殺したにすぎない。スプーフは特別な音を仕上げた。それがすべてだった。

町から四マイルほど離れたところに彼を埋葬した——故郷は彼が捨てたところだった。住宅地ですべてが木造建築だ。雨か？　ふと気づいた。聖書にあるような気候だ。空は一カ月も洗っていないベッドシーツのようで、風の音は踏まれた猫の泣き声みたい、寒く暗い服喪の五十日と五十夜だった！　しかしそのときはとても静かだった。まるでスプーフみたいだ。表向きはかなりもの静かでも、その裏には考えたくもない、多くの隠れ潜むものがあった。

彼を埋葬して見守り、一緒にその不運も地中に埋めた。使い古してへこみ、傷だらけのトランペットは――両手に握らせたがしっくりしなかった。それはつまりもつ位置のことで、もしも彼が吹こうとしたら、もちろん吹けるようにだ。彼の音楽、それもまた埋葬した。それを省くことはスプーフの腕や心臓、あるいは内臓を省くようなものだった。

ルクスはギターでコードを調整しはじめた。特別な音もなく、フィーリングとサウンドだけだった。スプーフ・コリンズらしいサウンドだった。ジミー・フリッチはドラム・スティックでそれを拾い上げ、かれらはしばらく話した――ルクスはギターをピアノのように弾いた。それからジミーはおしゃべりをやめ、そこに佇んで待った。ソニー・ホームズは前に出ると口を拭い、輝く新しいトランペットでメロディを吹いた。スプーフそのものではないが、かなり似ていた。それはスプーフがかつてはよく書きとめ楽譜におこしたアレンジの「ザ・ジムジャム・マン」そのままだった。ソニーは甲高く一吹きすると、だれも目を上げなかった――おれたちはそれを知っていたし憶えていた。彼はいつもスプーフの音を盗んでいたが、そのことは決して口にしなかった。そしていま彼の演奏に耳を傾けよう。彼はスプーフの墓の上に立ち、そのすべてをオールド・マスター（スプーフ・コリンズ）にきちんとお返しした――「うるさい、白んぼのガキ、おまえは四角四面すぎるんだ！」「あんたから学びたいんだ、ミスター・コリンズ。ジャズを吹きたいんだ。教えてほしい」「おれは忙しい。生かじりのガキにつぶす時間はない」「頼むよ、ミスター・コリンズ」「やめろ、おれのことをミスター・コリンズなんて呼ぶな、わかったな？」「はい、はい、わかりましたよ」――彼は記憶にもなかったリアルな音色で吹いた。地中に埋葬した腐肉のために吹いたのではない、まったくそのつもりはなかった。偉大なるスプーフ・コリンズのために、ジャズを知りつくし、極限の演奏をした男、ジャズにスパッツを履かせ、ブルースに衣を着せた男のために、トランペットではできないことや、その他もろもろのことをトランペットでやり、四方の壁をぶちこわし、あるいはひと吹きで若鶏に鬨《とき》の声を上げさせた男のために――かつては川の泥の中に立って喜んでいた少年みたいに、音楽の中を歩きまわり、それを愛し、それを呼吸し、それに生きた男、偉大なスプーフのために吹いたのだ。

やがてソニーは演奏をやめた。ふたたび口を拭うと一歩下がった。おれがドラムを叩いているあいだに、ミスターTはトロンボーンを吹いた。

すぐさま、おれたちはロックでよくやった方法で『ザ・ジムジャム・マン』をロック風に演奏した。少しスローだったかもしれない。バッド・マーニェーのベースが必要で、ピアノで少しトリップした。かくしてそれははじまった。

「テイク・イット・フロム・ミー」「ナイト・イン・ザ・ブルース」「ビッグ・ギグ」「オンリー・アス・チキンズ」「フォーティ・ガールズ」を続けざまに演奏し――ソニーの心の中がトランペットを通して曲になって出たといえる――そして「スライス・シティ・ストンプ」――剃刀が閃くようにシャープでクリーンだった――「ホワット・ザ・キャッツ・ドラッグド・イン」――長い曲、短い曲、すべて偉大なるスプーフ・コリンズのナンバーだ。おれたちはそれらを終了し、彼と一緒にそこに埋めた。

そのとき空が暗くなった。
最後の人、偉大な人のためのときだった……ローズ＝アンは身体を震わせ、喉をふりしぼった。残りの連中ははじめてあたりを見まわした。墓標の列は雨の中に輝き、樹木や柩は暗く濡れていた。墓柵の外では二人の農民が佇んで眺めていた。ただ見守るだけだった。
ワン――ローズ＝アンはコートを開き、腰に手を当て、唇を濡らしている。
ツー――フレディはスティックから唾を拭い、眼をぎょろぎょろさせる。
スリー――ソニーはトランペットを口に当てている。
フォー――
そしておれたちはスプーフの曲、彼がずっと以前に書いた最後の曲を演奏した。それは音楽で頭がやられる前のもの、凡庸さを脱し、高みに登りはじめる前の歌、「ブラック・カントリー」だった。スプーフが心の想いをほんの少しばかりしか伝えられなかった歌だった。憶えているだろうが、スパイダー・スロー・コードはなだらかにダウンし、やさしく、ゆるやかに、それからボトムで沈黙すると、突然トランペットが叫び、一音節、憎悪と悲哀と孤独、望みと欲求に充ちた悲鳴を上げる。それから音は死にかけ、急ぎ、そしてローズ＝アンの歌、ささやき、うめき、ため息……

どこかにあるブラック・カントリー、神よ、
おれはそこに行きたくない。

どこかにあるブラック・カントリー
おれは決して行きたくない。
雨水が垂れ落ちる
ベッドにそして床に、
雨水が垂れ落ちる
大地からドアを抜けて……

おれたちはみなそこにはあるはずのないピアノの音を聞いた。指はマイナー・コードに、黒鍵に、ブラック・カントリーにと移っていく……

そう、あの懐かしいブラック・カントリーで
もし具合が悪くなったら、
オーバーコートをくれるが
それは材木を削って作ったものだ。
そこに入ってしまうと
かなり暗くて
友だちすら見えない――
ブラック・カントリーはもっともよいところだろうか、

しかし、神よ！　そこしかないのだ……

ささやかな苦笑いの言葉が積み重なり、いまや怒声や悲鳴になった。やがてトランペットから醜い破裂音、そしてローズ＝アンの声は悲鳴と泣き声に。

おれは絶対そこには行きたくない、神よ！
そこに留まるつもりなどない、
決して命を捧げる気はない
あのブラック・カントリーに！

そして静かに、静かに、ただ雨と、そして風が。
「行こう、友よ」フレディはいった。
そこでおれたちは踵をかえし、スプーフを地中に残して去った。
これが少なくともおれたちがやったと、おれが思ったことだった。

ソニーは黙って引き継いだ。何もいわなかった。ただ文句をいわなかっただけなのか？　彼は白人だが、白人みたいな吹き方をすることはなかった、そんな時代だった。彼は懸命に学んだ——これまでの吹き方を全部捨てて。ガットバケット（デキシーランド・ジャズ）やブルース、ストンプ

（初期のジャズ曲またはダンス）、スライド奏法、何でもやった。それは聞くだけでも滑稽だった。彼がまったくミュージシャンに見えなかったからだった。ちびでやせっぽちで、メガネをかけ、溶けた蠟燭のような鼻、ボールみたいなつるりとした頭、そして白人？　隣の老ハシュップに比べると、そのコーヒー色の日焼けは懐中電灯ぐらいのほてりだった。

「なあ、だれが皮を剝いだんだ？」

「だれに小麦粉樽に落とされたんだ？」

しかし彼はだれよりもスプーフに似てきた。そして演奏方法やその理屈を知った。いつでもまさしく学校の教師みたいだった。「いいぞ、ルクス、すばらしい――さあ何曲か演奏してくれ」「やめろ、C・T――レノックス・アヴェニュがレキシントンにあるくらい場違いだ」「さあ、音にしがみつけ、しがみつくんだ！」常に「持ち味」とか「本物」とか「血筋」とかいう言葉が使われ、メガネ越しにのぞきこみ、足を強く床に打ちつけた。ストンプ！　ストンプ！

「それだ。いまのやつ――そう、いいか！　その通りだ。鮮やかだ」ストンプ！　ストンプ！

彼の意図を探り出すのは容易なことではなかった。だれもうまい返事を引き出せなかった。

「どういうことだ、坊や？　何のためだ？」いつでも答えは同じだった。

「おれはジャズが演奏したいんだ」

その教派の同調者のように、彼は文句をいわせなかった。

ソニーがまとわりつきはじめたときも、スプーフは依然としてスプーフだった。そのときはおれたちにも大勢のファンはつかず少数だったが、それで充分だった――インテリと批評家とジャズ通――そして本物の耳をもつ連中――で毎晩クラブは満員だった。それ以上をだれが望もうか？「コリンズとそのクルー」はきちんとして手際よく、パフォーマンスは決してやらず、いつでもセッションだった。たくさんの音楽、たくさんの楽しみ。そして忘れられないラインナップ。クラリネットはジミー・フリッチ、アルトサックスはホンカー・リーズ、テナーはチャールズ・デ・ルッソ、トランペットのスプーフ、ピアノのヘンリー・ウオーカー、バンジョーのルクス・アンダースン、そしてドラムのおれ――ハシャップ・ペイジ。刈り立ての干し草みたいにベストのものだった――おれは録音したレコードを聞いたことを憶えている――しかし巡業が最高だった。

ソニーはシカゴのステイト・ストリートの古いコンチネンタル・クラブをよくうろついては、毎晩ジャズに耳を傾けていた。午後八時を回ると、そこには彼がいた――少し風変わりな若いやせっぽちは――一人でコーナーを独占して懸命に聴き、眼は眠っているかのように閉じていた。ときどきリクエストを出した――好きな曲は「ダークタウン・ストラッター・ボール」で、ジェリー・ロールのナンバーだった――彼はほとんどそこにいるだけで、それをすっかり自分のものにしていた。じっさいに。

規則正しい四分の二拍子のように、二、三週間はこんな風に聞き続けた。

そのころのスプーフは意地が悪かった――そうでなかったときなどなかった――しかし根っからのものではなかった。それにしても、すみっこにいた白人の若造はしばらくするとスプーフを悩ませ、それで彼はトランペットで汚い悪口を生み出した。ワアアアアア！

能なしはここから出て行け。ワアアアアア！　それについてきているつもりか！　ワアアアア！　椅子に座っている白んぼのガキめ、つる禿げの白んぼ小僧め……

悪口はことごとくソニーに通じていた。それでスプーフはよけいに腹を立てた。しかし何ができる？

そのころホンカーは旅に出てスライス・シティに行ってしまった。彼は最強の鋼鉄で固めたような首筋をしたサックス奏者だった。それでおれたちのサックスはだめになってしまった。少しばかり荒っぽい演奏をした。即興演奏の「コリンズとそのクルー」は成長したが、潤滑油のようなホンカーの存在は大いに必要だった。おれたちは五年かそこいら一緒だったが、どうしてか新人は一人も使わなかった。まるで結束が堅いチームを成しており、だれかが離れていくと、おれたちだけでその穴埋めはできなかった。それでとにかく何とかやっていくように努力し、毎晩苦しみながら傷口から血を流していた。

やがて、ある晩それは起こった。おれたちはスロー・ウオーキング、トリッキー、ラウドの演奏で切り抜けていたが――まだそれを隠していた――そのときあのガキ、白人の小僧は椅子から立ち上がり、歩いてスプーフのところに行き肩を叩いた。休憩時間で、スプーフはホンカーの不在や、おれたちの演奏のひどさにがっくりし、そこに汗をかいて座っていた。どでかい男で、油浸けの炭塵《たんじん》の黒さ――彼はもっとも真っ黒な男だった！――その眼は瑪瑙《めのう》みたいにぎょろぎょろとして白く小さかった。

「すみませんが、ミスター・コリンズ、よかったらちょっと話したいんですが？」彼はミスター・コリンズと言葉を交わせないかと思ったのさ！

スプーフは椅子の中で身体をまわし、さっと若造に視線を走らせた。「ふーん？」

「サックス演奏者はもう使わないんですね」

「おれに文句をつける気か？」

「いえ、こう思うんですが――つまり、もしかして――」

「はっきり話すんだ、坊や。何がいいたいんだ」

若者は怯えているようだった。そう見えた――それは何よりも白人だったからだ。

「はい、おれの考えでは、もしも――もう一つサキソフォンを必要なら」

「サックスを吹く男を知っているのか？」

「ええ、知っています」

「だれだ？」

「おれです」

「おまえが？」

「はい」

スプーフはすぐにやりとした。それから肩をすくめた。「結構だ、坊や。もう帰んな」

若者は赤くなった。そしていきなり度胸を据えた。怒っていた。火のように憤慨していた。

しかし何もいわなかった。テーブルに戻り、やがて十曲が終わった。

おれたちが「ベイスン・ストリート・ブルース」をスイングに入ると、チャーリーのテナーはそれを取り、ルクス・アンダースンが弾きまくった。「ベイスン・ストリート、ほら、それがベイスン・ストリートだ。そこにはエリート、そう、かれらが食事に集い……」おれたちはしばらくスロー・ウォーキング演奏でふざけまわった。それからスプーフはトランペットをもち上げ、オクターブ半まで音を上げ、そのトレードマークを出した。その短く甲高い音はあまり幸せそうでない、何か死にかけたような音だった。そしておれたちは幾分ロックし、ヘンリーはそれを受け、ジミーは知る限りの頭を働かせて見せ場を取り、おれはドラムヘッドを荒っぽく叩いた——失敗だった。ホンカーなしではそこにおれたちを居続けさせても、ただの騒音を立てているだけだった。もちろんすばらしい騒音だが、音楽ではなかった。スプーフはそれを知っていた。それをわからせるために——すごい吹き方をした。

おれたちは仲間を裏切ったやつをののしった。

そのとき、すぐさま——それがいつ入ってきたのか、だれも憶えていなかった——いきなりアルト・サックスが鳴り出した。滑らかでしっかりし、くねくねしたその音は、おれたちみんなに結束を与え、そしてこういった。さあ、たるみを壊すんだ、みんな、おれが元に戻してやる。甘い匂いのする接着剤みたいに、機械の中の潤滑油のように、ホンカーと同様に。

おれたちが見まわすと、そこにはあの白人の若者がおり、まだ腹立たしげに狂人みたいに吹き鳴らし、すばらしい音楽を演奏していた。

スプーフはうろたえなかった。おれたちのほとんども。彼はナンバーをやめなかった。サックスを演奏しながら耳を澄ませており——おれたちが荒っぽい演奏をすると、それに気づいてできるだけきちんとバックアップした。スプーフはにやりとしてうなずき「吹き続けろ、若いの！」とどなった。おれたちはうまくいっていることを知った。

終了したあと、スプーフは若者に歩み寄った。二人はたがいに睨み合って、値踏みをし、受け入れた。

スプーフはいう。「よくやった」

そして若者は――彼はまだ燃えていた――いう。「おれの演奏はほんとによかったんですね」

スプーフは首をふった。「いや、おれの言いたいのはそうじゃない」

すぐさま若者が赤面するとスプーフは笑った。若者は「ベイスン・ストリート」の隅々まで、スタイルを充分知っており即興演奏していたのを、スプーフははじめから知っていた。きびすを返しこそこそ逃げようとしていた若者を、オールド・マスターは待ちかまえていた。そして声をかけた。「おい、一緒に働きたいか？」

ソニーはこわいほどすばやく演奏をマスターした。スプーフは決して容赦しなかった。おれたちが苦労して得たものを、ソニーはひっくり返す勢いで身につけた。

そして――おれたちはよき年月をすごした。チャーリー・デ・ラッソは脱退し、バッド・マーニェイを加えた――最高のベーシストだった――ルクスはエレキギターとC・Tのためにバンジョーを手放した。ミスター・T・グリーンがトロンボーンでクルーに加わった。そしておれたちの音楽の質は高くなり、ますます強烈なものになった――何百万枚もレコードが売れたり、パラマウント映画に出演することはなかったが――そんな特別扱いはなかった――しかしおれたちはそれほど多くを求めなかった。

数年のうちソニー・ホームズのサックスは人気を博し、ホンカーだったら夢にも考えられないような実力をつけた。スプーフは彼をきびしく独りぼっちにした。彼が怒るときはソニーが白人だからではなかった——スプーフはいつもそのような目配りをするほど暇ではなかった——ただときたまメンバーの一人を外していた。それがみんなの気をひきしめるとの腹づもりだった。

じっさい最初は収まったが、ローズ＝アンがやってくるまでは、スプーフとソニーのあいだに決して血の通う交流はなかった。

スプーフはバンドに歌手を欲しがらなかった。しかし黒人が歓声を挙げさえすれば通用する時代は残念ながら去っていた。サッチモやキャロウエイを除けば——かれらはスタイルをもっていた。おれたちはだれもスタイルをもっておらず、ただわめくだけだった——それで悪いときがくるとお手上げだった。

それでたくさんの若い女性歌手たちを試してみたが、すぐにお払い箱だった。もう諦めようとしたとき、二十歳の黒人娘が登場して「ザ・マン・アイ・ラヴ」を鼻歌で歌い、それで決まりだった。

そのローズ＝アン・マクヒューは少々ソニーに似ていた。彼女は綿花とポップコーンの区別も知らない土地の生まれだった。ペンシルヴェニアのクラシック演奏家から数年間ピアノの手ほどきを受け、あっという間に音楽を身につけた。ビッグ・スタインウエイやOMのソロの独奏者として指名され、ショパンやバッハなどなどを弾いた。それがうまくいき――ピアノで結構ファンシーな音を引き出した。それは巡業からではなかった。マグシー・スパニアやジェリー・ロールの数少ないレコード――「ニュー・オーリンズ・バンプ」「シュレヴポート・ストンプ」「ウルヴェライン・ブルース」――を聴き、それを自分に根付かせ、いつでも本能的に歌えた。彼女は心得ていた。

スプーフは最初の歌を聞いて彼女を雇った。おれたちは彼女の眼中にオールド・マスターに対する思いをすぐさま見て取った。注目するほどよくない。つまり彼女はまだ生煮えの鳥肉料理で、味をまずくしたのはオーヴンからすぐに自分でとび出したせいだといえる。

とにかくおれたちほとんどが百も承知だった。たとえばソニーだ。

しかしスプーフも最初はやさしくなかった。ローズ＝アンをそっけなく扱った。彼女ががまんするか見るためにだ。何よりもクルー、ユニット、グループのことを優先したからだ。それは正しかった。規律はきちんと保たねばならなかった。

「ギャル、両手を忘れろ――観客席のジャズファンたちのためにだ。放っておけ。音楽に集中するんだ、いいか？」

「おまえは声をもっているんじゃない、楽器をもっているんだ。演奏を続ける方法を学びはじめることはない。何か音をつかめ、それを出せ」

「その喉声をやめろ――おまえはいまクルーと歌っているんだ。腹から声を出せ、なあ、腹からだ。それが音楽の出どころだ、いいな？」

彼女はソニーと同じようにジャズに夢中になった。オールド・マスターと一緒にいると、どんなことを話してくれるかを知っていたからだ。

すぐさま彼女はうまくなった。歌うのを聞くときだれしも上達を知った。ワン――ツー、ワン――ツーと規則正しくくり返すメトロノームを、スプーフは姿勢をゆるめ、気長に見守っていた。

それは彼が変わりはじめたときだった。同時にクルーも成長し、とうとう大人になった。おれたちはもうスプーフに顔を洗ってもらったり、髪を整えてもらったり、尻を叩かれたりすることはなくなった。

スプーフは変わりはじめた。タイミングを外し、リフ（ジャズの反復楽節）を吹いた。事態は変わったのだ。それがまぎれもない事実だとだれしも知った。

彼は唐突に大きく編曲を書き直した。それはあまりにすばやかった。次から次へと新編曲した。おれたちはなぜだろうと思った――すでに数え切れないほど演奏してきたのに。

それから彼はソニーの胸倉をつかんでいった。「白んぼの坊やよ、おい、トランペットの吹き方を学びたいか？」

二人のあいだの血が騒ぎはじめた。スプーフは二十四時間、ソニーにつきっきりで唇の使い方を見せ、息継ぎを教えた。

「これはサキソフォーンじゃないんだ、坊や。トランペットだ、ミュージック・ホーンなんだ。わかるな――もういちどやってみろ――まずいな――もういちどだ――どうしようもないな——くりかえせ——もういちどやってみろ!」いつもそうだった。

ソニーは一所懸命に吹いた。他の人間ならオールド・マスターにもうやめてくれといったかもしれなかった。しかしソニーは自分が教えられているものを知った——彼はその理由は知らなかったし、だれも知らなかったが——それはスプーフがだれにも教えようとしないものだった。それでソニーは感謝し練習にも励みが出た。それがどうしてなどとは尋ねなかった。

まもなく彼は曲をうまく扱い出した。すごいとまではいかないが、スプーフから伝えられたものを自分のものにすることができた。サックスを吹くことで唇は鍛えられ、息が強く吹けた。とりわけ彼は根性をもっていた——二週間ぶっ通しで顎を酷使できる根性だが、それが何だかは口ではいえない。しかしもしもそれがなかったら、やつは大統領になれるかもしれないが、決してジャズ演奏はできなかったろう。

まあ、スプーフは二トンの騎手を乗せた十オンスの馬なみに若者をこき使った。「もういちど——よくない——だめだ、やり直せ! さあもう一回だ!」

ソニーがやさしい曲ならいくつか、トランペットで参加しても充分いけるとわかったとき、スプーフは逆にいらだち緊張して、若者を眼で追った——つまりじっさいにぞくぞくさせるものだった。何のために? どうして彼はそんな風に圧力を加えていたのか?

それからおれは立ち去るが、スプーフは何もいわなかった。彼はぶつぶつ呟いただけで、それきりになる。ソニーはおれたち並みの腕になったようだ。彼はサックスに戻り、それでおしまいだった。

本物の血筋が動き出したのはそのときだった。

だれしも何かを、いつか、どこかで愛するものだと箴言《しんげん》にもある。はじめて選ぶのはだいたい娘っ子だ。しかし他にいくつも選択肢はある。スプーフはトランペットだった。彼は一本の管楽器と結婚したのだ。まるで玉の輿にでも乗ったほどの惚れこみようだった。毎朝トランペットとともに起き、終日飽きずに吹き、そして夜も、いままで話に聞いたどの娘よりもトランペットを愛した。つまり速成というのではなく、ゆっくりと作り上げられていったという意味のことだ。彼はトランペットにくちづけし、抱きしめ、油断なく見張っていた。かつてあるジャズマニアが、ふざけてスプーフのトランペットをつかもうとした。するとスプーフはやつをぶちのめした。そのマニアはもう生涯いたずらをやめたろう。

ソニーはこれを知っていた。それで巡業中は決してトランペットを吹かなかった。スプーフのトランペットの教え方は――彼がよくしゃべっていたようなものだった。「女房を幾晩か使いたかったら？　どうする？　おれがうまい扱い方を教えてやるんだ。女房が泣いて喜ぶようなやつをな？」

しかしローズ＝アンにとっては最悪だった。毎日彼女は表情が深刻になり、まもなく気づいてみると、なんとまあ！　可愛いロージーはどこに行った？　彼女は消えてしまった。若い生焼けのひよっこ娘は止まり木から飛んで行ってしまった。そして彼女のいた場所には、生きている人形、赤銅色のセント硬貨のような肌と曲線のすごい女の子がいた。ほとんど一夜のうちに変わった。ソニーはそれに気づいた。フレディ、ルクス、ミスターTでさえも気づいた。おれも目端《めはし》は利いた。しかしスプーフは気づかなかった。すでにトランペットにぞっこんであり、他のことにはまるで余裕がなかった。

ローズ＝アンは合図を送り続けたが、スプーフはその気になれなかった。そのとき彼はトランペットを舞い上がらせはじめており、彼女におれたち以上の特別扱いはしなかった。

「どけ、ギャル、あっちにいけ——おれが忙しいのがわからないのか？　腰でもふれ、聞いているか？　他のところだぞ。しっしっ！」

彼女はかえって彼を愛した。彼にはねつけられるたびに余計好きになったのだ。彼を見つけては会おうとした。そしてときには彼が曲を止め息を吸うと、彼女はそれを助けようとした。彼女はスプーフの内部を這いまわっていたものを知ったためで、それは内部を食い破って外に出ようとしており、おそらく彼だけではどうにもならないものだった。

とうとうダラスでの二週間巡業のある夜、とんでもないことになった。

おれたちは旅行客相手に「スイート・ジョージア・ブラウン」を演奏した。あまり盛り上がらないので、スプーフは冷や汗をかき出した。眼はぎょろぎょろしはじめる。そして彼は立ち上がると、巨大な動物——類人猿か熊のように、大きく力強く野卑に見え——そしておれたちに指で勝利の合図を送ってきた。

演奏開始の前、観客もおれたちも緊張する前。高い音を出した。

フレディは眉をひそめた。「時間なのか、トップ？」

「いいか」スプーフはいった。「くそっ、時間だと決めるのはおまえか、おれか？」

おれたちは冷静に入っていったが、事態はすぐさま熱くなった。躍っていた連中は不平を並べ立て、フロアから立ち去り、場内はがやがや騒がしくなった。

おれはソロ演奏をやりながら鳥肌が立った。そのときスプーフは口を拭い強く吹くと、甲高い音に高めてやめ、また吹きはじめた。それはすべて頭を使ったものだった。おれたちにはすべてが新しかった。

だれにも新しかった。

おれはスプーフの表情を窺っているソニーを見た。おれたちは黙って座り、スプーフがトランペットと戯れているのをじっと聞き入った。

いまやその音は悲鳴のようであり、笑い声みたいでもあった——いまおれたちは林の中でスイングしており、白人たちがやってくる。今度はボートの中にいて、くるぶしからはチェーンが吊り下がっており、おれたちは漕ぎに漕いだ——スプーフ、それは何だ？——次におれたちは材木を切ったり、綿花を摘んだり、椅子に座った土地の顔役に冷たい飲み物を供したり——いいぞ、吹け、おい！——いまやおれたちは自由だった。レノックス・アヴェニュ、ステイト&マジスン、パイレーツ・アレイを気取って歩き、笑い叫んでいた——だれが自由だといった？——おれたちは戻りたいし、戻りたくない。吹け、スプーフ！　いいぞ、いいぞ、それをすっかり語れ！　おれたちに話せ！——おれたちは紙に包まれた櫛、革樽、小便壺をもって地下室に座っている——やめるな、スプーフ！　おやおや、すごいぞ、頼むやめないでくれ！——おれたちは何かをしている、何かをだ。それは何だ？　ジャズか？　そうだ、そうだ、ああそれがジャズだ。ありがとう、ありがとう。おれたちはとうとうそれを得た。それはおれたちのものだ。その偉大なものがおれたちのものに、おれたちだけのものになった。おれたちが作ったものだ。それが大事な理由で、大方そんなところだった。そして――スプーフ！　スプーフ！　いま止めないでくれ――

しかし陶酔の半ばでそれは終わった。スプーフはそこでおれたちに面と向かって立ちはだかり、激しく流した涙は炭塵のような黒い顔に落ち、いつまでも身体を震わせ続けた。そうした光景を見るのははじめてだった。彼が咳込むのを聞いたのもはじめてで――まるで二秒ごとに発射されるショットガンみたいだった。大きな機銃掃射のような音は、腹の底からゆり動かすもので、湿っぽさと騒々しさをまき散らした。

それはこんな風にして起こった。ローズ＝アンは彼の方に行き座らせようとした。「スプーフ、ねえ、どこか悪いの？　さあ、お座りなさいよ。そこに突っ立っていないで」

スプーフは咳を止めてふり返った。しばらくローズ＝アンを見ていたが、その表情はどんなものだったかはとても口にはできない。場内がまったくシーンとなった。

ローズ＝アンは彼の腕を取った。「ねえ、ハニー、ミスター・コリンズ――」

彼はまた咳をして、それから片手をうしろにひっこめた――手の甲はアスファルト舗装みたいで、手のひらはピンク色のハムのようだ――そしてローズ＝アンの頰を激しくひっぱたいた。

彼女は思わずよろめいた。「おれのことは放っといてくれ、畜生！　近寄るな！」

彼女は叫んで抗議した。それからどうしたと思う？　彼女は軽やかに彼のところに戻ると、彼の腕をつかんでいった。「お願い」

スプーフはまだ仁王立ちになってかんかんに怒っていた。何か叫ぶと手をふたたび引き戻した。「おまえはどうしても憶えることができないないのか？　おれがすべきことはほんのわずか——」

そこで——ソニーが動いた。いつももの静かで穏やかなやさしいソニーが。彼はすばやくフロアを横切ると、スプーフの前に立った。

「その黒い手を彼女から離せ」彼は口走った。

スプーフはローズ＝アンをわきに押しのけ仁王立ちになった。息をハアハアと弾ませてまるで雄牛だった。彼は若者の前に立ちはだかった。ゴリアテとダヴィデさながらだった。舞台に両足を広げこぶしを固めると、ボーリングの球のようだった。

「何か文句あるのか、坊や？」

ソニーの顔は紅潮した。数年前はじめてコンチネンタル・クラブで見たときそのままだった。

「聞こえただろう、コリンズ。もういちど彼女に触れてみろ、おれが殺してやるぞ」

おれは何が起こるかはっきりとは知らなかった。しかし恐れているものは知っていた。それはスプーフがあきらめてしまうことだった。もし彼がそんなことをしたら……そう、病院にもう一つのベッドが必要になる。彼は立ったまませいぜい喘いでいた。ソニーは敢然《かんぜん》と立ち向かった——数時間か、数日か、一カ月かは、顔を突き合わせていた。

やがてスプーフは穏やかになった。厚い唇も元に引き戻したが、かなり強靭な革みたいで、もう唇には見えなかった。口いっぱいの白と金色の歯を見せ、ぶつぶついうと身をひるがえして歩み去った。

おれたちは急いで「十二番街のラグ」を演奏した。

そして何とかごまかした。

しかしそのときおれたちは気づいた。それはだれも疑いもしないことだった。

ソニーはローズ＝アンに惚れていた。まったく夢中だった。

それがよくなかった。


スプーフはそのあとぼろぼろになってしまった。彼は昼夜演奏した。おれたちと共演のときも、独奏のときもあった。そしてトランペットはハイになった。心の中の大事なことをすべて伝えようとしていた。

「いいか、ゴムパチンコでは天国に当たらないぞ、なあ、とっつぁんよ！」

「おまえのしたいことは、なあ——最期の審判を下すことか？」

彼は決して仕事を休まなかった。ものをあまり食べなくなった。ときには強い酒を飲んだが、すぐ効く薬の代わりだった。トランペットでハイになったあと、フラットな演奏になり、咳の発作で終わりを告げるときだけ飲んだ。

そして容態はだんだんと悪くなった。何も助けにならなかった。ビールか強い酒か紅茶か、あるいはインドア・スポーツさえ、すべてを試みた。そしてさらに悪くなった。

「しっかりしろ、ミスター・コリンズ？　骨と皮だぞ。そんなひどい格好で……」

「おれから離れろ！　近寄るな！」咳払い！　するとハンカチに大きな赤い血の跡。「ほっといてくれ！　しーっ！」

そしてしだいに古いトランペットは不機嫌で不快な苦いサウンドになった。まるでスプーフ自身を表していた。彼はソニーを叱りまくった。「どうしておまえは黒人が好きなんだ、坊や？　それほど好きなのか？　おいこら、尻ごみするな。ローズの才能はすばらしい——おれは知っている。いいかよく聞けよ。道を開くんだ、おまえのやり方を見せろ？　おまえにはすっかり教えてやらなかったか？」そしてソニーはいつものように口を閉ざし、その眼で物語っていた。「あんたは偉大なミュージシャンだった、コリンズ。いまでもそうだ。だがあんたを好きになったわけじゃない——あんたはおれを受け入れない。おれがローズ＝アンを好きになったのはたしかだ！　おれがまだここにいる最大の理由はそれだ——ただ彼女のそばにいたいだけだ。さもなければ、おれはさっさとおさらばする。あんたは彼女に愛されているのに知らん顔をきめすぎる。あまりに愚かで卑劣で、あんな小汚いトランペットに夢中になっている！」

ソニーは全然気がつかなかったが、ローズ＝アンはスプーフをあきらめていた。彼女はいまやみんなの共有財産になっていた。

とにかくスプーフは、この世でもっとも卑劣で汚く、頭のおかしい話のわからない男になってしまった。そしてだれも受け入れず、いつも人払いをしていた。

夜になるとトランペットで甲高い音を出すこともなく、まっすぐホテルに戻って行ったのだ

――独り、常に独りぼっちで――あげくの果てに口に銃をくわえ引き金をひいたので、おれたちはあることに気づいた。

われわれが見つけたのは、それまでずっとオールド・マスターを食いものにしていたものだった。

ガンだった。

ローズ＝アンはもっとも激しいショックを受けた。涙が涸れ果てるまで長いあいだ泣き続け、何度も繰り言をいった。「どうしてわたしたちに知らせてくれなかったの？　なぜ話してくれなかったの？」

しかし事態を乗り越えることだ。すごく悲しんでいた女性でさえ、代わりのものを見つければ立ち直れる。

おれたちは少し編成替えをした。ソニーはサックスをやめた――サックスはともかく古臭くなっていた――そしてトランペットを引き継いだ。おれたちはスプーフの名前をもう使わないことに決めた。それでいまでは「ソニー・ホームズとそのクルー」になっている。

おれたちは高い喝采を浴び続けた。だれもスプーフの不在に気づかないようだった――前列のジャズマニアでさえも――それはソニーがだれをも満足させるほど、トランペットをうまく吹いたからだ。スムーズで確実で、充分に興奮させてくれ後味もよかった。

おれたちの演奏旅行はアメリカ合衆国を横断し戻ってきた。ソニーのおかげで観客に愛された。おれたちは「おなじみバンド」呼ばわりされ、ディスクジョッキーたちもおれたちのナンバーを取り上げはじめた。おれたちは「本物」だった。残された唯一の純粋なジャズ——と呼ばれた。おれのいうことではないが、おそらく観客は正しかった。

ソニーはきちんと演奏を続けた。そしてやがて、彼はたしかに——ひどく遅々とだったが、それ以来確実に期待を満たす人だった——彼はローズ＝アンに関心を払いはじめた。彼女はクールに演奏し、彼が望んだことを呑みこみ、それに沿ってスタイルを作り上げていった。もちろんこのとき彼女がソニーと結婚することになろうとは、だれも知らなかったし、口約束だけだったのか？ ソニーはたしかに非常にまじめなジャズ・ミュージシャンだった。

そのころフランスで数回演奏旅行した——フランス人には大受けだった！——イギリスとスウエーデンで二回催した——それも好評だった——ひと休みしたあと、おれたちはふたたび合衆国を横断演奏した。

それはすぐに起こらなかった。しかしたしかに起こった。まったく突然にどこかサウンドがフラットになった——いくぶんおかしくなった。

エルパソでの公演のあいだ、おれたちは「ホワット・ザ・キャッツ・ドラッグド・イン」をラインナップに加えた。「キャッツ」は周知のように——リズムセクションはやはりトランペットで百小節ほど叫び、それからすばやく強烈なビート、トランペットを強く吹き、トランペット・ソロだ。ソニーはワイルド・リフをアップし、ダウンしながら止めた。唇に当てたトランペットはそのままで、おれたちは待った。

「さあ、仕上げだ――ドラムがいま必要か？　どうする、ソニー？」

そのとき彼は吹きはじめた。音はほとんど同じように出たが、まったく同じではなかった。トランペットから革砥《かわと》で研がれた剃刀の鋭さでとびはね、高くスライスし、低くひと吹きすると、ジャズファン全員が圧倒された。「やれ！　ゴー！　ゴー、おーい！　たまらないな、引き留めるな！　大声で歌え、おい」

ソロはほぼ七分間続いた。おれたちは演奏を終えるときだったのに、すっかり忘れていた。観客は熱狂していた。足を踏み鳴らし、金切り声を上げ、口笛を吹いていた。しかしもうソニーを演奏に引き戻せなかった。彼はトランペットを口からもぎ取った――おれにはそう見えた。まるで力任せにぐいと引き抜いたようだった――そして一瞬、彼は活を入れられたように驚いていた。それから唇に笑いが戻ってきた。

すっかり放心の笑いだった。

曲の合間にフレディは彼に歩み寄り話しかけた。「おい、正気の沙汰じゃないな。おまえは何枚の舌をもっているんだ？」

しかしソニーは答えなかった。

事態は少しばかりうまく進行していた。おれたちはいくつかの町でダンスの演奏をし、ラジオの仕事をし、レコードを吹き込んだ。肩の力を抜いた仕事だった。

ソニーはソニーを演じた――充分にたっぷりと。おれたちはエルパソで起こったことは忘れてしまった。それが何だ？　一度は羽目を外す——だが衝動を感じても二度とできまい？　ジャズマンなら少なくとも生涯に一度くらいはすばらしい演奏をする。

おれたちは仕事をてきぱきとかたづけていった。そしてとうとうニューヨークで、オープニングの舞台が決まったとき、ソニーがやってきてその情報をおれたちに告げた。

それはひどいほら話だった。ルクスは怒り、ミスターTは首をふった。

「なぜだ？　どうしてだ？　トップ？」

彼はコーンベルト地帯（アメリカ中西部のトウモロコシ生産地）の巡業を予定に入れてしまっていた。昔の巡業ルート、古い土地に戻ると、元気いっぱい演奏し、おれたちの元の流儀に戻るのだ。「おれを信じるか？」ソニーは尋ねた。「おれの判断を信じるか？」

「いいかげんにしろ、トップ。信じてはいるさ。なぜだか話してくれ。ニューヨークこそおれたちがめざしていた——」

「それだよ」ソニーはいった。「おれたちは準備ができていない」

それでおれたちはがっくりした。知るはずもない——そんなことは考えてもいなかった。

「おれたちはほんとうのレパートリーに戻る必要がある。ニューヨークで演奏するときは、だれしもが聞いたらすぐ忘れるような曲をもっていけない。それがもう一度新しくやり直すべきだと考える理由だ。五週間もあればいいかな？」

さて、おれたちはあれこれ騒ぎ立てたり、いらいらしたが大事にはならなかった。そして最後にはそれに同意した。ソニーは自分のナンバーを知っており、それはおれたちが想い描いたものだった。「それで決まりだ」

そしてわれわれは急いで出発した。

主として古い曲を見栄えよく仕立てて演奏した――「ビッグ・ジグ」や「オンリー・アス・チキンズ」等々――さもなければ、口頭の打ち合わせでかなりのトランペットを使った。イリノイ州、インディアナ州、ケンタッキー州……

ルイジアナに着くと二晩〈トロピックス〉で演奏会を開き、テキサスで起こったのと同じことが起こった。ソニーはソロで八分間も吹きまくり、グラスを壊し、天井を破り、竜巻みたいに床を一掃した。軸柱もまたすっとんだ――しかしそれは一種のパフォーマンスであり、あるいは演奏方法だった。無からのソロはメロディのかけらにしがみつくことさえしなかった。

「おい、すごいぞ、そいつをいつやるのか教えてくれ。ぜひ聴きたい！」

そのころソニーのローズ＝アンへの情熱は下火になっていた。彼は充分に気配りしたので、他人は気づかなかったが、おれたちにはわかった。ローズ＝アンの方もそうだった――彼女はすべてを隠しおおすのは至難のわざだった。あらゆる疑いや思い出や不安を。

彼は外出するのをやめ、かなりの時間を部屋でつぶしていた。ときには吹きはじめたりした。一時は一晩中トランペットを聞かされたこともあった。

最後に――まだルイジアナのどこかにいたころ――ソニーのトランペットがかなりハイに達したとき、もう犬の遠吠え以上のサウンドは出なくなった。そしてかぶりつきのジャズマニアたちはどっと大笑いした。おれは彼に近づいてしっかり立てといってやった。

彼は眼を大きく開き、何かいおうとしているようだったが言葉にはならなかった。怯えているように見えた。

「ソニー……なあ、坊や。おまえは何を追いかけているんだ？　友だちにはしゃべるんだ。かたくなにしまいこむな」

しかし彼は返事をしなかった。できなかったのだ。

彼はひどく咳こんでいた。

おれたちは薬をむりやり飲ませるしかなかった。ソニーはスプーフを神か何かのように崇拝していた。いまやスプーフの影響は薄れつつあったが、彼はそれを知らなかった。

フレディが選ばれた。フレディはいつでもかなり弁が立つ。

「列車を降りろ、ソニー。オールド・マスターはもういないんだ。死んで埋められたんだ。いいか、彼が求めていたものはおまえの手には入らない。つまり彼は完璧を求めて、そのいくらかを手に入れた——それで終わりだ。それ以上はない。おまえの演奏は最高だ、ソニー——続けろ、だれにでも訊いてみろ。すばらしいの一語だ。だからもう列車から降りるんだ……」

するとソニーは笑い出し、同意し、約束した。言葉でだ。しかし彼の眼はもうひとつのナンバーを演奏していた。

ときどき彼は元気を取り戻したように見えた。そのときはよくなった——疲れて空腹だったが、音楽に迷いはなかった。おれたちは考える、彼は大丈夫だ。それからまた同じことが起こり——さらに悪くなっただけだった。いつでもだんだんに悪くなっていった。

という具合で、ソニーは時間の半分はスプーフのようにしゃべってさえいた。「ずらかれ、おい、おれを独りにしてくれ？　おれが忙しそうに見えないのか、何かやることがあるんだろう？　あっちに行け！」そしてスプーフのように歩き——ゆっくりと夢中歩行のような引きずり足だった。そしてどうでもいいことだが——腹を掻いたり、靴の紐を結ばず、下着でリハーサルしていた。

彼はアラバマでマリファナを吸いはじめた。テネシーではじめて酒を飲むのを見た。いつもあのトランペットをもっていて——それを毒づき、わめき、怒っていた。それが思い通りになってくれないからだった。

とうとう彼を独りきりにせざるをえなかった。「おれは扱える……おれは——わかっているんだ。いいから……あっちに行け。大丈夫だ……」

だれも彼を救えなかった。まったくだれも。ローズ＝アンでさえも。

コーンベルト・ルート巡業の終わりに、ソニーが予約したのはコッパー・クラブだった。おれたちはスプーフを埋葬した夜以来、そこに戻ったことはなかった——それであまりよい感じをもたなかった。

しかし演奏契約は絶対だ。

それでおれたちは町で唯一のホテルに部屋を取った。ソニーがどんな部屋を取ったか推測に任す。おれたちはカードで遊び、悪口がとびかい、眠ろうとしたが眠れなかった。ベッドで翻転しながら耳を傾け、あのトランペットがはじまるのを待った。しかしはじまらなかった。夜通し聞こえてこなかった。

おれたちはその理由を見つけた。ああ、そうか……

翌日、おれたちは墓場の方向を除けば至るところを歩きまわった。どうして不幸なことが起こるのか？　なぜそれがだんだんひどくなるのか？

ソニーは開幕の十分前まで部屋に閉じこもったきりだった。おれたちは心配になってきた。しかし彼はやっと間に合った。

コッパー・クラブは満員だった。田舎者と百姓と高校関係者、ジャズ通があちこちにいた――隅々まで。フレディは楽譜をもって、すべて規則正しくスタンドを設置した。そして数分でおれたちのポジションが決まった。

ソニーはサウンドに合わせて出てきた。彼は力強く見えた。身長五フィート四インチ、禿げ頭の白人を見ることなどめったにない。いつなんどきでもだ。ローズ＝アンはおれにめくばせし、こちらも見返し、残りのメンバーからも視線を集めた。何かよくないもの。じっさいに悪いものがあった。それはすぐわかった。

ソニーはどこも見ていなかった。拍手喝采が鎮まるのを待っていた。それからすばやく、ワン・ツー・スリー・フォーとリズムを取って、われわれのテーマ曲「ザ・ジムジャム・マン」

を吹き出した。

観客はずっとおれたちと一体だった——かれらは何かを嗅ぎつけたのだ。

ソニーは親指と小指で合図を送ってきた。おれたちは「オンリー・アス・チッキンズ」を演奏しはじめた。バッド・マーニェイはバスでイントロをやった。ヘンリーはピアノで引き継いだ。彼は交互に手を走らせながら弾いた。かぶりつきのジャズマニアたちは「ゴー！　ゴー！」と大声で叫び、ヘンリーはそれに答えた。左手はキーを這いまわり、スクランブルし、いちどもぼやかしたり、しくじったりせず、それから得意げに気取って歩き去った。まるでバネつきでない罠から、そっくりチーズを取り出したネズミみたいだった。

「ヘイ——ボーイ！　弾け、ヘンリー、弾くんだ！」

ソニーは見守り笑っていた。「続けるんだ」彼はやさしく静かに楽しげにいった。「弾き続けるんだ」

ヘンリーは右手が二本、余分な指が四本なければ、弾けようもないくらいの対位旋律で弾いていた。興奮して息を切らしピアノを揺すった。ヘンリー・ウオーカー流の音だった。「ウーウーウーウー！」そして終えた。おれはドラムに参加して、汗で眼が見えなくなるまで叩いた。シンバルを打ちそして待った。

ミスターT、ルクス、ジミーらは、鶏小屋の去勢された雄鶏が手術についてしゃべりまくっているように、しばらくばかげたことで騒いでいた。ローズ＝アンが歌っていた。「わたしたちは鶏小屋の鶏にすぎないのよ。ここの鶏なのよ。鶏小屋の鶏なのよ。オーババルー、オーババルー……」

それからトランペットの時がきた。ビッグ・ソロの時間だった。

ソニーはトランペットを取り上げた——ワン！　ツー！——彼は見せた——スリー！

おれたちみんな死んだように動かなかった。つまり演奏をやめていた。

それはソニーのトランペットではなかった。叩かれへこんでおり、先端には刻み目が入っていた。まったく輝きもなかった。

ルクスはかがみこんだ——大口を開けてコーヒーカップが入りそうだ。「ちくしょう。おれの眼はたしかか？」

おれは近くで見ていった。「おい、おれもだ」

ふざけている場合か？　おれたちはあのトランペットを何万回も見ていた。

スプーフのものだった。

ローズ＝アンは震えていた。おれと同じように、あのトランペットはスプーフと一緒に埋めたのを忘れていなかった。彼女は昨夜ソニーの部屋が静かだったのを憶えていた……

おれは麻薬中毒者みたいな思いに取り憑かれた——ソニーはあんな遅くに、どこでシャベルを手に入れたんだ？　二年間も地中に眠っていたトランペットで演奏しようなんて、どういう考えなんだ？　それに——

そのひと吹きはおれたちの耳に長いナイフのように突き刺さった。

それはスプーフ自身のトレードマークだった！

ソニーは憑かれたように見えた。最初はどうすべきか見当がつかなかったようで、催眠術に罹《かか》ったように怯え、ひどく恐れていた。しかしその音は現れると起伏し、鋭くきれいに澄んで――新しいトランペットの音――その表現は変化していた。眼の色も変わった。少しパチパチすると大きく開いた。

それから眼を閉じ、トランペットを吹き出した。神様仏様、すごい勢いで吹いたのだ！　それを愛し、やさしく撫で、それから高く高く高く押し上げて行った。上のドの音？　最低音。彼はやってのけた。決まりごとは一切無視して吹きまくった。

メロディがまず失われた。それからすべてが消え去ったが、そのあいだもトランペットは吹かれていた。ただのジャズではなかった。心のジャズだった。その内側を根こそぎひっこぬいて、もちあげみんなに見せた。孤独なジャズ・ミュージシャンたちや、それまで生きていた醜い売春婦たちを物語るブルースであり、鉄灰色の鉄格子から薄い陽の射す刑務所の敗残者たちや、麻薬中毒者たちを支えるブルースで、浮浪者や都会の落ちこぼれたちのために、ジョージアの丸太小屋に住むカントリー・ボーイたちや、シカゴのスラム街の白人と黒人混血の新しがりやたちや、ニュー・オーリンズの路地の靴みがきたち、自分たちのことは決して話せない、孤独で悲しみに満ち、不安に気の滅入る連中のためのブルースだった。

そしてすべてを語り終えると、あたりはまったく静かになり、ソニーの話す声だけが聞こえるようだった。

「うまくいったぜ、スプーフ。もう大丈夫だ。あんたが言いたかったことは全部しゃべってやるよ。スプーフ、あんたはやり方を見せてくれたし、プランも立ててくれた――おれは自分のベストを尽くすぜ！」

彼は頭をうしろに反らすとトランペットに集中し、息を吸いこむとさらに強く吹いた。悲しげなところはなく、いまやブルースでもない――何とも呼びようのないものだった。しかし……ジャズ。それはまさしくジャズだった。

そのとき憎悪がトランペットから吹き出した。憎悪と憤慨と激怒と闘志が、悲鳴や唸り声のように、狙いをすました小さな剃刀みたいに、無数の剃刀が切りこんでくる、深く……

ソニーはトランペットをとめ唇を拭い、沈黙した満場の観衆にささやいた。「スプーフ、あんたが伝えたかったのはこれだったんだろう！　スプーフ！」

全能の神はそのときそのトランペットを聞いたはずだった。存在しない音、決してありえなかった音で、叩きつけ、傷つけた。人生をさらけ出した！　股座《またぐら》を蹴とばされ、こまぎれにされ、腹にパンチを食わされ、そしてトランペットは、人間の心に巣食った憎悪や怒りの隅々まで、すっかり暴露するまで止まらなかった。

ローズ＝アンはおれの方に歩み寄り、ソニーのトランペットに魅了されたかように、おれの手に爪を食いこませた……

「さあ、スプーフ！　その調子だ！　おれたちにはそれができるんだ！　残りを演奏しよう。言いたいことは全部いわなければ。わかるだろう。さあ、あんたもおれも一緒に！」

トランペットは大きな金切り声を上げ、笑い声を上げた。ほんとうに笑い声だった！　そこには以前決してなかった音をぬって、野次、叫び、ジャンプ、ダンス、歌が聞こえた。幸せな音楽？　喜びに満ちた音楽？　大御馳走と空っぽの胃。大きな尻の女たちと大きな白いベッド。田舎の散歩、風の強い日々、新生児の泣き声、そして――ああ、そのトランペットから生まれなかった幸福はなかったのだ。

ソニーは最後の高音を吹いた――スプーフ風のひと吹きだった――しかし高すぎてほとんど聞こえなかった。

そのときソニーはトランペットを落とした。それはフロアに落ち、弾んでから静かに横たわった。

だれもが息を凝らしていた。長い長いあいだ。

ローズ＝アンはやっとおれの手を放した。彼女は舞台をゆっくりと横切り、トランペットを拾い上げ、ソニーに手渡した。

彼はその意味するものを知っていた。

おれたちみんなも知っていた。それはもう終わった。すっかり済んだのだ……

ルクスはイントロを鳴らした。ジミー・フリッチはそれを拾い上げ、メロディを続けた。それからおれたちはみんな仲間に加わった。ゆっくりと静かに、できるだけ穏やかに。ソニーが――あのソニーがだ――いつも望んでいた種類の音を出しているんだ。

ローズ＝アンは山の風のようにさわやかに歌った――心だけではなく、腹の底から、生きている肉体の隅々を総動員して歌った。

オールド・マスターのために、彼のためだけに。スプーフ自身の歌を。
「ブラック・カントリー」を。

犬の毛

Hair of the Dog

「動脈——何とかいったな？」

「——硬化症だ」

「バンキーが？」

「ああ」

「あのバンキーがか？」

「そうとも」

「ふーん！」

「こんなことってそうそうあるもんか《シセ・トラシット・グロリア・ムンディ》。まれな例だ。気の毒なやつ——灯が消えるみたいに死んじまった」

「人もあろうに——あのバンキーがねえ！　勤勉で、若くて、金があって、男前で、何ひとつ不自由はなかったのになあ！」

「運命だよ《アヴェ・アトケ・ヴァレ》」

「信じられん」

「花に嵐のたとえもあるさ」

「くそっ！」

ロレンゾ・ギッシングが死について考えるようになったのは、いまにはじまったことではないが、世間一般の人々と同様に、それがじっさいに身近なできごととは夢にも思わなかった。若者のあいだでは死が頻繁に起こるわけでもなかった。彼の知る限りでは親類でもまだ死んだ人はいなかった。ましてや親友たちはピンピンしている。じっさいに彼は人間の死体をいちども見たことがなかった。そのためこんな無意味でいまわしく、すこしもわいせつさのない事柄はまったく無視し、それよりも不潔な日常習慣の直接の結果として起こる病気の方がもっと心配だった。

それでバンキー・フライスのあたふたとしたこの世の別れのニュースは、ロレンゾには寝耳に水だった。彼の反応はその背信行為の怒りでまったくの不信に陥った。部屋に引きこもると食事も断った。ほとんど眠られぬまま、ときどき発作的に床をはねまわっては、悪態をつき、青い陶器を壊し、鏡の自分の顔をにらみつけた。

「ちくしょう！」彼はことあるごとにどなった。

葬儀はありきたりだったが、墓はかなり凝ったものだった。ロレンゾは座ったまますっかり呆然としていた。弔花を見ると胃がむかつき、葬送曲に耐えられなかった。そしてボトムリー牧師の弔辞は新たに彼を打ちのめした。しかしながらやがて葬儀は終わり、参列者は順々にバンキーの遺体を見納めのときがきた。

「親愛なる旧友よ！」ロレンゾは自分の番がきて、死者の前に佇んだとき叫んだ。「いったいここで何が起こったんだ？」

彼はそこから連れ出された。眼を剝き出しにし皮膚は青ざめて、どこから見ても死んだフライスと変わるところがなかった。

彼の学究生活はたちまち頓挫をきたした。これは大学内での学問的地位には致命的だった。象牙の塔を去ると市井に住まいを移した。そして人が変わった。陽気なピエロは陰気なラスコーリニコフ（『罪と罰』の主人公）になった。一夜にして、彼は両親や友人、洋服屋まで縁を切った。思うことは唯一つ「死」だった。死に関する書物に金を費やし、死を考えていないときは、死に関する本を読み耽っていた。しかしこの種の本はユーモアもなく意気消沈させるもので、医学書は最悪だった。それらは図解入りで、しかも彩色されていた。

彼は考えの及ぶ限りあらゆる医薬品を買いこんだ。ジフテリア、天然痘、水疱瘡、象皮病、ポリオ、熱帯皮膚病、肝硬変、腎臓病、口蹄疫から普通の風邪に至るまで、予防接種につとめ、どれにも感染しないはずだと、自分に言い聞かせた。隙間風や湿気のある部屋は避け、ガン、心臓病、胃潰瘍でないことを確かめるため、毎日四名の医師の診察を受けていた。

それから死亡統計の資料を読むと度肝を抜かれた。旅行の計画をすべて取りやめ、どんな乗りものにもほとんど乗らなくなった。ほとんど狂気の寸前に追いこまれた。病気なら予防したり、注意したり、自分で守ることもできるが——事故は避けられる余地があるだろうか？　道を歩いているときに、金庫が落ちてくるかもしれない。家にこもっていても、泥棒に殺されたり、放火される危険性もある。

ある晩、ロレンゾはあれこれ悩んでいるうちに、自宅からだいぶ遠いところまできてしまったことに気づいた。テームズ川が厚い霧の壁の向こうを音を立てて流れているのが聞こえる。もうかなり夜も更けていた。あの気の毒な旧友バンキーを思い出した。彼が柩の中で干からびたペーストみたいに見えたのは——なんとも恐ろしかった。死、死、死。彼は青白い指を濃いぼさぼさ髪に走らせた。

「さて、どうしようか？　自殺するか。そうすれば少なくとも死を待ち続ける必要もない。動脈硬化で死ぬよりは溺死の方がましだ」

彼は足を踏み出した。するといきなり肩を叩かれた。思わず絞め殺されるような叫び声を上げた。

「ミスター・ギッシング？」その男は趣味の悪い服装をしていた。気取った山高帽、ゴルフ用半ズボン、非難を浴びそうな灰褐色のジャケット。

「ミスター・ロレンゾ・ギッシングですね？」

「いかにも。あんたは？　どうして人を突っつくんだね？　心臓が止まるじゃないか！」

「すみません——別に驚かすつもりはありませんでした。でもあなたが川にとびこもうとしていたので」

ミスター・ギッシングは「クー」とか何とか、そんな声を出した。

「わたしはある会社を代表しています」その男はいった。「あなたのご興味をひくサーヴィスを提供しています。お耳を貸して戴けますか？」

ロレンゾは黙ってうなずいた。自分がしようとしていたことに気づくと、腋の下に冷や汗が流れた。

「結構です」男はいった。「さて、それでは。あなたは日夜、死の恐怖に憑かれていましたね？　病気になりはしないか、苦痛にあえぐのではないか、豊かな人生の恵みを充分に満足できないのではないかと？」

「何が言いたいのだ」

「その絶えずつきまとう心配ごとを取り除きたくはありませんか？」

「もちろんだ！　しかしどうやって？」

「それを申し上げましょう。わたしは『永久生命保険会社』を代表する者です。そして――」

「それは何だ？」

「――わたしどもはあなたをお助けできる立場にあります。わが社のプランを手っ取り早く説明します。お客様に永遠の生命を提供するのです。いまや創立以来――」

「ははーん、これは何かのクイズ番組か？　もしそうなら――」

「とんでもありません。これからもっと詳しく話し合いましょう。契約書その他にはあなたのサインが必要です。当社のサーヴィス概要はその中に記されています。料金はごくわずかです――ほんの涙金です――月々のお支払いで不老長寿を保証致します」

「きみは悪魔の――」

「とんでもありません。わたしはただの社員です。ミスター・アウモディアス――当社の社長ですが――から勧誘を任されまして。非常に古い会社です」

「ふーん……」

「考えてもごらんなさい、ミスター・ギッシング。もう死に煩わされることもないのです！幸福で、充実した、健康的な人生が、結果など考えることなく自由に選べるのです」

「うむむ」

「それにすべて格安の月払いです」

「どんな支払い方法だ？」

「もちろん普通の支払い猶予期間があります。それから——ところで毎月一日払いと十五日払いとありますが、どちらをご希望ですか？」

「よくわからないが——一日にしておこう」

「それでは毎月一日に、当社に郵送払いをお願いします。そうすればミスター・ギッシング、あなたは長生きできます。それだけです！」

「支払いの種類は？」

「髪の毛一本です。支払い日がきたら頭から抜いてください——必ず当日ですよ」

「髪の毛一本だって？」ロレンゾは密生した太い褐色の剛毛を考え胸算用した。

「髪の毛一本です。それ以上でも以下でもありません」その男はブリーフケースから数枚の書類を取り出した。「毛一本があなたの一カ月の生命に相当します」

ロレンゾは息を呑んだ。「いまはいいけど、それが永遠とはいえないな」

「かなり遠い先じゃありませんか」男は笑った。「そう思いませんか？」

「まあな」ロレンゾも同意した。大ざっぱに見積もっても、人間の頭には数万本の毛髪が生えている。

「興味が湧いてきましたか？」

「たしかに。でも聞いておきたいが――毛が一本もなくなったらどうなる？」

「そのときは生命を失います」

「うむ」

「当社の最良のサーヴィスです。これ以上のすばらしいサーヴィスがありますか？」

「まあな、それだけかね？　おれが死ぬと、そちらにどんな利益があるのか？」

「そうですね、ミスター・ギッシング、お歳に似合わずなかなか仕事に慧眼でいらっしゃる。疑問はもっともです。もうひとつ些細な問題があります」

「見当はつくな。おれの魂だろう？」

「ドンピシャリです。でも今日ではそれは盲腸のようなものです」

「それで……」

「仕事の話を致しましょうか？　他にも仕事を抱えていますので」

「いいだろう」

男は一時間ほどしゃべりまくった。それからロレンゾに契約書を渡してくれたので読んだ。それはきちんとしているようだ。ロレンゾは男が差し出した特殊な赤インクで一枚毎に署名した。そして終わると、男はパンフレット、受取人宛の住所を印刷したたくさんの封筒、契約書の控え、支払い簿をロレンゾに渡した。

「契約は百年かそこいらで更新されます」男はかたづけはじめながらいった。「それでは！　すべて滞りなく終わりました。いま契約は完了しました。取り決めにはまったくご満足戴けると思います――当社には数多くの実績があります。楽しんでください。ごきげんよう、ミスター・ギッシング。最初の返済は来月一日ですからお忘れなく。いまから四十五日後のことです」

「ロレンゾ、おまえは変わったねえ」

「変わったって、ママ？」

「すっかり元気になったよ！　いきいきしてきた《サヴワール・ヴィーヴル》。その笑顔も眼の輝きも！　これがわたしの息子かね？」

「そうなんだよ、ママ。すっかり元気だ。ところで、何が起こったの？　お父さんは病気？」

「いえ――もっと運が悪かったの。亡くなったのよ」

「何だって、お父さんが死んだ？」

「そうなの」

「ええっ」

「先週、狐狩りに出かけて落馬し、可哀そうに頭の骨を折ってしまったの」

「ふーん、それも運命だな。こんなことってそうそうあるもんか《シセ・トラシット・グロリア・ムンディ》」

「悲しくはないの、ロレンゾ」

「生者必滅ですよ、ママ。ぼくはいつもそういっているんです。何といってもゲームの一部です。そう、いずれはだれしもそうなるんです。気の毒なパパの財産は整理されると思うんだけど。それは――」

「まあ、ロレンゾたら！」

「何ですって、ママ？」

「お父さんは――その去りし魂に恵みあれ――わたしたちに何も知らせなかった」

「それでどうしたの、ママ？」

「あの人は――おまえのお父さんは――そのう――」

「それで、それで、どうしたの？」

「一文なしさ」

「ええっ、まさか！」

「そうなのよ。全然お金がなかったの。いままでどんなにやりくりしてわたしたちに贅沢をさせてくれたことか、できる限りのことをしてさ！　すごくよい人だった。わたしたちに心配をかけないで」

「そう、まったくそうだった。ママ、一文なしというけど、それはいささかオーバーな表現じゃない。いってみれば、たしかに――」

「ほんとうに何もないの。残ったのは負債だけ。いったいどうしたらよいの？　葬儀費用にもこと欠く始末よ」

「信じられない！」

「何とかならない、ロレンゾ？」

「いま思い出したけど町に約束があった——仕事の。すぐ帰らなきゃ！」

「でもいま着いたばかりじゃないの！」

「うん。そう、めげないでね、ママ。さよなら！」

町に戻ったロレンゾ・ギッシングはこの痛手にひどく参っていた。なんと滑稽な目に陥ったのだろう。永遠の生命が与えられたというのに、次に知ったのはそれを楽しむべき金がまったくないことだ。すっかりふさぎこんでしまい、それがかなり長く続いて幸せな考えがなかなか浮かんでこなかった。しばらくしてにっこり笑うと洋服店を訪れた。

「ぼくの最愛の人！」彼はまもなくレディ・モズビーを訪ねるとそういった。彼女は以前はタンブリッジ・ウエルズに住み、いまはロンドン在住の未亡人で一人暮らしだった。「貴女こそただ一人の最愛の人だ！」

アナスタシア・モズビーは夫の准男爵マルコルム・ピターヘンショー・モズビー卿の自殺以来、心から悲嘆にくれていたが、それが却って資格のあるなしに拘わらず独身者の関心をそそっていた。絶望感が彼女の顔の蒼白さや話し方の沈痛さに表れ、それがいっそう彼女を引き立てて広く性的魅力をそそった。しかし亡夫に対する愛情ゆえ決して再婚しないだろうと噂されていた。

ロレンゾ・ギッシングはこの考えの誤謬《ごびゅう》を打ち破るべく、結婚式の出席者の落胆の表情をよそに、いまや喜びに顔を輝かせたレディとともに、教会の古い回廊を堂々と闊歩した。

彼女は別人のように変わった。

「ロレンゾ、あなたあ」彼女は式を終えると、それなりの時と場所で夢中で口走った。「あなたがだーい好きよ」

「ぼくもだよ」ロレンゾは答えた。

「この地球でだれよりも、他のだれよりもあなたを愛しているわ！」

「ぼくもだよ。全宇宙でだれよりも、他のだれよりもきみを愛している」

「わたしたちはほんとうに幸せね」

「夢か幻みたいな気がする」

「ねえ、一生愛してくださる？」

「訊くだけやぼさ」

「わたしたち二人はもう夫婦なのね。あなたを一番理解し納得しているのはわたしよ、ロレンゾ。他人は――」

「そうとも、他人がどうかしたかい？」

「他人の噂話よ――いやっ、わたしにはいえないわ」

「何、何のこと？　この結婚に秘密やごまかしがあったとでも？」

「噂よ。ロレンゾ、わたしの最愛の人、あなたはお金のためにわたしと結婚したというの」

「下劣なやつめ！　だれがいった？　何者だ？　ぼくがぶちのめしてやる――」

「まあ、まあ。あなたもわたしもそうじゃないことくらい知っているでしょう」

「たしかにそうだ。ところであのいまいましい銀行の古通帳はどうなった?」

「あら、知らないわ。数百万ポンドだったかしら。そんなことどうでもいいじゃない?」

「どうでもいい? うん、かまわん。ただ、そのう、ぼくはずっと不運だった」

「そんなことないわ」

「そうだ。もうすっかり帳消しになった」

「そうよ」

「よし。もう気にしないぞ。ぼくは駅の内勤に応募する。多くは望めないが怖いものはない。ぼくたちはうまくやれる。きみの金に手をつけずとも——」

「ロレンゾ、キスして!」

「いいとも!」

「お金のことなど心配することないわ。あなたが誠意に溢れるキスをしてくれる限りはね。当然のことよ」

「何だって?」

「何でもないわ。マルコムが悲劇的な死を遂げる直前の話よ。あなたも詳細は新聞で読んだでしょう——そうよ、わたしはあの人の不倫を見つけたの」

「とんだ馬鹿者だ。ダーリン、おお、ぼくの愛しい人!」

前夫の財産を二人の名義に書き換えることなど、ロレンゾにとってはお茶の子さいさいだった。手続きを終えるやすぐに妻の取り分を引き出してしまい二人の関係は逆転した。アナスタシアの現実ばなれした魅力は、しばらくのあいだすばらしく、一度ならず骨まで堪能した。しかしある晩、ロレンゾは彼女に重要な用事があるので旅行に出かけると告げた。

彼がカンヌに出かける前日、切手のない手紙を受け取った。それにはこう書かれていた。

督促状！

貴殿の第一回お支払いは一両日中に願います。

敬具

永久生命保険会社

社長アスモデウス

在ゲヘナ

それは背筋がぞくぞくするような快感を与えた。彼は口笛を吹きながら家を出た。妻にお別れのキスさえしなかった。

彼は頭から髪の毛を一本抜き取ると封筒に入れ、添え書きをつけ楽しい旅に出た。その効果の程度を早くも学んでいた。

リヴィエラの暖かい太陽の下で、日光浴をしていた彫像のような金髪の美女を柄にもなくくどいているところに、その夫が現れて一悶着あった。怒った大男はロレンゾにはサーカスの巨人のように感じられた。押し問答のあげく、夫はじっさいに彼を殴りつけた。

しかしロレンゾは応えなかった。腕っ節は前から決して自信はなかったが、驚くべき耐久力があった――これは天性のものだった――怒った夫がある程度殴ってしだいに疲れてくると、逆にその亭主を蹴とばして人事不省にした。それは金髪の彫像のような美人妻に深い印象を与え、二人はたちまち深い関係を楽しみ、短いあいだだったが満足した。

ミスター・ギッシングはしだいに人目をひくような派手な生活を続けた。そしてますます見境いがつかなくなった。アオバエみたいに目的もなくあちらこちらを旅し、数え切れない悪評や夢にも忘れられぬ楽しい宵を残していった。毎月一日には必ず頭髪を一本郵送した。それで彼は幸運を保証され、新しい女性のくどき落としを続けた。三百フィートの高さから浴槽に飛びこんだり、巨大なゴリラと格闘して殺したり、公衆の面前で大胆不敵な離れ業を見せた。

しかしながら、やがては勇気ある冒険もたび重なると、華美で虚飾の生活にも飽きがきた。そして炉辺で寝そべった犬と妻との安らいだ暮らしを望むようになった。そのためタンジールのアパートを捨てて、妻アナスタシアに謝罪の仰々しい手紙を書き――父の死を契機にしばらく安息の日々を送りたい旨の説明をし――帰宅した。

何ひとつ変わっていなかった。アナスタシアは昔通り美しかった。彼を許し、理解し、愛してくれた。五年間の蜜月時代を不在にしたにもかかわらず、彼女は彼の望むままに尽くしてくれた。財産の大部分を浪費したことにも、恨みがましいことは一言もいわなかった。かれらは気持ちのよい小ぢんまりした家に住み、たまさか妻の眼にいささか奇妙な表情が浮かぶのを別にすれば、ロレンゾ・ギッシングは家事の楽しみもわかち合っていた。昔の古傷にふたたび彼が苛まれるまでは。


夕食の最中だった。スパニエル犬のハイネが足下に横たわり、彼の皿にはローストビーフが乗っていた。ミスター・ギッシングはコーヒーカップを床に落とした。

「いま何ていった?」彼は尋ねた。

「あら、ちょっと気づいただけよ」妻は答えた。「あなたの髪がここ急に薄くなりだしたのはお気の毒ね」

「冗談いうな!」ミスター・ギッシングは鏡に向かって突進すると、その前に恐怖で立ちすくみ頭に手を走らせた。「うそだ!」

「そうね、気にするほどのことではないわ。禿げている人は掃いて捨てるほどいるんだし、わたしはまったく気にしないわ」

「いや、いや、そんなことじゃない。ぼくの毛が薄くなってきたと本気で思うのかい?」

「疑問の余地はないわ」

「ちくしょう!」

それはまぎれもない事実だった。進行速度はかなり早かった。どうしてもっと早く気づかなかったのかふしぎだ――

彼はいま気づいたのだ。あたかもすべての髪の毛が抜け落ちつつあるかのようだった。「助けてくれ！」ミスター・ギッシングは泣き叫んだ。「おれの毛が失くなってしまう！」

最初は前額部が薄くなった。髪の生え際が十インチから十五インチに後退した。急速に剃り上げたように禿げ上がり、破戒僧のような奇妙な外観を見せた。彼は狂気のようになって、とうとうアナスタシアに秘密を打ち明けた。

「まあ、なんと恐ろしい！」アナスタシアはいった。「商業改善協会《ベター・ビジネス・ビューロー》に文句をいうべきだわ。これは何か巧妙なペテンよ」

「どうしようか？　禿げかかっているのはわかるだろう？」

「そうかしら。もしそれが禿げかかっている人すべてに起こるのなら、かれらはミスター――ほら、何とかいう名前――アスモデウスだったかしら――のお得意になるわけ？」

「ぼくを信じないのか？」

「だって、あなたはいつもありそうな想像ばかりしているじゃない。でもあなたがそれほどいうなら、わたしは信じてあげる。どうして禿頭専門医に診てもらわないの？」

「もちろん。そうするつもりだ！」

彼はそうした。専門医ドクター・ファットは悲しげに首をふった。「お気の毒ですが、ご老人。極めて珍しい症状です。手の施しようがありません」

彼は別の専門医を訪れた。みんな首をふった。彼は抜け毛を貯めておこうとした。しかしだめだった。契約書の中に明記されていた。

「――その頭髪は支払い日の当日に頭から抜くものとし、それ以前は無効であり、契約に違えば契約者は権利を剥奪される恐れがあり……」

「悪魔め！」彼はうめいた。「あいつらにもこの責任はあるんだ！　どうしてぼくが禿げることを警告してくれなかったのか？」

ミスター・ギッシングはまたしても責め苦の生活に戻った。禿頭専門医を駆け回り、ほとんど薄くなった頭が水浸しになるほど、さまざまなオイル、薬草汁、果汁、鉱水などをかけまくった。ダイエット、磁気、X線、ヴァイブレーター治療などを受けた。一度は真夜中に格子から死んだヒキガエルを吊るしてみた。何の助けにもならなかった。禿げはだんだんと面積を広げていった。そして――

とうとうわずか二十本になった。彼は次にめぐってくる一日を待ち、その日に注意深く一本の毛を縦裂きに二本にして、その一本を引き抜き郵送した。同日彼は手紙を受け取った。

拝啓、ミスター・ギッシング

冥土《ハーデース》では髪の毛は裂かないことになっています。

敬具

アスモデウス

彼は慌てて残りの半分を送った。

やがて彼の頭の天辺にはひょろひょろ生えた毛がたった一本だけになった。それは広大な砂漠の中にたった一本残った椰子の木みたいだった。ミスター・ギッシングは心配のあまりほとんど口をきかなくなり、新たに見つけたビンクリー・クリニックに通いはじめた。

「ここにきたからにゃ、もう安心じゃ」気難しい表情のドクター・ビンクリーはふさふさした髪をニンジン色した細い糸で束ねていた。

「神に感謝します」とミスター・ギッシング。

「神などまったく関係ない。わしに感謝すべきじゃ」

「ハゲを治してもらえるのはたしかですか?」

「いかにも。ビンクリー療法ならビリアードのボールでさえ毛を生やせる」彼は緑色のフェルト・カヴァーのテーブルを指さした。その上にはふさふさと毛が密集したボールが三個置いてあった。

「まったくすばらしいですね」ミスター・ギッシングは感嘆した。「しかしぼくの頭にも生えてくるでしょうか?」

「一カ月経たないうちに効果が感じられることを保証する」

「効果を感じる——具体的ですね。一カ月以内に伸びてくるのですか?」

「わしの治療は高額だ、しかしそれなりの効果は抜群じゃ。そうとも、ミスター・ギッシング、最初はわずかだが、一カ月もすれば必ず生えてくる」

「絶対ですか、それは？　前にも生やした経験があるんですね？」

「きみのような特別の頭髪の状態でな。可能なことは明言する」

「すぐはじめてください」

ミスター・ギッシングは数時間頭を固定され、奇妙な電気器具で頭の天辺を引っ掻き回された。その器具は木綿繰り機かミシンに似ていた。

「気をつけてくださいよ」彼はたびたびドクターにくり返した。「ぼくの生命の綱である最後の一本を抜かないように頼みます。そのまわりに近づかないで」

ビンクリー・クリニックを出たミスター・ギッシングは、最後の一本の毛髪をバンドエイドで留め帰宅した。疲れ果てていたが幸せだった。

「うまくいったよ」喜びに溢れて妻に報告した。「今月分は送ったし、来月までには新しい毛が伸びてくるはずだ。すばらしいじゃないか？」

「そうなの、よかったわね。夕食の支度ができているわ」

久しぶりで心ゆくまでおいしい食事を充分に味わったあと、ミスター・ギッシングは妻に向き直ると、灯火の下で見る彼女が何とはかなげで美しいかにショックを受けた。胸の高まりを感じた。

「アナスタシア、実にきれいだよ」

「ありがとう、ロレンゾ」

「お世辞じゃない」

「うれしいわ、ロレンゾ」

「じっさいに見直したよ。とにかくすごく美しい」

「あなたって、ほんとうに女性にやさしい紳士ね」

「そんなことはない。ところで不幸な父の死を契機に起こったさまざまなことを、きみはいまも怒っていないだろうね。ぼくが家を飛び出して、それからあれこれ――」

「怒ってなんかいないわ」

「ありがとう、良妻だ。男ってそんなものなんだ。そう、もうすべてがすぎたことだ。いまではおたがいにほとんど知ろうとしなかったんだ」

「そうね……」

「ねえ、ぼくも経験を積んだ――悪魔を出し抜くんだ、どうだい？」

「たしかに賢くなったわ、ロレンゾ。わたし疲れたわ。休ませてもらっていいかしら？」

ミスター・ギッシングはいたずらっぽく笑い、妻の尻をそっとつねった。「おあ」彼は叫んだ。「もう生えてきているみたいだ、髪の毛が。明日は支払い日だ――一日じゃなかったかね？――来月まで何の不安もなくすごせる。ドクター・ビンクリーは彼の生やした毛は決して抜け落ちることはないといった。すばらしいじゃないか！」

かれらはベッドに入ると、おたがいに充分愛し合ったあと、ミスター・ギッシングは深い眠りに落ちた。彼は夢を見た。

「アナスタシア！　ああ、どうしよう！」

「どうしたの、あなた。何かあったの？」

「いったいどこにあるんだ！　失くなってしまった。どこにいったんだ。消えてしまった。おまえ知らないか？」

「何をいっているのか、さっぱりわからないわ」

「髪の毛だ、ばかめ。抜け落ちたんだ。どこかに行ってしまったんだ。探すのを手伝ってくれ」

かれらは血眼になって探した。ベッドルームの中、ベッド、毛布、マットレス、シーツ、枕、どこにもなかった。髪の毛一本見当たらなかった。

「もういちど念入りに探そう。今度こそしらみつぶしだ。絶対に見逃すなよ！」

かれらは部屋中をくまなく探した。それから各自の部屋を四つん這いで見て回った。

「部屋に入ったときはたしかにあったの？」

「あったとも。チェックしたんだ」

「そうなの。ポケットはすっかり改めた？」

「うん。いや——待てよ。ないぞ。やはりない」

「それではどこで失くしたのかしら？」

ミスター・ギッシングはすっかり生気の失せた顔を妻に見せ、祈るような気持ちで捜し続けた。衣服、靴、靴下と細かく調べた。バスルームの排水口、櫛、あらゆるものを、あらゆるところを探しまくった。

「まだ見つからない。もう真夜中に近いのに」

「ねえ、昼も夜も探しずめよ。そのことが頭から離れないの？」

「アナスタシア、よくもそんなことがいえるな。ぼくの腸《はらわた》は煮えくり返っているんだぞ！」

「ロレンゾ、失礼よ。まったくどうでもいいことに、これほど尽くしているのに！」

「探し続けるんだ」

とうとう疲れ果て、息が切れ腹もぺこぺこになってしまったが、彼の心は恐怖の万華鏡だった。ベッドに身を投げ出すとがたがた震えていた。

「これかしら？」

かれはとび起きた。そして妻の手から毛をひったくった。「これだ！　これだ！　まちがいない——ほら、褐色をしている。きみのじゃない。きみの髪はすべて黒だ。よかった、アナスタシア、ぼくたちは救われたんだ！　すぐにこの毛を郵送しよう」

翌日、彼は郵便局から戻るときも、まだあの経験で震えが止まらず、やっとドアまでたどり着いた。すると肩が叩かれた。

「ミスター・ギッシング？」

「はい、そうだが？」彼はふり返った。それはかなり前にテームズ川で出会った男だった。まだみすぼらしい身なりをしていた。

「これは、何の用だ？　人違いじゃないか？」

「一緒にきてください」男はいった。

「とんでもない。支払いはもう済ましたぞ、期日通りに。契約書によれば――」

男の衣服は突然燃え上がり炎に包まれた。次の瞬間、ミスター・ギッシングはいまだかつて見たこともないような怪物と向かい合っていた。彼はいくぶん怖じけづいた。

「くるんだ――一緒に――わたしと」

熱い鉄の手がミスター・ギッシングの腕をつかんだ。そして一度もきたことのない路地に連れこんだ。そこは真の暗闇だった。

「どうしてこんなことをするんだ」ミスター・ギッシングは悲鳴を上げた。「教えてくれ？契約書の通りに、毎月一日には髪の毛を一本送っているじゃないか」

「違約があったのだ」その怪物はバーベキューのようなおいしい匂いをふりまきながらいった。「おまえの毛髪が条件だ」

「でも――しかしあれはぼくの毛だ。確認したんだ。家には妻のほかだれもいない。ベッドルームも同じだ。妻の髪の毛はブルーネットだ」

怪物は笑った。「あれはおまえのではない」

「それでは、もしかすると――いや、そんなことはない！　アナスタシアが浮気をしたなんて？　とても信じられない」

かれらは黙って歩いた。怪物は何もいわなかった。

「心臓が張り裂けそうだ！」ミスター・ギッシングは慟哭した。「別の男がおれたちのベッドルームを占めるのか！　いったいそんな不実が許されてよいものか！　どこへ連れて行かれようが、その方がはるかにましだ」

かれらは暗闇に消えて行った。

アナスタシアは二度とふたたび夫の姿を見ることはなかった。彼女は独り残されて、慰めになるのは彼との思い出と、ハイネという名の褐色の毛並みをしたスパニエルの小犬だけだった。彼女はよく耐えた。

解説

仁賀克雄

本書はチャールズ・ボウモント第一短編集*The Hunger and Other Stories*（十七編収録）の全訳に、もう一編「犬の毛」をつけ加え、計十八編を収録した。ボウモント（Beaumont）はこれまで、ボモント、あるいはボーモントと、カナ表記されてきたが、英語発音は「Bóumənt」（三省堂『固有名詞英語発音辞典』）なので、今後はボウモントとしたい。ボウモントは本名チャールズ・ラロイ・ナットといい、一九二九年一月二日にシカゴに生まれ、ノース・サイドで育った。幼いときからスポーツや書物が大好きだった。当時のパルプマガジンに夢中になり、オズ・シリーズ、エドガー・バローズのスペース・オペラやターザンからポオの作品に至った。このあたりの読書体験は、彼の評論「血まみれのパルプ・マガジン」（ＥＱＭＭ一九六四年五、六、八月号に拙訳）によく描かれている。

一九四六年夏、彼が十七歳のときに、憧れの作家レイ・ブラッドベリをロサンジェルスに訪ねた。ブラッドベリは九歳上の二十六歳、まだパルプマガジン作家であり、処女短編集『ダーク・カーニヴァル』を出すのは翌年のことだ。ブラッドベリの記憶では、ボウモントは当時アマチュアの漫画家兼イラストレーターで、ＳＦ誌にその作品がいくつか採用されていた。訪問の終わりに、ボウモントは一編の短編を取り出し「これを読んでもらえませんか？　そして、ぼくが作家に向いているかどうか教えてください」とブラッドベリに頼みこんだ。彼はそれを読みながら感心し「きみはもう作家だ」といい、読み終わると「まぎれもなく作家だよ」と保証した。その作品が「残酷な童話」だった。この作品でブラッドベリは、ボウモントがすでに作家としての天稟《てんぴん》をもっているのを見抜いていたのだ。そしてアドバイスを求められると、作家になるには毎週一編ずつ書き続けることだと励ました。ボウモントは貴重な助言者を得て、作家として巣立って行くことを決心した。

しかし実生活では、ボウモントは十二歳のとき、髄膜炎に犯されて二年間療養していた。高校に入学するも一年で中退、軍役に就き歩兵教育を受けたが、身体不良で除隊になった。彼は両親とアラバマに転居し事務員を勤めていた。一九四九年、二十歳のとき、そこで出会ったヘレン・ブルーンと結婚し、二男二女を設けた。本書はその愛妻ヘレンに捧げられている。

ボウモントが作家としてデビューしたのは、一九五一年一月号のＳＦ誌「アメージング・ストーリーズ」に掲載された「悪魔が来たりて――？」である。最初はダーク・ファンタジー作家として登場したのは、すでに書き溜めた短編がかなりあったのだろう。五三年からはフルタイム・ライターとなり、年に十編近い短編を、ＳＦ誌だけでなく「プレイボーイ」や「エスクワイア」などのメジャー誌にも発表し、五四年にジュール・ヴェルヌ賞を受けた。ジャズ小説「ブラック・カントリー」は評判になり、ＳＦやホラー以外も書ける作家として高く評価された。また評論でも *The Little Fellow*（チャプリン）や *The Short, Unhappy Life of the Monzetta*（オートレースの世界〉など、興味をもつ各方面に執筆範囲を広げ賞を受けている。一方ではコミックや映画脚本も書き続け、やがてリチャード・マシスンらと知り合い、ロジャー・コーマン監督と組んで「早すぎた埋葬」や「赤き死の仮面」などのポオ作品などを共同脚色、テレビでも連続ドラマ〈トワイライト・ゾーン〉などの脚本を書いた。

ボウモントの作家生活は才能やよき友人作家にも恵まれ順風満帆に見えた。しかし彼の人生にはまもなく悲劇が待っていたのだ。一九六三年夏から急に身体に変調をきたし、同年SF誌「ガンマ」一号に発表した「とむらいの唄」を最後に小説の筆を折らざるを得なくなった。わずか十二年間の作家生活だった。病名はアルツハイマー病。早発性老衰も加わって、彼の容貌は激変し、友人も驚くほど老けこんでしまった。そのまま治療の甲斐もなく、一九六七年二月二十一日に死去した。まだ三十八歳の若さだったことは、その才能から深く惜しまれている。

本書収録作はすべて一九五〇年代の作品だが、半世紀以上を経た現在の評価はどうだろうか？　ダーク・ファンタジーやブラック・ユーモア短編はアイデアとテクニックの奇抜さで面白い。しかし「ブラック・カントリー」（五四）の成功以後、普通小説でも作風を広げてきた。流行や風俗の先端を捉えた作品が、その部分から古びたのはこの種の小説の宿命か。例えば「変態者」（五五）は当時だいぶ問題になった作品だが、これは同性愛がまだ市民権を得ていない時代だったからこそ、その裏返しの風刺に衝撃度が強かったのだろう。「フェア・レディ」（五七）は言葉の意味の取り違いで笑わせる作品で、そのまま読むと原文でも意味がよくわからない。ハイミス教師が田舎のバスに乗車し、運転手から「フェア・レディ」と声をかけられ感激、一目ぼれしてしまうが、この「フェア」は〝ＦＡＩＲ〟ではなく〝ＦＡＲＥ〟で（発音は同じ）、「美しい」ではなくて「料金」を催促されたのを、彼女が勝手に勘違いして舞い上がる話だ。当時ブロードウェイで『マイ・フェア・レディ』のミュージカルがヒットしていたので、それにヒントを得たのだろう。ヘップバーンで映画化されたのは六四年のことである。

ボウモントの親友で作家のウィリアム・Ｆ・ノーランが作成した小冊子『チャールズ・ボウモントの全仕事』（一九八六）によれば、彼の著書は十二冊だが、以後現在までに三冊が追加出版されている。長編一冊 *The Intruder*（五九）普通小説、短編集八冊、合作ミステリ一冊、編纂アンソロジー三冊、評論集一冊である。発表された短編は七十五編、未発表は十六編とあるが、その後に出版された短編集 *A Touch of the Creature* にはタイトルが異なる未発表作品が収録されており、雑誌発表のまま単行本に未収録の短編もまだあるので、計百編あまり書いたのではあるまいか。他に評論四十五編、映画脚本十二本、テレビ台本三十九本、コミック十本などがある。

彼の短編集と短編アンソロジーは次の通りである。

1 *The Hunger and Other Stories*（別題 *Shadow Play*）（一九五七）『残酷な童話』**本書**
2 *Yonder*（一九五八）
3 *Night Ride and Other Journeys*（一九六〇）『夜の旅その他の旅』（早川書房）
4 *The Fiend in You*（一九六二）ボウモント編纂のホラー・アンソロジー

5 *The Magic Man: And Other Science-Fantasy Stories*（一九六五）
6 *The Edge*（一九六六）
7 *Best of Beaumont*（一九八二）
8 *Charles Beaumont: Selected Stories*（別題 *The Howling Man*）（一九八八）
9 *A Touch of the Creature*（二〇〇〇）
10 *The Twilight Zone Scripts of Charles Beaumont*（二〇〇四）

5〜7は1〜3の収録作の再録で、8のみが未発表の短編五編を付加している。

二〇〇七年九月

チャールズ・ボウモント（Charles Beaumont）
本名チャールズ・ラロイ・ナット。1929年シカゴ生まれ。少年時代から書物に接し、17歳のときにブラッドベリを訪ね、作家を志すことを決心する。51年、「悪魔が来たりて――？」が「アメージング・ストーリーズ」に掲載されデビュー。その後、短編小説をＳＦ誌や「プレイボーイ」などで発表。50年代後半からはＴＶや映画の脚本家としても活躍した。ドラマシリーズ〈トワイライト・ゾーン〉で製作を担当したことは有名である。64年にアルツハイマー病と診断され、67年に38歳で夭折。

仁賀克雄（じんか・かつお）
1936年横浜生まれ。早稲田大学商学部卒。評論家、翻訳家。著書に『リジー・ボーデン事件の真相』、訳書にＪ・Ｄ・カー『死が二人をわかつまで』、Ｒ・ブロック『ポオ収集家』、Ｆ・グルーバー『フランス鍵の秘密』他多数。

ダーク・ファンタジー・コレクション　7
残酷な童話

2007年10月 5日　初版第1刷印刷
2007年10月15日　初版第1刷発行

著　者　チャールズ・ボウモント
訳　者　仁賀克雄
装　丁　野村 浩
発行者　森下紀夫
発行所　論創社
東京都千代田区神田神保町2-23　北井ビル
tel. 03（3264）5254　fax. 03（3264）5232
振替口座　00160-1-155266
印刷・製本　中央精版印刷
ISBN978-4-8460-0766-9